杜贵晨　辑撰

刘桢集辑撰

山东文艺出版社

图书在版编目（CIP）数据

刘桢集辑撰 / 杜贵晨辑撰. —济南：山东文艺出版社，2023.10

ISBN 978-7-5329-6846-6

Ⅰ.①刘… Ⅱ.①杜… Ⅲ.①刘桢（？–217）—生平事迹 ②刘桢（？–217）—文学研究 Ⅳ.①K825.6②I206.361

中国国家版本馆CIP数据核字（2023）第183704号

刘桢集辑撰
LIUZHEN JI JIZHUAN

杜贵晨　辑撰

主管部门		山东出版传媒股份有限公司
出版发行		山东文艺出版社
社　　址		山东省济南市英雄山路189号
邮　　编		250002
网　　址		www.sdwypress.com
读者服务		0531-82098776（总编室）
		0531-82098775（市场营销部）
电子邮箱		sdwy@sdpress.com.cn
印　　刷		山东顺心文化发展有限公司
开　　本		710毫米×1000毫米　1/16
印　　张		18
字　　数		268千
版　　次		2023年10月第1版
印　　次		2023年10月第1次印刷
书　　号		ISBN 978-7-5329-6846-6
定　　价		69.00元

版权专有，侵权必究。如有图书质量问题，请与出版社联系调换。

前　言

在中国古代文学的星辰大海里，"建安七子"之一的刘桢曾是明亮的巨星之一。他与有"才高八斗"之誉的曹植并称"曹刘"（钟嵘《诗品序》），魏文帝曹丕称"其五言诗之善者，妙绝时人"（《与吴质书》）。而后世文论大家刘勰看重其诗的同时，又盛称其笺记"丽而规益。子桓弗论，故世所共遗，若略名取实，则有美于为诗矣"（《文心雕龙·书记》）。其文学成就与历史地位之高，可谓早有定评。自明末以来，虽然他的存世作品一直被列入各种"建安七子"的作品的整理本中，近又有其诗《赠从弟》（其二）被选入部编版初中语文教材八年级上册，但是还未有经过整理的《刘桢集》单行本出版，从而有此急就之作以抛砖引玉。首先，略叙刘桢生平和本书的"辑撰"。

一、刘桢的籍贯与家世

刘桢的籍贯、家世见于正史《后汉书·刘梁传》，其载：

刘梁字曼山,一名岑,东平宁阳人也。梁宗室子孙,而少孤贫,卖书于市以自资。……桓帝时,举孝廉,除北新城长。……特召入拜尚书郎,累迁。后为野王令,未行。光和中,病卒。孙桢,亦以文才知名。①

而《后汉书·光武十王·东平宪王苍传》亦记及刘梁,称:

东平宪王苍,建武十五年封东平公,十七年进爵为王。……永元十年,封苍孙梁为矜阳亭侯,敞弟六人为列侯。……永宁元年……又封苍孙二人为亭侯。②

由此可见,刘梁不是普通的"宗室子孙",而是有"矜阳亭侯"爵位的贵族。后汉时期,"亭侯"是有"食邑"的地主。如《后汉书》中载有,"封任尚乐亭侯,食邑三百户"(《西羌传》),"封其孙黑为安乐亭侯,食邑三百户"(《王允传》),"封或万岁亭侯,邑一千户"(《荀彧传》),等等。由此可推断,刘梁"少孤贫"是在封侯之前,在"举孝廉"和封"矜阳亭侯"以后,就为富贵之家了。加之其后"桓帝时……除北新城长。……特召入拜尚书郎",官位"累迁",其家庭地位、经济实力应在一般富绅之上。作为刘梁的孙子,刘桢少时家境应该要比同时也为"宗室子孙",却"与母贩履织席为业"(《三国志·蜀书·先主传》)的刘备好多了。

但野史中刘桢身世有异。《三国志·魏书·王粲传》注引《文士传》曰:"桢父名梁,字曼山,一名恭。少有清才,以文学见贵,终于野王令。"③其与上引《刘梁传》《东平宪王苍传》的不同有三处:一是为何只有《东平宪王苍传》中记刘梁封侯之事?二是梁、桢是祖孙还是父子?三

---

① [南朝宋]范晔撰:《后汉书》,[唐]李贤等注,中华书局1965年版,第2635—2640页。
② [南朝宋]范晔撰:《后汉书》,[唐]李贤等注,中华书局1965年版,第1433—1442页。
③ [晋]陈寿撰:《三国志·魏书·王粲传》,[宋]裴松之注,中华书局1959年版,第601页。

是刘梁"一名岑"还是"一名恭",抑或二者皆是?这些差异或属"传闻异辞"(《春秋公羊传·哀公十四年》),或属"书缺有间"(《史记·五帝本纪》),既无旁证,则存疑可也。但是这不应该影响到大的判断,即刘桢为"光武十王"之"东平宪王苍"孙刘梁之后,属"宗室子孙",世宦书香门第。

要想对梁、桢之行辈有所认定,则一方面要依据《三国志》所引的《文士传》及属"正史"的《后汉书》,另一方面要依据谭正璧编撰的《中国文学家大辞典》。刘梁生年不详,约卒于汉灵帝光和四年(181)。如果刘梁是刘桢之父,那么刘桢很可能有随父之任的经历,就不会如谢灵运的诗中所说"贫居晏里闬,少小长东平"[①]。因此,梁、桢为直系祖孙更为可信。

由于只有《后汉书·东平宪王苍传》中记有刘梁封侯之事,有学者怀疑《刘梁传》中的刘梁是《东平宪王苍传》中封矜阳亭侯的"苍孙",还是宁阳刘姓宗室后裔远支的另一同名之人?而两汉时宁阳县域内的刘姓宗室中被封侯者,确实还有《汉书·王子侯表上》中所载的西汉鲁共王子刘恬(《史记·建元已来王子侯者年表》中作"恢"),其被封"宁阳节侯",故治也是汉"东平国宁阳县"地。虽在东汉前"宁阳节侯"早已被废除,但刘恬子孙仍不失汉"宗室子孙"的身份,所以时至东汉末,仍不能排除有名为刘桢者为"东平宁阳人"。

清代道光年间的进士、曾任广东巡抚的邑人黄恩彤[②]作《宁阳刘氏族谱序》,他就是这样认为的:

[①] 见本书附录三《历代歌咏》录南朝宋谢灵运《拟魏太子邺中集诗八首五言并序·刘桢》。

[②] 黄恩彤(1801—1883),原名丕范,字绮江,号石琴,别号南雪,宁阳县蒋集镇添福庄人,清末大臣。十五岁获县试第一。1822年(道光二年)中举。1826年(道光六年)中进士。先后任刑部主事、刑部郎中、顺天府乡试同考官、广西乡试正考官、江南盐巡道道员、江苏按察使。1842年中英《南京条约》的主要签订人之一,1845年升任广东巡抚。1846年遭时论斥责,被参劾降级。翌年,以养亲为仕还乡。其著作丰富,有《知止堂集》等。总纂《宁阳县志》,收入了其考证县域史地的文章。

> 宁阳之有刘氏，汉以前无可考。自孝武帝元朔三年用主父偃议，推恩分封诸侯王子弟，于是鲁共王子节侯恬，始胙土于此。传国五世，至元孙方失侯，子孙遂世居宁阳。东汉末曼山、公幹祖孙济美，显名当代，盖其由来远矣。历年邈阻，谱牒无征，莫由详其支派。今之刘氏，为邑望族。远祖有讳海者，仕元为校尉，都统酒榷，封忠武公。数传迨讳俊者，世系瞭如，自时厥后，族姓繁衍……

其修纂的《宁阳县志》中亦有《刘桢传》[1]，其中也说梁、桢祖上为"鲁共王子，侯于宁阳"，但并无举证，且承袭了《后汉书》中"东平宁阳人"的相关记载，其说可备为一家之言。

此外，宁阳级别最高的名人应该是被赤眉军拥立为皇帝的刘盆子。《后汉书·刘盆子传》中载："刘盆子者，太山式人，城阳景王章之后也。祖父宪，元帝时封为式侯，父萌嗣。王莽篡位，国除，因为式人焉。"《中国历史人物生卒年表》中说刘盆子籍贯为"泰山式县"，并解释其为"今山东宁阳北"[2]。虽然这个"式县"在两汉时期不属于宁阳，但一方面刘盆子家中曾有人封"式侯"于今宁阳，另一方面据《光绪宁阳县志》载："晋刘伶墓，在县北四十里。"注引旧志云："相传刘伶醉死埋此，至今呼为刘伶墓村。程鸣岐云：或是'刘梁墓'音之讹也。安得片石以证斯言？"[3] 刘伶是"竹林七贤"之一，其墓在国内有多处，且真假难辨。程鸣岐是晚清时期宁阳的饱学之士，县志中有传，黄恩彤称"宁阳百年来作者，断以鸣岐为称首云"[4]。那么这座可能是音讹为"刘伶墓"的"刘梁墓"，是不是也颇助梁、桢为汉代式县刘盆子的后裔之想呢？

总之，据今见资料能知刘桢是今山东宁阳人，至于其乡里何处，则暂难

---

[1]《光绪十三年重刊宁阳县志》卷十二《人物》，详见本书附录三。
[2] 吴海林、李延沛编：《中国历史人物生卒年表》，黑龙江人民出版社1981年版，第24页。
[3] 丁昭编注：《明清宁阳县志汇释》，山东省地图出版社2003年版，第239页。
[4] 丁昭编注：《明清宁阳县志汇释》，山东省地图出版社2003年版，第515页。

断定；又据今见资料基本确认刘桢是汉"宗室子孙"，但其为哪一支派还不能确切认定。若以"史之为道，撰述欲其简，考证则欲其详"（《四库全书总目提要·史部》）论，这些都有待将来继续探讨。

二、刘桢的生平

据《三国志·魏书·王粲传》载："瑀以十七年卒。幹、琳、玚、桢（建安）二十二年（217）卒。"刘桢的生年则不详。

刘桢的生年，有学者考证出了大致年份。俞绍初辑校《建安七子集》附录中的《建安七子年谱》，以为在汉灵帝"熹平四年（一七五）前后，晚于徐幹，而略早于王粲"①。易兰著《王粲、刘桢研究》中的《王粲、刘桢年谱汇考》，以为约在汉灵帝建宁二年己酉（169）②。其说各有道理。但若以桢为梁孙计，按谭正璧编《中国文学家大辞典》，刘梁约卒于汉灵帝光和四年（181），则其祖孙尚有六年或十二年的相处时间。这样的时间差虽然合理且有可能，但若以刘桢生年为建宁二年己酉（169），则建安三年（198），其已近而立之年，恐未必如是之晚也。故暂从俞说，刘桢约生于汉灵帝熹平四年（175），卒于建安二十二年（217），享年四十二岁。

刘桢之父的名字与生平均不详，大概早卒。

刘桢与"建安七子"中的应玚等都因感染瘟疫病卒，葬于邺城（今河北省邯郸市临漳县）。其墓在漳河之北。唐孟云卿在《邺城怀古》一诗中云：

> 朝发淇水南，将寻北燕路。……崔嵬长河北，尚见应（玚）、刘（桢）墓。古树藏龙蛇，荒茅伏狐兔。永怀故池馆，数子连章句。逸兴驱山河，雄词变云雾。我行睹遗迹，精爽如可遇。斗酒将

---

① 俞绍初辑校：《建安七子集》，中华书局2017年版，第363页。
② 易兰著：《王粲、刘桢研究》，华东师范大学出版社2021年版，第123—125页。

酹君，悲风白杨树。(《全唐诗》卷一五七)

可知，"应、刘墓"唐时尚存，至今旧址则无可考实。

按照历史上朝代的纪年，刘桢生于汉灵帝熹平四年，卒于汉献帝建安二十二年，始终是汉朝人。但是，因为他出仕后一直为曹氏"家臣"，又附传于《三国志·魏书·王粲传》，所以史称其为三国魏人。其一生大约经历了四个阶段。

第一阶段，二十岁之前（175—194）。此阶段是刘桢"少小长东平（宁阳）"的学习成长时期。年轻时的刘桢已表现出文学与辩论的天赋。《太平御览》卷三百八十五载："（《文士传》）又曰：刘桢字公幹，少以才学知名。年八九岁能诵《论语》、诗论及篇赋数万言，警悟辩捷，所问应声而答，当其辞气锋烈，莫有折者。"其间开始文学创作，如《鲁都赋》等为他赢得了巨大名声，以至于曹操于日理万机之际曾召见他，并欲招其于麾下。

第二阶段，二十岁至三十六岁（195—210）。此阶段是刘桢随军征战的历练与建树时期。其间刘桢先后任曹军司空军谋祭酒、丞相掾属、五官中郎将文学等职。簿书鞅掌，不胜其烦，刘桢也饱尝诗酒欢乐和郁闷痛苦等种种人生况味。所以虽然始终只是曹氏的"家臣"，官未做大，但作为"曹营"中人，他跻身高层，结交名流，尤其是与曹丕、曹植两个后来水火不相容的兄弟都能成为不拘形迹的好友，也难能可贵。又于戎马倥偬之际，在与诸文人名士的诗酒酬唱中，写下了不少诗赋文章，尤其是《赠五官中郎将四首》《赠从弟三首》等"妙绝时人"（魏文帝《与吴质书》），《答魏文帝书》《大暑赋》《瓜赋》《清庐赋》等也大都作于这段岁月，可惜大部亡佚了。

第三阶段，三十七岁。建安十六年（211），刘桢因"平视甄氏"的"不敬"之罪获刑，论"减死输作"。幸而解铃还须系铃人，他因对答"问石"称意而被特赦，落得"刑竟署吏"。其间作有《赠徐幹一首》和《又赠徐幹》等诗。

第四阶段，三十八岁至四十二岁（212—217）。其间，曹植由"平原侯"改封为"临淄侯"，仍为"庶子"。《后汉书·百官志》中载"置家丞、庶子各一人",李贤注曰:"主侍侯,使理家事。"可见,刘桢虽在曹植亲信之列,但不是什么重要的官,而是随侍曹植的"家臣"与密友。曹植对刘桢很欣赏,但也因此对持礼法甚严的家丞邢颙有所简慢,为此刘桢曾作《谏平原侯植书》给予劝告,又曾作《处士国文甫碑》等。但因经历了前述获刑的挫折,其思想与艺术风格都有了较大变化,"质直"之"气"根本虽在,但已渐渐消沉。

三、刘桢的思想与创作

刘桢自幼所接受的主要是传统儒家思想,但在身世浮沉的生命历程中也不断萌生了个体意识。

首先,古人"名以正体,字以表德"(《颜氏家训·风操篇》)。刘桢之"桢"古有二义:一指坚硬的木头;二指古代打土墙时所立的木柱,泛指支柱,即"桢干",喻能担当重任的人。所以刘桢字公幹,体现了其父祖对他的期望,即做一个坚强、挺直、能担当大任的人。从刘桢一生为吏的经历看,其成就固然不够大,但他"博学有高才,诚节有大意""仗气爱奇,动多振绝。真骨凌霜,高风跨俗",应该与其家教有些关系。

其次,虽然刘桢作为汉朝"宗室子孙",没有刘备那种与"汉贼不两立"的反曹立场,但有人讥刺他托身"曹营"是"饕其豢养,昵比私门,谄媚窃容"(清·方东树《昭昧詹言》卷二),这过于苛责了。对此,黄恩彤在《刘桢传》中曾为之辩护,以为"其与魏文帝及平原侯友善,特以文字见知在宾客之列。及魏武为丞相辟为掾属,乃以吏道进身,东汉诸名士往往如是,义无不可"(见本书"附录三")。现在看他更不是"大节有亏"。至于刘桢汉朝"宗室子孙"身份的影响,顾农在《刘桢论》一文中指出:"这种家庭出身对刘桢影响很大……刘桢与曹氏政权总有些格格不入,跟他的家庭思想文化背景显然大有关系。"又说他身处乱世,"博通经典和能说会道都没有太大的用处,更需要的是用兵打仗收拾局面的本领,所以他们都不免有一股深沉的失落感。学无所用和高贵的家庭出身这两种因素互相为用,很自然地促成他们形成孤芳自赏妄自尊大的高傲个性"。顾氏诸语很有见地。

最后，刘桢不时表露出厌弃"簿领"俗务，欲功成身退，如《杂诗》中的羡慕"凫与雁"的超尘脱俗，以及《遂志赋》中"袭初服之芜薉，托蓬庐以游翔"的林下之思等，都体现了某种新的人生追求。章培恒、骆玉明主编的《中国文学史新著》中就说，"刘桢诗中最值得重视的，是写其个人受环境压抑而难以自主的悲哀的作品。这在直至当时为止的中国文学史上是一种新的体验"，"是个人意识在那个时代开始初步觉醒的体现"。①

刘桢创作丰富，尽管至今留存甚少，但从今传作品涉及"鲁都"等内容和后人赞其"振藻海隅"看，他至晚十七八岁就开始写诗作赋，并一直到他不幸染疫死亡，都未间断文学创作。《三国志·魏书·王粲传》中载"（桢）著文赋数十篇"，《隋书·经籍志》中记"魏太子文学《刘桢集》四卷，录一卷"。从《刘桢集》后世辑本中的篇、句、题目看，原稿或为当今所见篇目数倍以上，可惜十存其一二而已。这导致后人对刘桢的评价与当时人如曹丕、曹植等的评价有较大差距或出入。虽古今标准与个人眼光不同，但古人所见的刘桢作品较全，感受更为真切，所以更为可信。可见，"二曹"、刘勰、钟嵘等对刘桢的推崇并不是出于某种偏好或私好。曹植、刘桢并称"曹刘"，刘桢是"李杜"之前中国诗坛的"标杆"人物之一。直到金元之际，还有元好问在《论诗》中称"曹刘坐啸虎生风，四海无人角两雄"，实千古定评，而绝非偶然也！

当然，刘桢的创作也有明显的局限性。例如，诗唯五言，质直有余而华彩不足；赋与文多为私人应酬之作，似其创作缺乏对社会生活的广泛深入的反映等。这些都为"王（粲）、刘（桢）优劣论"提供了比较讨论的角度。

四、关于本书的"辑撰"

本书的"辑撰"包括"辑"与"撰"两个方面。"辑"指对原作、佚文的搜集、校勘与汇编各种研究资料；"撰"指注释、直译、新解与撰写年

---

① 章培恒、骆玉明主编：《中国文学史新著》，复旦大学出版社 2007 年版，第 254—255 页。

表等。主要参考借鉴了古今对刘桢著作的整理成果与研究论著，"站在前人的肩上走自己的路"，具体做法多与前人同中有异，说明如下：

（一）本书以张溥辑的《汉魏六朝百三名家集·刘公幹集》（简称"张本"）为总底本，参以逯钦立辑校的《先秦汉魏晋南北朝诗》（简称"逯本"）、严可均辑的《全上古三代秦汉三国六朝文》（简称"严本"）、郁贤皓等笺注的《建安七子诗笺注》（简称"郁本"）、吴云主编的《建安七子集校注》（简称"吴本"）、俞绍初辑校的《建安七子集》（简称"俞本"）、林家骊校注的《阮瑀应玚刘桢合集校注》（简称"林本"）、韩格平著的《建安七子诗文集校注译析》（简称"韩本"）等书中的《刘桢集》部分，斟酌损益，择善而从，个别篇名有改动和重新编辑，期能方便读者参考。

（二）本书从"俞本"，按诗、赋、文分类编排，并在全书之后附有相关资料，是迄今集原作与研究资料为一体的唯一单行本《刘桢集》。

（三）本"辑撰"于原著各篇所做工作，包括辑佚、校勘、注释、直译、新解、集评六个方面，据每篇的不同情况或有减少。各篇校勘，完篇有底本者以底本为正文；辑补文字后以"（）"注出处，加"［］"标记。杂录诸书之条文各以"（）"注出处。本书各篇、段校勘均出校记，注释侧重字词、典故，一般对原文不做串解。

（四）本"辑撰"与诸本对原（佚）文的处理有明显的不同：一是在此前诸本的基础上，辑佚诸篇除进一步求全、求准之外，对诸本中的《清虑赋》改题为《清庐赋》，诸本中题为《答太子书》或《答曹丕借廓落带书》一文改题为《答魏文帝书》，以及增入存疑篇目《京口记》辑佚等，并有相关说明；二是诸本于赋之辑佚，诸篇多片段，虽有少量有意的连缀，但贯通实难，故大都堆积而已，本"辑撰"则尝试将所见某篇全部佚文缀为一篇，可能与原作相去甚远，但期达到一种连贯可读的状态。

（五）本"辑撰"中的"今译"采取"直译"的形式，即大致遵循"文不甚深，言不甚俗"的原则，基本上采取字对字、句对句的形式，仅改易其艰涩难懂的部分，使从内容到形式近乎胡适所谓的"白话诗"的风格，并谓之"直译"，既使今人能够读懂，又略存不同于今文的古风。其中，刘桢诗本质直浅切，这种"直译"的益处或不明显，但对于其文，尤其是赋来说，这样处理更能帮助读者理解原文。

（六）关于诗的"集评"附在该作之后，其他各种有关刘桢研究的资料也尽量搜罗，并提供节录或目录，附于编末。这些或相互印证、或互相矛盾的资料，无疑有利于读者、专家理解原文，但辑撰者才疏学浅，又在七十日中完成此稿，不免仓促出错，其中的谬误或缺陷，敬请读者专家不吝赐教。

附说在本书"辑撰"过程中的一些感慨。后世论古，建安时代实有两"曹刘"，而比曹植、刘桢名气更大的，则是在"逐鹿中原"的过程中互为"敌手"的曹操、刘备。两"曹刘"相比，后者经《三国演义》的渲染，妇孺皆知，脍炙人口，前者至今似乎只在古典文学圈内为人所知。其实，曹植、刘桢也都是有故事的人。单就刘桢来说，其留存的作品固然不多，但如"刘桢平视""磨石问答"等早成典故，而且早在《三国志·魏书·周宣传》（见本书"附录三"）、南朝梁殷芸所撰的小说和唐代牛僧孺所撰的《玄怪录》（见本书"附录三"）中，就已经有关于刘桢的志怪故事或传奇小说了。宁阳是"周公居东"①之地，自古为蟋蟀之乡，近年文风大盛，出了杜焕常②、石玉奎（笔名"愚石"）等优秀作家，而愚石所著的《天虫》③与蒲松龄所著的《聊斋志异·促织》为同一题材，是我国第一部写蟋蟀故事的长篇小说。循此以往，焉知将来没有关于刘桢的戏曲、小说问世，再赋宁阳文学新篇！

最后，本书所参诸本和论著大都被列入了注释或参考书目中，谨对所有相关作者致以衷心感谢！祝愿泰山、曲阜之间人杰地灵的宁阳在弘扬优秀传统文化方面再接再厉，有更大开拓、更多收获！

二〇二三年三月二十三日

---

① 见本书附录五《周公"居东""东征"与宁阳古国考证——从李学勤先生释小臣单觯铭"在成师"说起》一文。

② 杜焕常，山东省宁阳县人。中国作家协会会员。著有散文集《汶水西流去》、三卷本长篇小说《汶水滩》等。

③ 愚石著：《天虫》，山东文艺出版社2018年版。

目　录

前　言 / 001

诗 / 001

　　公宴诗　/ 001
　　赠五官中郎将诗四首　/ 008
　　赠徐干诗一首　/ 026
　　赠徐干　/ 032
　　赠从弟诗三首　/ 034
　　杂　诗　/ 045
　　斗鸡诗　/ 050
　　射鸢诗　/ 053
　　失题诗十四首　/ 055

赋 / 070

　　大暑赋　/ 070

黎阳山赋 / 073

鲁都赋 / 077

遂志赋 / 097

清庐赋 / 102

瓜赋并序 / 107

文 / 112

谏平原侯植书 / 112

与曹植书 / 116

与临淄侯书 / 118

答魏文帝书 / 119

处士国文甫碑 / 123

答魏武帝问石 / 128

论孔融 / 130

论文势 / 132

失题文二则 / 134

"饰玉辂"等三则辨析 / 135

《毛诗义问》十二则 / 136

附:《京口记》 / 145

附录一　刘桢著作考 / 147

附录二　刘桢年表 / 154

附录三　刘桢资料汇编 / 166

一、家世生平 / 166

二、交游影响 / 173
　　三、历代论说 / 183
　　四、历代歌咏 / 207

附录四　刘梁资料汇编 / 225

　　一、刘梁集辑佚 / 225
　　二、刘梁载记 / 230

附录五　旧考三篇 / 234

　　一、刘梁、刘桢故里及世系、行辈试说 / 234
　　二、"堽城"之谜 / 236
　　三、周公"居东""东征"与宁阳古国考证
　　　　——从李学勤先生释小臣单觯铭"在成师"说起 / 239

参考文献 / 261

　　一、著作 / 261
　　二、学位论文 / 266
　　三、期刊/会议论文 / 266

杜贵晨著作简目 / 270

　　一、已出版书目 / 271
　　二、论文代表作 / 272

诗

公宴①诗

永日行游戏,欢乐犹未央。②遗思在玄夜,相与复翱翔。③辇车飞素盖〔一〕,从者盈路傍。④月出照园中,珍木郁苍苍〔二〕。⑤清川过石渠,流波为鱼防。⑥芙蓉散其华,菡萏溢金塘。〔三〕⑦灵鸟宿水裔〔四〕,仁兽游飞梁。⑧华馆寄流波,豁达来风凉〔五〕。⑨生平未始闻〔六〕,歌之安能详。⑩投翰长叹息,绮丽不可忘。⑪(《文选》卷二十、《艺文类聚》卷三十九引首句至"仁兽"句,《北堂书钞》卷一百三十四引"辇车"二句,《太平御览》卷七百七十四引"辇车"二句。)

校勘

〔一〕辇,五臣注《文选》作"居"。

〔二〕木,《艺文类聚》作"树"。

〔三〕华,《艺文类聚》作"花"。"菡萏"句,《文镜秘府论·南·论文意》有"绿水溢金塘"句,似即本句异文。

〔四〕灵,《艺文类聚》作"珍"。

〔五〕豁,明许学夷《诗源辩体》卷四作"谿"。谿,同"溪",录此备考。

〔六〕平，五臣注《文选》作"年"。

① 公宴：与私宴相对。本指公众、公开的宴请，或公款请客的宴席。这里以为指曹操所设的宴席。《文选》中载王粲同题作，有注曰："此诗侍曹操宴。"但此诗通篇无感于曹操之意，故虽"卓荦偏人"之作，恐亦非常情，故疑非侍曹操宴者。

② 永日：长日，整天。《诗经·唐风·山有枢》："且以喜乐，且以永日。"游戏：游乐，玩耍，当指宴中酒令等戏耍。《古诗十九首·青青陵上柏》："游戏宛与洛。"未央：引申为未已。《诗经·小雅·庭燎》："夜如何其？夜未央。"朱熹《诗集传》："央，中也。"《文选》卷二十九苏子卿（武）《诗四首》之四："欢乐殊未央。"五臣注《文选》："元尽日欢乐未央，余思在夜，复与夜游戏也？"

③ 遗思：留念，未了之思，犹余意。秦嘉《留郡赠妇诗》之三："何用叙我心，遗思致款诚。"玄夜：黑夜。相与：结伴，相携。翱翔：鸟回旋飞翔状，形容欢跃出游。王粲《思友赋》："登城隅之高观，忽临下以翱翔。"

④ 辇车：古代帝后于宫中所乘的由人推挽的车。飞：这里指晃动。素盖：白色的车盖。从者：随从之人。傍：通"旁"。

⑤ 园：当指邺城的西园。曹子建《公宴诗》："清夜游西园，飞盖相追随。明月澄清影，列宿正参差。"珍：名贵，罕见。郁苍苍：即郁郁苍苍，草木稠密苍翠貌。应劭《风俗通义·佚文》："太山岩石松树，郁郁苍苍如云中。"

⑥ 清川：清澄的河流。石渠：石砌的水渠。鱼防：水中阻拦鱼游出界的隔网或栅栏。《周礼·地官·稻人》："以防止水。"

⑦ 芙蓉：荷花的别名。菡萏（hàndàn）：芙蓉的花苞。溢：水满外流。这里极言荷花密且多而枝叶外披。金塘：犹金堤，言池塘堤岸坚固，固若金汤。

⑧ 灵鸟：指凤凰。《诗经·大雅·卷阿》："凤凰于飞。"毛传："凤凰，灵鸟，仁瑞也。"水裔：水边。《楚辞·九歌·湘夫人》："麋何食兮庭中？蛟何为兮水裔？"洪兴祖补注："裔，边也，末也。"仁兽：传说中麒麟的别称。《楚辞·九叹·愍命》："麒麟奔于九皋兮。"王逸注："麒麟者，仁兽也。君有德则至，无德则去也。"一说"灵鸟""仁兽"皆假美名以称之，而非实指。飞梁：凌空架设的桥。

⑨ 华馆：华丽的馆舍。寄流波：指馆舍架筑于流水之上。豁达：豁然而至。《文选》刘良注："华馆寄流波，谓在水中。豁然犹通达，而达风凉也。"

⑩ 生平：有生以来。未始：未曾。详：具体细致。

⑪ 翰：毛笔的毫，此以代指毛笔。绮丽：美艳绚丽。

直译

游玩大白天，为欢兴犹长。
更思趁深夜，结伴再游赏。
宫车摇白盖，随从满路旁。
月出照嘉园，名树盛茂苍。
清河穿石渠，流波动鱼障。
荷花纷绽放，苞蕾满石塘。
凤凰栖水边，祥麟游飞梁。
丽馆翼流水，波流送风凉。
生来所未闻，赞赏未尽详。
掷笔长感叹，绮美永不忘。

新解

此诗当作于建安十六年（211）前邺下（今河北临漳邺镇）某次饮宴之后。《文选》卷二十在本诗前先后录有曹子建（植）和王仲宣（粲）作的同题《公宴诗》。王粲诗中有"愿我贤主人，与天享巍巍。克符周公业，奕世不可追"等句。李善注云:"主人,谓太祖也。"太祖即曹操。而本诗完全不及曹操,当与写公宴主人为"公子"的曹子建的《公宴诗》为同时之作。曹植诗云:

> 公子敬爱客,终宴不知疲。清夜游西园,飞盖相追随。明月澄清景,列宿正参差。秋兰被长坂,朱华冒绿池。潜鱼跃清波,好鸟鸣高枝。神飙接丹毂,轻辇随风移。飘飘放志意,千秋长若斯。

这里的"公子"当指曹丕。虽然李善注说:"公子,谓文帝,时武帝在,谓五官中郎也。"但曹丕于建安十六年任五官中郎将、副丞相以后,恐不便再称"公子"。所以,本诗的写作年份当为建安十六年前。至于本诗与曹植所作的同题诗为同时之作,则两诗对照,如同为"公宴",同是白天"终宴",同是宴后"清夜游",同是"飞盖"乘辇,等等,关键特征一致,是诗人与曹植同被"公子"曹丕宴请,而地点当为曹植诗中的邺下"西园"。当时宾主尽欢而散,后各作诗记之,刘桢所作即本篇。

诗标题"公宴",表明是公余上司所安排的公款宴请,而非寻常交际应酬,但诗中无"事",更无"公"事,而是直奔主题,集中笔墨写夜以继日地饮酒玩乐,歌诗游赏。时人所谓的"昼短苦夜长,何不秉烛游"(汉无名氏《古诗十九首·生年不满百》)意识,跃然纸上。也由此可见,宾主相得,宴间心情愉悦舒畅,与王粲在《公宴诗》中似不得不颂美曹操相比,诗人明显无拘无束,心情大好。由此反射出了曹丕兄弟对刘桢的信任与宽厚,而诗歌"建安风骨"的形成,就与"三曹"对文人的这种包容态度关系甚大。同时,也为刘桢为人为诗"少所拘忌"的性情与风格得以展现提供了环境氛围。

又诗虽标题"公宴",但正面写"公宴"的仅首二句。三、四句即转为宴罢之后的夜游西园。从天刚黑、月未上的"玄夜"到"月出",从乘"辇"而行到踏月游观、一路赏玩:嘉树清流,荷花池塘,灵鸟仁兽,华馆飞梁……起伏跌宕,宛转流连,流露出诗人当时对人生美好的沉湎与眷恋,其中有对富贵荣华的企羡和及时享乐的满足。而尾联首句之"长叹息",则显露出了诗人尽欢以后的感情与心态格外复杂,开心、感叹、赞美、满足等当兼而有之,也未必没有"虽信美而非吾土"(王粲《登楼赋》)的暗憾,以及对主人居处、生活过度奢华的潜在感受,但皆所谓人之常情,又蕴含诗人"自我"意识,读者从中当各有所得。

诗中除"灵鸟""仁兽"二句"假美名以言之"(李善注《文选》)的浪漫外,大体直言其事,不假雕饰,但观察细致,贴切自然,于质朴中露华美,于清丽中见真纯,如数家珍,似无意于诗,而诗意盎然。宋代范晞文《对床夜话》卷一评曰:"皆直写其事,今人虽毕力竭思,不能到也。"

集评

子建《公宴诗》云:"清夜游西园,飞盖相追随。明月澄清景,列宿正参差。秋兰被长坂,朱华冒绿池。潜鱼跃清波,好鸟鸣高枝。"读之犹见其景也。是时刘公幹、王仲宣亦有诗。刘云:"月出照园中,珍木郁苍苍……"王云:"凉风撤蒸暑,清云却炎晖。高会君子堂,并坐荫华榱。嘉肴充圆方,旨酒盈金罍。管弦发徽音,曲度清且悲。"皆直写其事,今人虽毕力竭思,不能到也。

(宋·范晞文《对床夜话》卷一)

建安之诗,体虽敷叙,语虽构结,然终不失雅正,至齐梁以后,方可谓绮丽也。刘公幹《公宴诗》云:"投翰长叹息,绮丽不可忘。"是叹一时所见之绮丽耳。即文帝诗感心动耳,绮丽难忘也。

(明·许学夷《诗源辩体》卷四)

清劲。

(明·陆时雍《诗镜》卷六)

鲜润如今日之始构。《公宴》诸诗,如无公幹,则当日群饮,酒肉气深、文章韵短矣。

(明末清初·王夫之《古诗评选》卷四)

通章只言游从之盛、景物之美。曾无一颂德语,又贤于仲宣"克配周公"远矣。此应付诗中之有品者。

此夜游之诗也。夜游者,日游之余,若不言白日,则嫌于俾夜作昼,而叙之则赘,故首句用"永日行游戏"截住。其园中景物,夜时不便突写,又用"月出照园中"一句点醒。

(清·吴淇《六朝选诗定论》卷六)

极善写言外之景,起句前结句后,更有多许文情。"月出"二句景活,所含者广。"清川"二句,有作意。"华馆"二句,生动。凡言有作意者,写景写事须与寻常不同。天下事物与寻常不同者,始堪歌咏,故诗以有作意为贵。起意与子建相似,子建语尤高。

(清·陈祚明《采菽堂古诗选》卷七)

刘公幹《公宴诗》,此篇似与子建一时所作。

(清·何焯《义门读书记》卷四十六《诗》)

观古人诗,须观其气象。此诗(按:指曹丕《芙蓉池》)气体用意,正声中锋,浑穆沉厚,精深华妙,似胜仲宣、公幹诸人,然终无多味。退之云:"欢娱之词难工。"观《公宴》诸诗,信矣。

《公宴诗》,子建就帝语衍为颂祝,盖不得不尔,须谅之。仲宣工于干谄,凡媚操无不极口颂扬,犯义而不顾,余生平最恶其人。昔人有言《魏公九锡》出于粲手,非潘元茂也。使粲此诗止于"含情欲待谁",岂不雅音乎?公幹止于慕悦繁华。惟应场《建章台》作,收句微存规意。必合此数诗而全观之，乃见当日七子，各极其一时才情意思，可以觇其所蕴蓄也。

（清·方东树《昭昧詹言》卷二）

仲宣《公宴》前十二句，流美清警，"见眷"以下颂体。公幹、德琏二诗，大抵皆以清绮流美紧健为佳。

（清·方东树《昭昧詹言》卷二）

赠五官中郎将诗四首①

其 一

昔我从元后,整驾至南乡。②过彼丰沛郡,与君共翱翔。③四节相推斥,季冬风且凉。④众宾会广坐〔一〕,明灯熺炎光。⑤清歌制妙声,万舞在中堂。⑥金罍含甘醴,羽觞行无方。⑦长夜忘归来,聊且为太康⑧。四牡向路驰,叹悦诚未央〔二〕。⑨(《文选》卷二十三、《初学记》卷十四略引)

校勘

〔一〕会广坐,《初学记》卷十四作"咸会坐"。坐,五臣注《文选》作"座"。

〔二〕叹,五臣注《文选》作"欢"。

注释

① 五官中郎将:汉代官名。初为朝廷禁卫统领,后成为介于将军和校尉之间的阶层。《三国志·魏书·武帝纪》:"(建安)十六年春正月,天子命公(曹操)世子丕为五官中郎将,置官属,为丞相副。"曹丕(187—226),字子桓,曹操第二子。曹操死后,曹丕代汉为魏文帝(220年至226年在位)。与其父曹操和弟曹植并称"建安三曹",今存《魏文帝集》二卷。著有《典论》,其中《论文》是中国早期的重要文论著作。刘桢写此诗时,曹丕二十五岁,为副丞相兼五官中郎将,统领禁卫军。

② 从:跟随,归属。元后:夏朝君主的称号,即天子。《尚书·大禹谟》:"天之历数在汝躬,汝终陟元后。"孔传:"言天道在汝身,汝终当升为天子。"或说称自己的主人(见本诗"集评"黄恩彤《刘桢传》)。这里

指曹操。曹操（155—220），字孟德，一说本姓夏侯。沛国谯县（今安徽亳州）人。中国古代杰出的政治家、军事家、书法家、诗人。"建安文学"的开创者，三国魏的奠基人，史称"魏武帝"。"整驾"句，李善注《文选》曰："至南乡，谓征刘表也。"

③ 过：经过。丰沛郡：指汉高祖刘邦的故乡沛县丰邑。《汉书·高祖本纪》："高祖，沛丰邑中阳里人也。"应劭曰："沛，县也。丰，其乡也。"孟康曰："后沛为郡而丰为县。"即今江苏省徐州市的丰县和沛县。又自汉光武帝建武十八年（42）迁豫州治于谯县。二十年谯县改属沛国。建安十八年（213）为谯郡治，至刘桢作此诗时，谯与沛早就是一地，故李善注《文选》曰："丰，汉高祖所居，以喻谯也。"《诗人玉屑》卷二《沧浪诗评》曰："刘公干《赠五官中郎将诗》：'昔我从元后，整驾至南乡。过彼丰沛都，与君共翱翔。'元后盖指曹操，至南乡谓伐刘表之时，丰沛都喻操谯郡也。"谯：古焦国（今安徽亳州），曹操与其嫡系夏侯惇、夏侯渊、许褚、曹仁等人的故里。君：指曹丕。翱翔：鸟之飞翔，这里指同游。《诗经·郑风·有女同车》："将翱将翔，佩玉将将。"

④ 四节：指春、夏、秋、冬四季。推斥：推延。季冬：古代分四季各三个月，依次称孟、仲、季。季冬是农历最末的一个月，即十二月。

⑤ 会广坐：参加宴会的人多。会，聚。熺：极明亮貌。

⑥ 清歌：无伴奏唱歌，即清唱。张衡《思玄赋》："双材悲于不纳兮，并咏诗而清歌。"一说为清脆的歌声。葛洪《抱朴子·知止》："轻体柔声，清歌妙舞。"万舞：古代的舞名。先是武舞，舞者手拿兵器；后是文舞，舞者手拿鸟羽和乐器。这里或泛指军中的舞蹈。《诗经·邶风·简兮》："简兮简兮，方将万舞……硕人俣俣，公庭万舞。有力如虎。"中堂：正中的厅堂，或指厅堂之中。

⑦ 金罍（léi）：古代一种饰金的盛酒器，这里泛指酒盏。《诗经·周南·卷耳》："我姑酌彼金罍，维以不永怀。"含：这里指盛着。甘醴：甜酒，美酒。羽觞：古代一种酒器，作鸟雀状，左右形如两翼。一说插鸟羽于觞，促人速饮。《楚辞·招魂》："瑶浆蜜勺，实羽觞些。"王逸注："羽，翠羽也。

觞，瓢也。"洪兴祖补注："杯上缀羽，以速饮也。一云：作生爵形，实曰觞，虚曰觯。"无方：本谓不得法，方法不对。此言劝酒过度殷勤。

⑧ 聊且：姑且，暂且。太康：泰康。《诗经·唐风·蟋蟀》："无已大康，职思其居。"朱熹《诗集传》："大康，过于乐也。"陆德明《经典释文》："大，音泰。"大，通"太"，泰也。

⑨ 四牡：指四匹马拉的车。牡，牛马的雄性，这里指公马，又暗喻辞归。李善注："四牡，骊驹也。"《汉书·王式传》："歌《骊驹》。"文颖曰："其辞云'骊驹在门，仆夫具存；骊驹在路，仆夫整驾'也。"

直译

当年归曹公，随征至南方。
曾经高帝里，陪您共游赏。
四季相推移，腊月风最凉。
众宾聚广坐，明灯耀炎光。
清歌唱妙诗，万舞起中堂。
金尊盛美酒，羽觞劝饮狂。
夜深乐忘回，姑此醉一场。
四牡车驰归，感叹欢喜长。

新解

本组诗赠五官中郎将曹丕，共四首。据《三国志·魏书》，曹丕于建安十六年，为五官中郎将、副丞相。学者以为"诗中有'壮士远出征'语，似指本年十月曹丕随父对孙权的征伐，故系于本年"（"韩本"《建安七子年表》），即这组诗的写作时间在建安二十一年十月曹丕随父出征东吴之前。

这是第一首，回忆初识曹丕的过程和当时在曹丕家乡宴游的快乐时光。虽时过境迁，但彼时游览之况恍然如昨，欢悦之情，余味未已。故此诗为赠别，却从当年"乐莫乐兮新相知"写起，突出当年一见倾心，如今交久情深,有推心置腹之慨。

诗中叙事,关乎刘桢的出仕时间。乃在"昔我从元后,整驾至南乡"的时间该如何认定。"元后"在这里指曹操。但仍有两个问题:一者建安元年(196)至建安三年,曹操迎汉献帝至许都(今河南许昌东)以后,开始所谓的"挟天子以令诸侯",适"(张)绣领其众,屯宛,与刘表合。太祖南征,军淯水,绣等举众降",降而复叛并终降,今学者谓之"三征张绣……破张绣、刘表联军"(夏传才《曹操集校注·曹操年谱》);二是建安十三年(208)七月,曹操再次南征刘表并一举击破,刘表病死,其子刘琮率众降。

学者或认为,"昔我"二句为刘桢在建安十三年七月归属曹操事,可备一说。但"俞本"考证,刘桢"生年或在熹平四年(一七五)前后,晚于徐幹,而略早于王粲"。颇疑如是则建安元年刘桢约二十二岁,十三年约三十五岁。如以其"少小长东平(宁阳)",至三十五岁才"沦飘薄许京"(《文选》卷三十谢灵运《拟魏太子邺中集诗八首五言并序·刘桢》)而归曹随部南征,此时才结识曹丕(二十二岁)等,就未免太晚了。故上引韩著亦说"似在本年之前刘桢已经入仕"。但本诗"昔我"二句叙事,明是没有任何间隙,故本书以刘桢"昔我从元后"云云之事为建安元年至三年间事。《典论·自叙》:"以时之多故,每征,余常从。"曹丕十至十二岁随征,刘桢自此结识曹丕。

这首诗本是写给曹丕一个人看的,从"昔我从元后"二人初交写起,以勾起曹丕与自己的共同记忆,并加深两人之间的友谊。同时,以推崇"元后"表忠贞,并示敬于曹丕,也未必没有以十余年"旧部"自重之意。"过彼"二句述二人在曹氏故里把臂同游的时光,等于说当年自己曾随从曹丕在其老家观瞻游玩,真是荣幸和快乐。总之,前四句虽实话实说,但站位得当,拿捏有度,敬中有爱,不卑不亢,给人以主从有上下,而情感如兄弟之惬意舒心的感觉。孔子所谓"诗,可以兴……可以群"(《论语·阳货》)者,由此可见!

五、六句起写时值隆冬,战争残酷,寒帐惨淡,在难得的作战间隙,不得不通过饮酒作乐进行放松与调节。诗写曹营军中之宴,大庭广座之上,来宾众多，明灯闪亮，除与《公宴诗》的温文尔雅、诗酒风流相近，有"清歌""妙声"之外，迥然不同的是分为"武舞"和"文舞"的"万舞"，推杯换盏也是"金罍含甘醴，羽觞行无方"。开怀畅饮，大醉方休，然后"四牡"驰骋在路，真是一次难忘的军中盛宴啊！而与"七子"的《公宴诗》诸作对看，可知此首乃"军宴诗"！

其 二

余婴沉痼疾，窜身清漳滨。①自夏涉玄冬〔一〕，弥旷十余旬〔二〕。②常恐游岱宗，不复见故人。③所亲一何笃，步趾慰我身。④清谈同日夕，情昒叙忧勤〔三〕。⑤便复为别辞，游车归西邻。⑥素叶随风起，广路扬埃尘。⑦逝者⑧如流水，哀此遂离分。追问何时会，要我以阳春。⑨望慕结不解，贻尔新诗文。⑩勉哉修令德，北面自宠珍。⑪（《文选》卷二十三、《古诗纪》卷十六、《说文解字·系传》广部"痁"字注）

〔一〕涉玄冬，《说文解字系传》注作"及徂秋"。孙志祖《文选考异》云："若自夏涉冬，则不止十余旬矣；且诗三章明云'秋日多悲怀'，是秋而非冬也。楚金所据本当不误。""俞本"云："按，当据《说文解字系传》正。"今作"涉玄冬"者，恐是后人依上首"季冬风且凉"句而妄改之。其实诗写于冬季，为追忆夏秋之事，而自夏至孟冬"十余旬"中包含了秋季，故"涉玄冬"表达无误。

〔二〕弥旷，《说文解字系传》注作"旷尔"，五臣注《文选》作"弥广"。

〔三〕昒，《古诗纪》卷二十六作"盼"。

①婴：遭受，遭遇。沉：深陷。痼（gù）疾：久治不愈的病。窜身：避居。清漳：水名，今漳河上游，在山西省东南部。东南流经河北省涉县合漳村，与浊漳河汇合为漳河。滨：水边，这里指漳河之滨。

②涉玄冬：快到冬天。涉，涉及，接近。玄冬，冬天的别称。玄，黑色。古代以四方配四季之位，北方为冬，其色黑，故云。弥旷：久别。弥，远。旷，疏旷。旬：时间单位，十天为一旬。

③游：这里指被召至。岱宗：泰山的别称。李善注引《援神契》曰："太山，天帝孙也，主召人魂。"故"游岱宗"为隐言死亡。刘桢的家乡宁阳距泰山不远，有俗语云人死为"回老家"。故人：旧交，老朋友。

④所亲：亲爱之人，好友，这里指曹丕。一何：竟如此，出乎意料。笃：深挚。步趾：亲步玉趾，谓亲自登门探问。《左传·僖公二十六年》："公使展喜犒师……曰：'寡君闻君亲举玉趾，将辱于敝邑。'"步，行走。趾，脚趾，代指脚。

⑤清谈：承袭东汉朝士"清议"风气，魏晋文士常就一些玄学问题析理问难，反复辩论，谓之"清谈"。后世论者以为玄远不切实际，故有"清谈误国"之说。同日夕：直到太阳落山。情眄：深情相看。叙忧勤：为叙说军国政事之忧。《毛诗序》云："《卷耳》，后妃之志也。又当辅佐君子，求贤审官，知臣下之勤劳……朝夕思念，至于忧勤也。"

⑥便复：于是就。西邻：指邺城。

⑦素叶：秋叶。按古代五行之说，金以配秋，其色白，故秋天的落叶称素叶。广路：大路。

⑧逝者：此指时间，光阴。《论语·子罕》："子在川上曰：'逝者如斯夫，不舍昼夜。'"

⑨要：古同"邀"，约请。《论语·宪问》："久要不忘平生之言。"何晏注："久要，旧约也。"阳春：春天，以春暖故称。

⑩望慕：盼想，思恋。结：系，绾。不解：这里指依依不舍之情无法

排遣，亦即作赠此诗的原因。贻尔：赠您。新诗文：李善注引蔡邕《瞽师赋》："咏新诗以悲歌。"

⑪勉：努力。令德：美德。《左传·成公十年》："君子曰：'忠为令德。非其人犹不可，况不令乎。'"北面：古代君主南向坐，臣子向北朝见，故以北面代指事君。李善注《文选》："北面，臣位也。"宠珍：因受宠而珍贵，这里指曹丕之父曹操的宠爱。

直译

我病久不愈，藏身清漳滨。
自夏近寒冬，久别十余旬。
常恐泰山召，不复见故人。
您爱我真诚，亲临赐慰问。
清谈至日落，情共忧世心。
便又叙别辞，回车归西邻。
落叶随风飘，大路扬风尘。
光阴如逝水，含悲而离分。
追问再会期，约我以来春。
感激成心结，赠您新诗文。
努力修忠德，为臣悦君心。

新解

组诗第二首，向曹丕倾诉别来光景。久病不愈，避居清漳河边，远离尘嚣已百余日，自是不免忧愁寂寞。常想曹丕以太子之尊，于百忙之中亲车莅临，看望慰问，清谈尽日，诗人作为下属与挚友，岂不诚惶诚恐，感激不尽，于是作诗以纪之，赠诗以谢之。则从本诗看紧承上篇，进一步表明组诗为致谢之作。从组诗次第看，刘桢步步为营，层折转深，虽缠绵于病榻之上，却感慨深沉，风力遒劲。

诗无关要紧大事，自是多深情。一者离群索居、缠绵病榻的孤寂、痛苦之情虽未溢于言表，但其正当盛年，却自夏至冬服药调养，恹恹百余日的"封闭"生活着实令人难耐。因此，自己的上司兼知己曹丕前来探病，自己当然会感到意外和惊喜：诚是担心一命呜呼，再不能见到老友！却不料老友不惜降尊纡贵，辇车飞盖，忽然而至，这令诗人何等惊喜、感动和珍惜啊！

诗的中心写曹丕来访的过程。没有写用餐，但曹丕至"日夕"方始别归，很可能是午后才至，唯图慰问友人、促膝"清谈"之快。所以二人各叙衷情，而曹丕作为五官中郎将兼副丞相，除对刘桢的病情有所关怀外，必是言不离军国大事。但事关机密，只好"此处省略数十句"，只用"叙忧勤"三字一带而过，即赋别离。晚秋风凉，落叶飘零，骊驹在路，后人诗中所谓的"相见时难别亦难"之情景宛然如在目前。

诗虽写友情，但因为作者身患重疾，生命危浅，朝不虑夕，对能否与曹丕再见一面实怀担忧，所以不由自主地"追问何时会"。古诗云："道路阻且长，会面安可知？"（《古诗十九首·行行重行行》）又云："人生非金石，岂能长寿考？"（《古诗十九首·回车驾言迈》）故"忧从中来，不可断绝"（曹操《短歌行》）。

此所以曹丕《典论·论文》中曰："盖文章经国之大业，不朽之盛事。年寿有时而尽，荣乐止乎其身。二者必至之常期，未若文章之无穷。"而刘桢大约正是与曹丕有此共识，从而虽有曹丕来年"阳春"再会之邀，但他心中明白，要活在当下。于是抱病而作此诗，以谢"五官中郎将"，以勉其努力修德，继续得到曹操的宠爱与信任。

诗的最后两句，虽似客套，但在曹氏兄弟"煮豆燃豆萁"般的争嗣斗争中，绝非不够重要！

其 三

秋日多悲怀，感慨以长叹。终夜不遑寐，叙意于濡翰。①明灯曜闺中，清风凄已寒。②白露涂前庭，应门重其关。③四节相推斥，岁月忽欲殚。④

壮士远出征,戎事将独难。⑤涕泣洒衣裳〔一〕,能不怀所欢⑥。(《文选》卷二十三、《古诗纪》卷二十六)

〔一〕涕泣,《古诗纪》卷二十六作"泣涕"。

① 终夜:通宵,彻夜。不遑寐:谓失眠。《诗经·小雅·小弁》:"心之忧矣,不遑假寐。"不遑,无暇,引申为不得。遑,空闲,闲暇。寐,睡。叙意:谓作诗文以寄意。濡翰:蘸笔,谓书写或绘画。濡,沾湿。翰,笔毫,毛笔。

② 曜:照耀,明亮。闺中:多指女子住房。闺,内室。枚乘《七发》:"今夫贵人之子,必宫居而闺处。"此泛指卧室。凄已寒:从凄凉到寒冷。

③ 白露:秋天的露水。《诗经·秦风·蒹葭》:"蒹葭苍苍,白露为霜。"涂:这里指落满。《楚辞·九叹》:"白露纷以涂涂兮,秋风浏以萧萧。"应门:古代王宫的正门。《诗经·大雅·绵》:"乃立应门,应门将将。"毛传:"王之正门曰应门。"重其关:重关,上两重关。关,闭门的横木。《说文》:"关,以木横持门户也。"

④ 四节:指春、夏、秋、冬四季。推斥:推移变换。殚(dān):尽。

⑤ 壮士:称曹丕。戎事:军事,战事。李善注《文选》:"壮士,谓五官也。《汉书》:高祖曰:'壮士行何畏!'出征,谓在孟津也。《魏志》曰:'建安十六年,文帝立为五官中郎将。'《典略》曰:'建安二十二年,魏郡大疫,徐幹、刘桢等俱逝。'然其间唯有镇孟津及黎阳,而无所征伐,故疑出征谓在孟津也。以在邺,故曰出征;以有兵卫,故曰戎事也。"但据夏传才、唐绍忠《曹丕集校注·曹丕年谱》记,建安十六年"七月,曹操西征马超,留丕守邺",无出征事。待考。

⑥ 怀所欢:所欢,指曹丕。《乐府诗集》卷三十七《西门行六解》:"请呼心所欢,可用解愁忧。"

直译

秋天多悲愁，感伤以长叹。
整夜难入睡，写心著诗篇。
明烛照卧室，清风凄生寒。
霜白掩前院，正门重重关。
四时相推移，岁月忽近年。
壮士远出征，独领军务难。
洒泪湿衣裳，能不盼您还？

新解

组诗第三首，写曹丕当时出征，作者未能随行，且病中不能亲至送行，依依不舍，念念不忘。值此秋冬之际，夜不能寐，乃濡翰作诗，以寄怀想，此即作诗之由。接写当下作诗，借景抒情：室内明烛高照，秋风作寒，霜掩前庭，而大门已关，真所谓"独坐空室中，愁有数千端"（晋杨方《合欢诗》）！乃出愁苦之言，乃叹季节推移，时光倏忽，已近深冬，而曹丕出征在外，独掌一军，该有多少为难！

按一般属下或朋友赠诗，走笔至此，接下来恐怕就是称赞颂扬、鼓气吹嘘，甚或想象大军如虎如貔，攻城略地，战无不胜，不日奏凯……这样未尝不可，却显俗了！何以故？答曰：胜败乃兵家常事，又曹氏家国之事，刘桢以曹氏家臣之微职议论军国大事，很可能被看作妄议，何况刘桢是性情中人，又在病中，哪有工夫操心这种事？所以，诗中虽提及曹丕的"出征"，但仅从友谊的角度关怀其掌军之"难"，更不多言其余。可见其人虽"憨直"（见本诗"集评"吴淇《六朝选诗定论》），但情商不低。

这首诗的中心在于通过对作诗动机、环境、心情的描绘，表达对曹丕的思念、关心和期待再见的心情。换言之，这不是一首"送行"诗，而是一首"怀人"诗。末句中"能不怀所欢"，"怀"字卒章见志，并侧露曹丕"出征"乃回忆中事，以启下篇。

诗一如前作，感时应物，即事而作。虽常人常事，但如画如见，情感自然流出，生动感人。宋代梅尧臣论诗曰："作诗无古今，唯造平淡难。"但"平淡"出于天然，若刻意为之，则难得臻此境界！

其 四

凉风吹沙砾〔一〕，霜气何皑皑〔二〕。①明月照缇幕②，华灯散炎辉〔三〕。赋诗连篇章，极夜不知归。③君侯多壮思④，文雅纵横飞。小臣信顽卤，僶俛安能追。⑤（《文选》卷二十三，《北堂书钞》卷一百三十二、《太平御览》卷七百各引"明月"二句，《韵补》卷一"皑"字注引前四句。）

校勘

〔一〕沙砾，《韵补》注作"砾砾"。

〔二〕霜气，五臣注《文选》作"氛霜"。

〔三〕灯，《太平御览》卷七百作"烛"。

注释

① 砾：李善注《文选》曰："砾，小石也。"皑皑（ái'ái）：洁白的样子。李善注《文选》曰："《说文》曰：'皑皑，霜雪貌。'刘歆《遂初赋》曰：'漂积雪之皑皑。'"

② 缇（tí）幕：橘红色的帷幕。缇，橘红色。

③ 连篇章：一首接一首。李善注《文选》引《论衡》曰："兴论立说，结连篇章者，文人鸿儒也。"极夜：半夜。《搜神记》卷十六《秦巨伯斗鬼》："伯恨……怀刃以去，家不知也，极夜不还。"

④ 君侯：称曹丕。李善注《文选》引《汉仪注》曰："列侯为丞相，称君侯。"壮思：豪壮的情思。

⑤ 小臣：刘桢对君上例行的谦称。信：确实，的确。顽卤：顽劣愚钝。卤，同"鲁"，愚钝。《论语·先进》："参也鲁。"僶俛（mǐnmiǎn）：勤勉

努力。僶,亦作"黾"。俛,亦作"勉"。《诗经·邶风·谷风》:"黾勉同心,不宜有怒。"

直译

凉风吹沙石,霜落何其白。
皓月照军帐,华灯散光辉。
赋诗篇复篇,半夜不知归。
君侯多壮思,文雅纵横飞。
小臣实愚鲁,奋勉如何追?

新解

组诗第四首,也是最后一首,这首诗有独立的内容,在全诗中占有特殊地位。首先,在前三首依次怀结交、探病和抒发别来之思以后,给这首诗留下了应有的内容,就是谈谈他们共同的爱好作诗。这在曹丕自应是军政大事之余,但在刘桢的生命中,好为诗歌的热情就比做官更强烈一些。这只要看他在《杂诗》中对"沉迷簿领书,回回自昏乱"的文案生涯是如何厌烦就可以知道了。因此,承其上三首"涕泣洒衣裳,能不怀所欢"的具体内容,就不仅是盼曹丕还归再会,而且想象他在戎马倥偬的征途中,也一定"是以古之作者,寄身于翰墨,见意于篇籍,不假良史之辞,不托飞驰之势,而声名自传于后"为榜样,勤于诗歌创作。这既是曹丕所喜欢和可能为之的,也是诗人所盼望的。

于是,作为组诗之一,这首诗的中心是以想象之辞称道曹丕的文才,大体从三面下笔。一是驻地或战场上恶劣的环境。因是霜降以后,所以其想象曹丕忙完一天的军务,帐幕空寒,他利用这仅有的空隙进行诗歌创作,使自己如曹操那样既是霸主,又是文坛领袖,在历史上能有一个文学家的美名。纵观曹丕短暂的一生,应该说这两个追求都在一定程度上实现了。就文学来说,他不仅创作了大量优秀的文学作品,更与其父曹操和胞弟曹植一起推动了"建安文学"的出现,使中国文学进入了鲁迅所称的"文学的自觉时代"

（鲁迅《魏晋风度及文章与药及酒之关系》）！

所以，刘桢怀赠曹丕的诗重在写其"出征"，却不写开疆拓土、征战杀伐，而以称颂表期待，对曹丕出征途中仍勤奋创作、不辍写诗的想象，实际表达的是诗人酷爱文学，以文学为生命归宿的志趣与愿望。以此与前汉扬雄视文学为"雕虫小技"和本朝班超"投笔从戎"相比，则可以看出如刘桢等身处汉末乱世、生命朝不保夕的文士们，开始意识到生命的价值，不仅要满足生前物质与感观的享受，还要努力追求身后的历史地位与名声。《古诗十九首·生年不满百》中所谓的"生年不满百，常怀千岁忧"，正是魏晋士人个体意识觉醒的生动标志。而此诗能够出现在刘桢赠"出征"途中的曹丕的应酬之作中，也正是具有了这种标志性。

二是对曹丕诗才的肯定与佩服。诗中写曹丕一夜之间"赋诗连篇章"，是说其诗思敏捷；"君侯多壮思，文雅纵横飞"是概括肯定其诗中有人、有气骨、有格局，风力健举，自成高格。这些话或以为不无吹捧之意，自古及今，学者虽以为曹丕主要是一位帝王政治家，但论中国古代文学，尤其是"建安文学"，对曹丕的成就与贡献的评价，实比刘桢此诗有过之而无不及。如陈寿《三国志》中称其"天资文藻，下笔成章"，今学者夏传才、唐绍忠《曹丕集校注》之《论曹丕》中则认为："（曹丕）是才华过人的作家，是邺下文人集团的领袖人物，对建安文学的繁荣和七言诗的发展，做出了不可磨灭的贡献。"而此诗作为当时人对曹丕的评价，更有时人重之的现实意义。

三是对曹丕的崇敬与仰慕。这集中体现于最后两句，既显示了诗人作为挚友却是下属的谦卑，也表达了作者望尘莫及的感慨。曲终奏雅，既礼貌周全，又不失风度。所谓"卓荦偏人"，又诚文坛"可儿"啊！

最后，本组诗四首为答赠追怀之作，"集评"中清朝吴淇《六朝选诗定论》论之最确。四首虽各有侧重，但总体为赠一人，所以内在联系密切。读者当就每首各窥其妙的同时作整体观（其实论组诗皆当如此，而往往忽略了），欣赏其如"四节相推斥"的前呼后拥、翩翩跹跹之致。"其五言诗之善者，妙绝时人"（魏文帝《与吴质书》），也包括了组诗创作一以贯之的成功经验，诚中古诗歌之妙品，今存刘诗中之佳作。《诗品》谓之"贞骨凌霜，高风跨俗"，不为过也。

集评

刘公幹《赠五官中郎将》诗："昔我从元后，整驾至南乡。过彼丰沛都，与君共翱翔。"元后，盖指曹操也。至南乡，谓伐刘表之时。丰沛都，喻操谯郡也。王仲宣《从军诗》云："筹策运帷幄，一由我圣君。""圣君"亦指曹操也。又曰："窃慕负鼎翁，愿厉朽钝姿。"是欲效伊尹负鼎干汤以伐桀也。是时，汉帝尚存，而二子之言如此，一曰"元后"，一曰"圣君"，正与荀彧比曹操为高光同科。或以公幹平视美人为不屈，是未为知人之论。《春秋》诛心之法，二子其何逃？

（宋·严羽《沧浪诗话·诗评》）

古人赠答，多相勉之词。苏子卿云："愿君崇令德，随时爱景光。"李少卿云："努力崇明德，皓首以为期。"刘公幹云："勉哉修令德，北面自宠珍。"杜子美云："君若登台辅，临危莫爱身。"往往是此意。有如高达夫赠王彻云："我知十年后，季子多黄金。"金多何足道，又甚于以名位期人者。此达夫偶然漏逗处也。

（宋·严羽《沧浪诗话·诗评》）

"昔我从元后"，勉君侯以令德也。刘文学诗，风规俊朗，声清越以长，颂诗可想见其为人。叙述问答，有颂有勉，腕下折旋如风，见其气爽力劲也。

（清·朱嘉征《诗集广序》）

质直详赡。

（明·陆时雍《诗镜》卷六）

（其一）但叙昔欢，不及今感，俗笔于斯，乌能自已？史称桢有清才，此之谓也。

（其三）自然佳致，不欲受才子之名。景语之合，以词相合者下，以意相次者较胜。即目即事，本自为类，正不必蝉连，而吟咏之下，自知一时一事有于此者，斯天然之妙也。"风急乌声碎，日高花影重"，词相比而事不相属，斯以为恶诗矣。"花迎剑佩星初落，柳拂旌旗露未干"，洵为合符，而犹以有意连合见针线迹。如此云"明灯曜闺中，清风凄已寒"，上下两景几于不续，而自然一时之中，寓目同感。在天合气，在地合理，在人合情，不用意而物无不亲，呜呼，至矣！

（明末清初·王夫之《古诗评选》卷四）

（其一）一气嘹亮。"明灯"句新，"含"字生动，"四牡"句活。
（其二）楚楚直叙，情自宛切，句亦俊快。
（其三）并能凄切。"白露"二句，是建安句法，有隽致，尖于汉而高于晋。
（其四）"极夜"句、"文雅"句，皆建安法，声调可辨。

（清·陈祚明《采菽堂古诗选》卷七）

诸子中，惟公幹最鲠直，其于文帝，犹为"北面自珍"之语，其于子建可知矣。惜未见其赠答之诗耳。诸子在魏，犹孟子在齐，不治事而议论，魏武看诸子，俱是书生无济，然不收之，则失人望，故用之以充文学。

（清·吴淇《六朝选诗定论》卷五）

旧注以为文帝视疾去后奉赠之诗。细玩之，乃答赠之诗也。先是，公幹于夏月出居漳滨养疾。冬十月，文帝将有西行，遂来视疾，兼以别之也。临别，文帝期以明春即还相见，迄秋未归。文帝有诗赠，故公幹赋此诗以答之，而追叙其本末，诗语自明白。

魏氏于诸子，不过如富贵人家养几个作诗相公，陪伴自己子弟读书，或戏游，或饮酒，间亦教他代作些书札，其实非怜其才而大用之也。在诸子，当汉室大乱之后，四海无家，只得事急相随，留滞于此。其实心上多有不快活处。所以各人叙感恩处，只在饮宴间说去，而他无所及。

如此诗，凡四章。第一章述宴饮之好，并不他及；二章病漳滨，弗预其事，病中清谈相慰，居不与谋也；三章、四章，军中赋诗莫追，出不从行也。徐元直以母故从魏，终身不为画一策。公幹之诗，正是此意。

（其一）首章追述其始遇，以见恩遇之隆。

（其二）北面自珍，此言对武帝说得，对文帝说不得，可见公幹忠心劲骨。谢康乐谓为"卓荦偏人，所得经奇"，殆谓此欤？

（其三）前既"要以阳春"，此又云"秋日多悲"，见兵事难期，文帝尚在行间未还。

（其四）紧承上章"怀所欢"来。首二句是遥写子桓出征军中之秋景，次二句遥写军中之夜景，末六句遥写军中极夜赋诗。至于连篇累章之多，而已不能追，是所怀之深也。

（清·吴淇《六朝选诗定论》卷六）

（刘公幹《赠五官中郎将》）"昔我"首，"元后""丰沛"之语，殊伤诗教。

"余婴"首，叙致款曲，清利可诵。十余句，所谓告满百日也。

（清·何焯《义门读书记》卷四十六卷《诗》）

（刘公幹《赠五官中郎将》）四篇中，以"余婴沉痼疾"最佳。姜白石所谓摆脱一切，直书胸臆，于此可会。而一往清警，情词斐然，亦所谓"文雅纵横飞"者也。

（清·方东树《昭昧詹言》卷二）

孙月峰曰：（其一）只以浅显语略点，未见深奇之致。（其二）此篇稍有意态，虽亦涉浅语，而转折流动，风调转清逸。

（清·于光华《重订文选集评》）

方伯海曰：（其三）两章合看，是从阳春望到秋日，此诗作于秋日也。

（清·于光华《重订文选集评》）

张伯起曰：（其四）语多腴词，无甚生趣。

（清·于光华《重订文选集评》）

刘公幹诗，"昔我从元后"，王仲宣诗，"一由我圣君"。严沧浪云："元后，圣君，皆指曹操也。"是则二子全无心肝者。当相戒此等诗断不可读，读之恐坏人心术。

（清·薛雪《一瓢诗话》）

至桢之仕，在汉献帝建安之世，其卒亦在建安二十二年，固始终汉臣也。其与魏文帝及平原侯友善，特以文字见知在宾客之列。及魏武为丞相辟为掾属，乃以吏道进身，东汉诸名士往往如是，义无不可。

宋严羽摘其诗中"元后"一语，及王粲诗中"圣君"为訾，比诸荀彧、高光之喻，不知自春秋以来家臣称大夫例曰"主君"，至汉则掾属称其长官曰"府君"，"后"亦"君"也；未闻汉以后臣下有称天子曰"君"、曰"后"者。安得以唐虞三代之旧称为例？即如东汉顺帝时，宁阳主簿诣阙诉其县令之枉，书语狂悖，尚书劾以大逆，虞诩驳之曰："主簿所讼，乃君父之怨。"主簿可称县令为"君父"，掾属不可称丞相为"君""后"乎？羽知以"春秋之义"责桢、粲，而于东汉尊卑称谓尚未之考，其持论亦无据矣。

谢灵运拟桢诗曰："穷居晏里闲，少小长东平。"此言桢本寒士，先未委贽于汉也。又曰："河兖当冲要，沦飘薄许京。"此伤桢遭汉末兵乱流寓许昌也。又曰："广川无逆流，招纳厕群英。"此言桢以才为曹氏所罗致也。吁！此则知桢者矣。

（清·黄恩彤《刘桢传》节录）

赠徐幹诗一首①

谁谓相去远,隔此西掖垣。②拘限清切禁〔一〕,中情无由宣。③思子沉心曲,长叹不能言。④起坐失次第,一日三四迁。⑤步出北寺门,遥望西苑园〔二〕。⑥细柳夹道生,方塘含清源。〔三〕⑦轻叶随风转,飞鸟何翻翻⑧〔四〕。乖人⑨易感动〔五〕,涕下与衿连〔六〕。仰视白日光,皦皦⑩高且悬〔七〕。兼烛八纮内,物类无颇偏。⑪我独抱深感,不得与比焉。⑫(《文选》卷二十三、《艺文类聚》卷一引"仰视"四句,《初学记》卷十一引"谁谓相去远"以下四句及"谁谓相去远"至"飞鸟何翻翻"十四句。)

〔一〕拘,《初学记》作"所"。
〔二〕望,《初学记》作"见"。
〔三〕《文镜秘府论·南·论文意》中二句颠倒,"含"作"涵"。
〔四〕翻翻,《初学记》作"翩翩"。
〔五〕动,《文选》卷三十一江淹《杂体诗》注作"恸"。
〔六〕涕,五臣注《文选》作"泪"。
〔七〕皦皦,《艺文类聚》作"皎皎"。

①《世说新语·言语篇》中"刘公幹以失敬罹罪"注引《典略》曰:"建安十六年,世子(指曹丕)为五官中郎将,妙选文学,使桢随侍太子。酒酣坐欢,乃使夫人甄氏出拜,坐上客多伏,而桢独平视。他日公(指曹操)闻,乃收桢,减死输作部。"当时在场的还有任职临淄侯文学的徐幹。刘桢入狱失去自由后寄诗徐幹,即此诗。徐幹(171—218),字伟长,北海郡剧

县（今山东省潍坊市寒亭区朱里镇会泉庄）人。东汉著名文学家、哲学家、诗人，与曹丕、曹植兄弟及刘桢等关系友好，为"建安七子"之一。曾任曹操司空军谋祭酒掾属，转任曹丕五官中郎将文学掾。建安二十二年（217）春，与刘桢同期染疫而死，享年四十八岁。《文心雕龙·才略》中称其"以赋论标美"。"论"即《中论》，对后世的哲学、文学影响颇大。

②"谁谓"二句，李善注《文选》曰："《毛诗》曰：'谁谓宋远？跂予望之。'《洛阳故宫铭》曰：'洛阳宫有东掖门、西掖门。'"相去，距离。西掖，中书省的别称。应劭《汉官仪》："左、右曹受尚书事。前世文士，以中书在右，因谓中书为右曹，又称西掖。"张铣注《文选》："有东西掖两门，徐在西，故云隔也。"吕延济注《文选》："是时徐在西掖，刘在禁省，故有此诗。"垣，矮墙，这里泛指墙。

③拘限：管制，囚禁。清切禁：谓严格与外界隔绝。刘良注《文选》："清切，犹严切也。"切，切合。清切，清晰准确。中情：心情。宣：抒发。

④思子：想你。子，古代对有学问、有道德的人的敬称。沉心曲：藏在心中。曲，弯曲处，这里指内心深处。《诗经·秦风·小戎》："言念君子，温其如玉。在其板屋，乱我心曲。"郑玄笺："心曲，心之委曲也。"朱熹《诗集传》："心曲，心中委曲之处也。"不能言，李善注《文选》："《古诗》曰：'气结不能言。'"

⑤起坐：犹举止。次第：犹常态。迁：变更，变动。

⑥北寺：汉末洛阳监狱名。《后汉书·陈敬王羡传》："（灵帝）诏槛车传送愔、迁诣北寺诏狱。"西苑园：西园，曹魏时邺下名园，遗址在今河南省邺县旧治北。曹植《公宴诗》："清夜游西园，飞盖相追随。"

⑦夹道：排列于道路两侧。方塘：方形的池塘，古代池作圆，塘作方，故云。

⑧翻翻：翩翩，翻飞貌。

⑨乖人：犹离人。乖，离。

⑩皪皪：明亮洁白貌。

⑪兼烛：谓并燃双烛或多烛并照。《韩非子·内储说上》："夫日兼烛

天下，一物不能当也。人君兼烛一国，一人不能拥也。"八纮（hóng）：八方之纲维，即八极，指天下。

⑫ 感："憾"之异体，指被下狱失去自由的遗憾。与比：相同。与"西园"中"轻叶随风转，飞鸟何翻翻"相较。

　　谁说相离远，仅隔西宫墙。
　　拘束清禁令，衷情难为传。
　　思君沉心底，长叹不能言。
　　起居失常序，一天三四变。
　　步出北监门，遥望彼西园。
　　细柳夹道生，方塘有清源。
　　叶轻随风荡，鸟儿飞翩翩。
　　囚独易动情，泪落与襟连。
　　仰天看白日，皎洁高空悬。
　　光芒照八极，万物都无偏
　　我独抱深憾，不能与同焉。

新解

　　这首诗的写作背景不详。但徐幹在《答刘桢诗》中云："与子别无几，所经未一旬。我思一何笃，其愁如三春。虽路在咫尺，难涉如九关。陶陶朱夏别，草木昌且繁。"（据"俞本"《徐幹集》）该诗即答刘桢此诗之作。由此可见，刘桢入狱时是"朱夏"，即夏天，他在狱中抑郁愁苦，先写诗以告好友兼同事徐幹。徐得诗之后无由探监，遂在刘桢入狱后不过十天的某日作答，故二诗可相对看。

　　这是刘桢因"平视"甄氏而被处"减死输作"后写给好友徐幹的一首抒情诗。虽然也是"穷苦之言"，但与上篇《赠五官中郎将诗》其二写受病魔之困的"穷苦"不同，也与普通刑事或忤逆案中身陷囹圄者的感受不同，此诗是刘桢因"风流小过"而身受牢狱之苦的呻吟。虽然如此,但诗人不敢喊冤叫屈,甚至一字不敢涉案情,但也没有后悔的表示和侥幸的希冀,其实"中情无由宣"一语中正有无限冤屈、愁烦、希冀、悔恨等复杂感情,只能饮恨吞声,"此时有声胜无声"而已!

因此,全诗就从"拘限清切禁"的人身不自由写起。其实也很简单,当然也许有诗人讳言其可能受辱、挨罚的原因,有关的叙事,也只有"起坐失次第,一日三四迁"十字而已。但是,这对整天听命奔走于曹魏最高层圈子里的刘桢来说,就足以激起其对高墙之外身心自由的强烈向往了。于是,有"步出"二句的畅想。"公宴""军宴"自不必说,能像树叶迎风轻翻、像鸟儿翩翩飞翔岂不也好过当下?但他当下还看不到摆脱困境的希望!万不得已,只能"乖人易感动,涕下与衿连"了。

然而痛苦之言,呻吟之诗,并非仅有绝望而没有希望。"仰视"二句明是写"白日光"的照耀,暗是寄望于曹操的圣明,也许曹操不会让他久困囹圄,放他一马。虽然后来机缘凑巧,也是他逢场作戏取得了成功,果然获释,但当时他如何想得到呢?所以诗的结尾仍是抱憾,也只有抱憾:现在自己连那树叶与鸟儿也不如了。上注已说"感"通"憾",是谓遗憾。前人均释"感"为感慨、感叹,未如作通"憾"解。

全诗怨而不怒,哀而不伤,纯朴质直,真诚感人。钟嵘《诗品》中称"白马与陈思答赠,伟长与公幹往复,虽曰'以莛扣钟',亦能闲雅矣"。莛(tíng),草之茎。"以莛扣钟"是说问答都无高见卓识。但在此诗所写的恶劣的政治环境中,能有所交流已是险事,其赠答诗如"以莛扣钟",正是言有分寸,既"不失人",亦"不失言",而"常行于所当行,常止于不可不止"(苏轼《与谢民师推官书》),乃诗所谓"闲雅"有致。

张平子诗云:"我闻其声,载坐载起。"王仲宣云:"我思弗及,载坐载起。"刘公幹云:"思子沉心曲,长叹不能言。起坐失次第,一日三四迁。"

怀人之意，尽于此矣。

（宋·范晞文《对床夜话》卷一）

《楚辞》云："思公子兮未敢言。"惟其不言，所以为思之至。刘公幹云："思子沉心曲，长叹不能言。"本《楚辞》也。

（明·都穆《南濠诗话》）

诗有简而妙者，若刘桢"仰视白日光，皎皎高且悬"，不如傅玄"日月光太清"。

（明·谢榛《四溟诗话》卷二）

披衷如次，不以点缀为工。

（明·陆时雍《诗镜》卷六）

"谁谓相去远"，赠友也。情致娓娓，任其缭绕委至，弥见雄逸，却与古诗融于水乳。

（清·朱嘉征《诗集广序》卷七）

起句便能宛转，总缘笔隽，抒写如意。"起坐"二句，善状历乱之情，"乖人"二句语隽，俱是建安气体。

（清·陈祚明《采菽堂古诗选》卷七）

直而不迫，难乎其不迫也。"细柳夹道生"以下二十字，谢客疑神授者，此乃白日得之，讵不欣幸？

（明末清初·王夫之《古诗评选》卷四）

武帝末年欲易太子，故文帝与子建各树党翼，而子建之党尤盛。唯伟长澹泊，公幹戆直不与。然伟长以澹泊故无感，公幹戆直招忌，故独抱深感。

然此深感，除伟长外，再无一人可告诉者。故思之不已而望，望之不已而感。要知不是思人、望人，只是自己心中有事，故见"细柳"云云，感之而动也。至仰观日光，所感尤深。要知只是慊慊不平，无觊觎之意。若有觊觎，焉得为"卓荦偏人"。

（清·吴淇《六朝选诗定论》卷六）

《魏志》云，桢以不敬被刑，刑竟署吏。此诗有"仰视白日"之语，疑此时作也。"步出北寺门"，或桢方输作于北寺耳。

（清·何焯《义门读书记》卷四十六《诗》）

孙月峰曰："是浅意而写得浓至。劲逸之甚，虽点换转注而气更不住，此所谓气来之调。"

（清·于光华《重订文选集评》）

时徐为太子文学，故在西园。所云"北寺"，当是被刑输作北寺署吏时作，故有"仰视白日"等语。

（清·方东树《昭昧詹言》卷二）

赠徐幹①〔一〕

猥蒙惠咳唾,贶以雅颂声〔二〕。②高义厉青云,灼灼有表经〔三〕。③
(《北堂书钞》卷一百)

校勘

〔一〕《北堂书钞》引作此题,但与上首韵不同,当别为一首。

〔二〕雅颂,"陈本"《北堂书钞》作"大雅"。

〔三〕有表经,"陈本"《北堂书钞》作"粲华星"。

注释

① 此诗不全。或在上题《赠徐幹诗一首》之后,也作于建安十六年(211)。

② 猥:这里是自谦之语。蒙:敬辞,承蒙。咳唾:对人言语的敬称。《庄子·渔父》:"幸闻咳唾之音。"贶(kuàng),赐予。雅颂,《诗经》中的《雅》与《颂》,以此喻徐幹答诗之格高句美。《礼记·乐记》:"故听其雅、颂之声,志意得广焉。"

③ 厉:本指磨刀石,后写作"砺"。这里引申为高扬、疾飞貌。灼灼:鲜艳明丽貌。表经:典范,准则。《史记·秦始皇本纪》:"群臣相与诵皇帝功德,刻于金石,以为表经。"

直译

承蒙寄金句,赐我雅颂声。
高义凌青云,彰明立典经。

本诗虽似未完,但大约可知为诗人得徐幹答诗之后的再答之作。但上一首"新解"引徐幹《答刘桢诗》似亦未完,所以不能确定二者之间是何种联系。唯从"高义"句看,应是徐幹答诗中曾对刘桢当下的困境有所慰问、劝解和忠告,使刘桢感到宽慰与受到启发,所以本诗作为再答之作,首二句即对来诗称颂备至,表达了愉悦、感激和佩服、崇敬的心情。后二句对来诗内容作具体评价:一赞来诗中显现出来的徐幹之"高义";一赞来诗中徐幹的忠告切实可行和诗本身之高妙,堪称"表经"云云。唐代韩愈《荆潭唱和诗序》中论诗曰:"和平之音淡薄,而愁思之声要妙;欢愉之辞难工,而穷苦之言易好。"四句乃"穷苦"中之"欢愉之辞",其美在"淡薄"与"要妙"之间乎?

赠从弟诗三首①

其 一

泛泛东流水,磷磷水中石。②蘋藻生其涯,华纷何扰弱〔一〕。③采之荐宗庙,可以羞嘉客〔二〕。④岂无园中葵,懿此出深泽。⑤(《文选》卷二十三)

校勘

〔一〕华纷何扰弱,五臣注《文选》与《渊鉴类函》作"华叶纷扰溺"。

〔二〕嘉客,《渊鉴类函》作"佳客"。

注释

① 这首诗的写作时间不详。从弟,堂弟,其人不详。

② 泛泛:水流浮动荡漾的样子。《诗经·邶风·二子乘舟》:"二子乘舟。泛泛其景。"磷磷:水中石头突立的样子。

③ 蘋藻:浮萍,可食。涯,水边。华纷:乱花。华,花。扰弱:微微晃动。弱,微弱,引申为轻。或从五臣注《文选》改为"溺",但不合韵,故不从。

④ 荐:进献,祭献。宗庙:古代帝王、诸侯祭祀祖宗的庙宇。羞:进献。《左传·隐公三年》:"可荐于鬼神,可羞于王公。"

⑤ 园中葵:园中栽培的向日葵。葵花王一日间随太阳转首,喻人情逐冷暖的世俗人。《乐府诗集·长歌行》:"青青园中葵,朝露待日晞。"葵,菊科草本植物。懿:美好。

潺潺东流水,磷磷水中石。
蘋藻生水际,乱花微动作。
采之祭祖庙,亦可宴嘉客。
园中葵岂比,此美出深泽。

本组诗有三首,这是第一首。全诗境界自《诗经·邶风·二子乘舟》化出。《二子乘舟》诗曰:

> 二子乘舟,泛泛其景。愿言思子,中心养养。
> 二子乘舟,泛泛其逝。愿言思子,不瑕有害。

毛传曰:"二子乘舟,思伋、寿也。卫宣公之二子,争相为死。国人伤而思之,作是诗也。"《左传·桓公十六年》载:

> 初,卫宣公烝于夷姜,生急子,属诸右公子,为之娶于齐而美。公取之,生寿及朔,属寿于左公子。夷姜缢,宣姜与公子朔构急子。公使诸齐,使盗待诸莘,将杀之。寿子告之,使行,不可,曰:"弃父之命,恶用子矣。有无父之国则可也。"及行,饮以酒。寿子载其旌以先,盗杀之。急子至曰:"我之求也,此何罪?请杀我乎?"又杀之。

引文中的"急子"即"伋"。伋子是卫宣公与其父卫庄公的姬妾夷姜私通生下的儿子,被托给了右公子抚养,并因为卫宣公宠爱夷姜,伋子被立为太子,仍由右公子辅教。于是,右公子为太子伋迎娶齐国僖公的女儿宣姜。但是宣姜长得太漂亮了,还没来得及成婚,就被卫宣公抢娶了过去,卫宣公却为太子伋另娶了一位女子。后来，宣姜为卫宣公生下两个儿子公子寿与朔，都由左公子教导。因此夷姜被冷落，失宠自杀。夷姜死后，宣姜和公子朔诽谤太子伋，卫宣公也开始厌恶太子伋，总想废掉他。待听了宣姜和公子朔的谗言，就派太子伋持节（白色的旄）出使齐国，指使强盗在卫国边境莘（今山东聊城莘县），看见持白色旄节的人就杀掉。但是，公子寿把父亲的这个阴谋告诉了太子伋，并劝他赶快逃走。却不料太子伋是一位孝子，决不背叛父命。公子寿只好把太子伋灌醉，偷走其旄节上路，一到莘地就被强盗杀了。后来，太子伋赶到了，对强盗说他们杀错了，自请被杀，强盗果然把太子伋也一并杀了。这个事件的结果就是，宣姜终于使卫宣公立自己喜欢的儿子公子朔为太子，公子朔后为齐惠公。朱熹《诗集传》曰"旧说"如此，"国人伤之，而作是诗也……而疑之也"。

刘桢此诗是不是真的与《二子乘舟》诗相关，并不能确定。虽然如此，汉人宗经，《毛诗传》的影响不可小觑，朱熹说诗仍引此"旧说"，因而我们也不能轻易视作伪学。事实上，刘桢此诗的确不是与上述的全部故事有关，而是仅取伋、寿两同父异母兄弟间生死与共的情谊，以比况自己与受赠本诗的"从弟"的关系。

因此，从这首诗起首的"泛泛"二句，就应该想象为清流乘舟，轻快荡漾。接下来，中间四句再以"蘋藻"的意象比诸叔伯兄弟，虽生两"涯"，但都丛生聚长，可以共祭宗庙，可以同宴嘉宾，这都是同宗兄弟间才能有和必须有的事，而别门外姓不得参与。由此，表示了与"从弟"同根同树、枝叶相关之亲，是传统宗族观念和感情的生动体现。而结尾两句以转来转去的"青青园中葵"作比，强调有家族宗亲关系的叔伯兄弟比社会上的朋友更为可靠。这样说固然不无偏颇，但儒家强调"亲亲，仁也"（《孟子·告子下》），本诗既是赠"从弟"话家常，则内外有别也属人之常情。

由此可见，这首诗竟如谢灵运称刘桢文"所得颇经奇"（谢灵运《拟魏太子邺中集诗八首五言并序·刘桢》），似易读而实深邃，似寡淡而实浓郁。如果不是结合了《诗经·邶风·二子乘舟》深究其内蕴，那就只好把此诗看作"首章以蘋藻比，慰清修之必见用"（张玉谷《古诗赏析》卷九）的明志诗，却又与血缘关系不远不近的"从弟"何干？所以，作为组诗第一首，读者欲知其义，不能不想到《毛诗序》所谓"诗者……先王以是经夫妇，成孝敬，厚人伦，美教化，移风俗"之旨，本首旨在与"从弟"叙家族之谊。《升庵诗话》卷十三云："刘公幹《赠从弟诗》，有《国风》余法。"正是如此。当然，"诗无达诂"，见仁见智。

其 二

亭亭①山上松〔一〕，瑟瑟谷中风。风声一何②盛〔二〕，松枝一何劲。冰霜正惨怆③〔三〕，终岁④常端正〔四〕。岂不罹凝寒〔五〕，松柏有本性。⑤（《文选》卷二十三、《文镜秘府论·南·论文意》录前四句、《古诗纪》卷二十六、《艺文类聚》卷八十八）

校勘

〔一〕亭亭，《文镜秘府论》作"青青"。又，山，作"陵"。瑟瑟，作"飋飋"。风声，作"秋风"。

〔二〕声，《文镜秘府论》作"弦"。

〔三〕冰，《艺文类聚》作"风"。惨怆，五臣注《文选》、《艺文类聚》和《渊鉴类函》作"惨凄"。

〔四〕常，《艺文类聚》作"恒"。

〔五〕罹，《文选》《艺文类聚》作"罗"。《古诗纪》卷二十六作"罹"，据此改之。凝寒，《艺文类聚》作"霜雪"。

注释

① 亭亭：直立貌，独立貌。

② 一何：为何，多么。

③惨怆：悲惨。怆，伤，悲。
④终岁：终年，整年。
⑤罹：遭受。本性：天性。《庄子》："天寒既至，霜雪既降，吾是以知松柏之茂也。"

直译

挺拔山上松，萧萧山谷风。
风声何其大，松枝何其劲。
冰霜凝凄冷，终年固端正。
岂不畏霜冻？耐寒松柏性。

新解

组诗第二首。这首诗的主要意象是一棵"山上松"，作者从多方面赞美它，那么，我们将其解释为"从弟"的象征，同时是作者的理想人格的象征，大概不会错。而松在山上，风在谷中。风吹烈烈，松枝坚挺，此何意也？有学者认为，受刘桢赠诗之"从弟"是一位坚持独立人格的"隐士"，虽或不中，但亦不远矣。

诗接下来更进一层，写"松"还受到冰霜的考验，"冰霜正惨怆，终岁常端正"，似乎漫天霜冻都对它无可奈何，"松"就一直端端正正地挺立在那儿。这是怎么一回事呢？《论语·子罕》曰："子曰：'岁寒，然后知松柏之后凋也。'"又《庄子·让王》曰："天寒既至，霜雪既降，吾是以知松柏之茂也。"

这首诗以"松柏"独立山冈、迎风抗寒、不折不弯、常自端正的坚强、高贵的精神赠予"从弟"。虽不露痕迹，但也隐隐赞美了"从弟"面对孤独能自坚守的"隐士"精神，并将其提高到了儒、道圣贤所肯定和向往的境界，使读者想见其人，顿生钦敬、感佩之意！

叙事、写景、议论一气呵成，形象生动，"从弟"个性鲜明。因物见情，情景交融，浑然一体。读来动人心旌，催人奋发，印象深刻。魏文帝《与吴质书》曰："公幹有逸气，但未遒耳。"以为概观则可，施于本篇，恐有失公允。又，诗中连用"一何"，后世杜甫《石壕吏》诗中"吏呼一何怒，妇啼一何苦"即由此化出。

其 三〔一〕

凤皇集南岳，徘徊孤竹根。①于心有不厌〔二〕，奋翅凌紫氛〔三〕。②岂不常勤苦〔四〕，羞与黄雀群〔五〕。③何时当来仪，将须圣明君〔六〕。④（《文选》卷二十三、《初学记》卷三十、《艺文类聚》卷九十引缺"何时"二句。）

校勘

〔一〕《初学记》卷三十题作"刘桢凤凰诗"
〔二〕有，《初学记》作"存"。
〔三〕凌，《初学记》作"腾"。
〔四〕勤，《初学记》作"辛"。
〔五〕黄雀，《初学记》作"雀同"。
〔六〕将，《初学记》作"要"。

注释

① 凤皇：凤凰。具有鲜艳羽毛和优美体型及动作的一种鸟，古人以为瑞鸟。南岳：南方的大山，此指丹穴山，喻"从弟"隐居之山。《山海经·南山经》："丹穴之山……有鸟焉，其状如鸡，五采而文，名曰凤皇。"徘徊：在一个地方来回走，这里指靠近。孤竹，郑玄注《周礼·春官·大司乐》："孤竹，竹特生者。"《史记·伯夷列传》："伯夷、叔齐，孤竹君之二子也。……武王已平殷乱，天下宗周，而伯夷、叔齐耻之，义不食周粟，隐于首阳山，采薇而食之。"这里以喻"从弟"是伯夷、叔齐那样的隐士。孤竹君，即孤竹国君。据近世考古，有学者认为今唐山滦南为古孤竹国的中心。

②厌：满足，满意。凌：飞升，高蹈。紫氛：紫气，喻仙境。《史记·老子韩非列传》司马贞《索隐》引《列仙传》曰："老子西游，关令尹喜望见有紫气浮关，而老子果乘青牛而过也。"

③常勤苦：备尝艰苦。《诗经·大雅·卷阿》郑笺："凤皇之性，非梧桐不栖，非竹实不食。"以凤凰立身之高洁喻"从弟"。羞：不屑。黄雀：雀科金翅雀的一种，体小有黄毛，别名黄鸟、金雀、芦花黄雀等。李善注《文选》称："黄雀，喻俗士也。"群：为伍。

④来仪：来而有容仪。谓凤凰来仪，喻说来请出山。古人以为有凤凰来舞是祥瑞之兆。语本《尚书·益稷》："箫韶九成，凤皇来仪。"孔颖达疏："箫韶之乐作之九成，以致凤皇来而有容仪也。"又，《论语注疏·子罕》引孔安国曰："圣人受命，则凤鸟至，河出图。"须：待。圣明君：神圣英明的君主。

凤凰栖南岳，绕步孤竹根。
心怀凌云志，奋翅可腾云。
何以甘勤苦，为离黄雀群。
何时来朝聘？唯待圣明君。

新解

组诗第三首，即最后一首。这首诗承第二首赞赏、勉励"从弟"的高尚人品，进一步称道其胸怀大志，可堪大任。当下隐居自苦，只是因为不愿与庸人为伍。赞美中寄寓着劝其择机出山，也相信其早晚会结束隐居生涯，出山干一番事业的意思。

当然，这是委婉的表达。如果直接说他现在就应该弃隐出山，那就等于说"从弟"当下执迷不悟，自己成了为之点破迷津的人，岂非惹他不快？所以接下来说"何时"云云，等于表示认为当下时机未到，可自信且耐心地等待，这就为其留一台阶，而诗意亦从容不迫。而其"从弟"有没有出山入仕的想法是一个问题，就算出山求仕，也还要有合适的机会，那就是"圣明君"的诏命。

所以，这一首诗承其一以"蘋藻"比兄弟族谊和其二以"青松"比"从弟"人品，卒章见志，表达了自己对"从弟"不必坐老青山，虚度岁月，当择机弃隐出仕的忠告，体现了仁者赠人以言、君子爱人以德的善意，这应该是整组诗写作的目的和中心。虽然当世是否有"圣明君"和能否下诏请他的"从弟"实在很难说，甚至希望渺茫，但作为对"从弟"的赠诗，诗人有这样的期待也算关怀备至了。

集评

陈思之《黄雀》，公幹之《青松》，格刚才劲，而并长于讽谕。

（南朝梁·刘勰《文心雕龙·隐秀》）

又，刘公幹诗云："青青陵上松，飋飋谷中风。风弦一何盛，松枝一何劲。"此诗从首至尾，唯论一事，以此不如古人也。

（［日］遍照金刚《文镜秘府论·南·论文意》）

建安七子惟刘公幹独为诸王子所亲。曹操威焰盖世，甄夫人出拜，诸人皆伏，而公幹独平视，虽输作而不悔，亦可嘉矣。故梅圣俞诗云："公幹才俊或欺事，平视美人曾不起。自兹不得为故人，输作左校濒于死。"公幹尝有《赠从弟诗》云："亭亭山上松，瑟瑟谷中风。风声一何盛，松枝一何劲！"其寄意如是，岂肯少屈于操哉！末篇又托兴凤凰，有"何时当来仪，将须圣明君"之句，则不以圣明待操矣。

（宋·葛立方《韵语阳秋》卷二十）

横浦张九成谓王粲《赠蔡子笃诗》大有变风之思，嵇叔夜《送秀才从军诗》有古诗人之风，刘公幹《赠从弟诗》有《国风》余法。

（明·杨慎《升庵诗话》卷十三）

巉削崚嶒，似少诗人之度。

（明·陆时雍《诗镜》卷六《赠从弟三首》评）

刘文学《赠从弟诗》以勉之，兴高有逸气，为嵇叔夜所宗。

（清·朱嘉征《诗集广序》）

（其一）比也。泛泛，水流貌。磷磷，水清而石见也。蘋、藻，皆水草名。可为菹。扰溺，水中泛动之貌。荐羞，皆进献也。懿，美也。公幹之从弟盖能守志励操，不苟进取，故赠是诗以嘉勉焉。此篇言石在水中，磷磷可见，以喻人之藏修，于世不容，自隐蘋藻，溺于水石之间，采之可以荐宗庙、羞嘉客，以比从弟之贤才困厄于时。有能荐诸朝廷，可以匡辅明君矣。且才美可用如园葵者，亦岂无之？殆不若得此潜韬待价之士，如蘋藻之生于深泽者，尤为可贵也。

（其二）比也。瑟瑟，风声也。惨凄，寒气盛也。罹，遭。凝，严也。此以喻从弟遭时多艰，虽处困穷而特立不挠，盖其本性然也。

（其三）比也。凤凰，南方灵鸟，为王者之嘉瑞，非竹实不食。厌，足也，犹快慊也。凌，上干也。紫氛，近天之气，即紫霄也。来仪，谓来见而有威仪也。虞舜"箫韶九成，凤凰来仪"。须，待也。此亦以比从弟之动止不苟，羞与当世群小同处，故宁不辞勤苦，而高举远遁，且又必其待时而后出也。

初言蘋藻可充荐羞之用，次言松柏能持节操之坚，而末章复以仪凤期之，则其望愈深而言愈重也。如此为其弟者，可不感念于中，而勉其所未至哉！

（明·刘履《风雅翼》卷二《选诗补注二》）

（其一）此首言其洁清。

（其二）此首言其正直。

（其三）此首言其高远。

三章皆比，言简意尽。此从弟必是隐居不出者，惜其名不传。

（清·陈祚明《采菽堂古诗选》卷七）

（其一）短章有万里之势。
（其二）条条自茂，比不可乱兴，当谂于此。

（明末清初·王夫之《古诗评选》卷四）

建安七子，子建之外，独数王、刘。钟嵘谓粲文秀而质羸，在曹、刘间别构一体。余谓羸莫甚于公幹，如《赠从弟三首》，一曰："岂无园中葵，懿此出深泽。"二曰："岂不罹凝寒，松柏有本性。"三曰："岂不常勤苦，羞与黄雀群。"一时一事，句法重复至此。回视仲宣之《杂诗》《七哀》，有惭德已。

（清·宋长白《柳亭诗话》）

诸子以世乱依魏，苟全性命而已，非其本志也。细玩公幹《赠从弟诗》，其人似不肯仕魏者，其品行高洁，大有过人者，公幹不胜致羡焉，盖亦以自伤也。

首章"蘋藻"，喻其品之洁。"泛泛"二句，溯其生处。盖谓从刘氏清白传家之渊深来也。曰可羞可荐，言非有德无才者。末二句，言其以远成美，形己之以近见轻也。

次章"松柏"，喻其守之正，出于性之自然，而非强勉。

末章"凤凰"，喻其志之高，却又非沮、溺一流，一味独善其身者。只是时无可出，决不苟出耳。

（清·吴淇《六朝选诗定论》卷六）

此教以修身俟时。首章致其洁也，次章厉其节也，三章择其几也。"峻骨凌霜，高风跨俗"，要惟此等足当之。

（清·何焯《义门读书记》卷四十六《诗》）

赠人之作，通用比体，亦是一格。

（清·沈德潜《古诗源》卷六）

（其一）首章以蘋藻比，慰清修之必见用也。首二，先述产地。三、四，点出蘋藻，略表其形。五、六，说其见重于人。七、八，以园葵衬托作结。

（其二）次章以松柏比，勉劲节之当特立也。首四，表松之不畏风也，却叠用对举句法。五、六，于风外添出冰霜，点醒常能端正。七、八，以有本性推原作结，添出柏字，愈见错综。

（其三）末章以凤凰比，戒盛德之宜养晦也。首二，表其居处本极清高。中四，接叙不肯诡随于世。七、八，以期望圣明作收。

三章纯乎用比，其体本于《国风》。

（清·张玉谷《古诗赏析》卷九）

杂 诗①〔一〕

职事相填委〔二〕，文墨纷消散。②驰翰未暇食〔三〕，日昃不知晏。③沉迷簿领书〔四〕，回回自昏乱。④释此出西城，登高且游观。⑤方塘含白水，中有凫与雁。〔五〕⑥安得肃肃羽，从尔浮波澜〔六〕。⑦（《文选》卷二十九、《古诗纪》卷二十六）

校勘

〔一〕《文选》卷三十沈约《咏湖中雁》诗注引作"杂咏诗"。

〔二〕职，《草堂诗笺》作"鄙"。相，五臣注《文选》作"烦"。

〔三〕暇，《北堂书钞》作"遑"。

〔四〕簿领，《文选》卷四十三丘迟《与陈伯之书》注作"领簿"。书，《北堂书钞》卷三十六引作"间"。

〔五〕《文镜秘府论·南·论文意》引"方塘"二句，"含"作"涵"。

〔六〕从尔浮，五臣注《文选》作"尔从游"。

注释

① 杂诗：失题诗。《文镜秘府论·南·论文意》曰："杂诗者，古人所作，元有题目，撰入《文选》。《文选》失其题目，古人不详，名曰杂诗。"

② 职事：任职所掌事务。相：交互。填委：丛集，堆积。文墨：笔墨。纷消散：墨一点一点用尽。作者先后任丞相掾、五官中郎将文学、平原侯庶子等职。江淹《杂体诗三十首·刘文学感遇》："谬蒙圣主私，托身文墨职。"

③ 驰翰：犹挥毫，挥笔书写。未暇：不得闲。日昃：日斜。晏：晚。

《尚书·无逸》：周公称颂文王勤政曰："自朝至于日中昃，不遑暇食。"

④簿领书：指官府文案形成的簿籍与公文册。李善注《文选》："簿领，谓文簿而记录之。"领，录。回回：盘曲貌，这里形容饥肠辘辘。《楚辞·九怀·昭世》："魂凄怆兮感哀，肠回回兮盘纡。"

⑤释：放下。西城：指邺城之西。

⑥方塘：前《公宴诗》中的"金塘"。白水：泉水。白、水合成"泉"字。参见《赠徐幹一首》中"方塘含清源"。凫：野鸭。雁：这里指鹅。《说文·鸟部》："雁，鹅也。"

⑦肃肃：鸟振翅声。《诗经·小雅·鸿雁》："鸿雁于飞，肃肃其羽。"尔：你，这里指凫与雁。浮波澜：谓二鸟游于池塘。

直译

职事杂堆积，墨洒淋漓散。
挥毫不暇食，日偏不知晚。
沉迷簿籍文，肠回饿昏乱。
事毕出西城，登高暂游观。
方塘盈泉水，鸭鹅游其间。
愿得肃肃羽，随尔浮波澜。

新解

本诗当写于建安初年刘桢出仕到建安十六年其以不敬罪被刑前之间，具体时间不详。从刘桢先后任丞相掾属、五官中郎将文学和平原侯庶子等职可知，他在曹魏一直是曹操、曹丕、曹植父子身边的文学侍从。当时连年战乱，曹氏父子南征北战，东征西讨，刘桢这类掌文案、备谈谐的衙门或军队文职固然不可或缺，但较之武将谋臣，地位自然不高。其簿书鞅掌之余，未免觉得无聊。

诗起曰"职事相填委"，即有厌烦、倦怠意，完全没有事业目标、高尚情怀，而言外之意是这真不是一份好活儿！但这活儿如何之不好呢？不是脏、重、险，而是多、累、忙，忙得顾不上吃饭，以至于不知不觉中白日西斜，自己还从各种册书簿籍中脱身不得，直到饥肠辘辘，头昏眼花。可见，当年曹操治下"书办"加班也是常事。

接下来写这一天的事总算做完了，诗人无福"且放白鹿青崖间。须行即骑访名山"（李白《梦游天姥吟留别》），但有"未暇食"的饭总比无饭可吃要好，只好暂时放松一下，就近出邺城西门"登高且游观"。结果他看到了"方塘含白水，中有凫与雁"，它们游泳戏水、自由自在。这不禁使他反观自身，于是有了"安得……从尔……"的高蹈出世之想。

这首诗抱怨了"职事"的烦冗、乏味，抒发的是"安得……从尔……"的高蹈出世之想，当然他当时也就想想而已。刘桢虽有才华，但他一非高门，二无靠山，三无斩将搴旗之能，仅凭吟诗作赋的文才，能为曹氏王霸之家的文学侍从，已属不易，遑论其他？刘桢崇尚个性，酷爱自由，不喜束缚和制约。

这首诗体现了刘桢的一贯作风，直述其事，不假雕饰，自然流出。但组织精当，前半写"职事"，后半写"事毕"。前后对比，引出弃职出世之想。但如南宋严羽《沧浪诗话》中云："诗者，吟咏情性也。"所以诗人应该没有辞职，只是抱怨一下而已。从而诗给人的总体感觉是，怨而不怒，哀而不伤，得儒家诗教"温柔敦厚"（《礼记·经解》）之旨。

子桓之《杂诗》二首，子建之《杂诗》六首，可入《十九首》，不能辨也。若仲宣、公幹，便觉自远。

（明·王世贞《艺苑卮言》卷三）

此宦游困于簿书而慕凫雁之沉浮者。

（明·张凤翼《〈文选〉纂注评林》）

刘文学《杂诗》，"方塘含白水"，自然潇洒。言外有"河清"之思。

（清·朱嘉征《诗集广序》）

无他深意，只是不耐簿书之烦。

（清·吴淇《六朝选诗定论》卷六）

赋也。填委，犹言积压也。文墨，谓案牍。消散，零乱也。驰翰，走笔也。日过中曰"昃"，日晚曰"晏"。领，录也。谓以文簿记录之也。回回，谓心绪萦乱也。含，包容不溢之貌。凫，野鹜。肃肃，飞而整疾也。此必公幹输作之时所赋，故言文墨簿领之繁，驰翰劳苦，而至于沉迷昏乱，或且释此出游，见水中之凫雁，而叹不能如彼之浮游也。盖其失于敬身，目眊于此，读者可不惩创乎哉！

（明·刘履《风雅翼》卷二《选诗补注二》）

会心不必远，"方塘""白水"，便欲褰裳从之。

（清·陈祚明《采菽堂古诗选》卷七）

刘桢："职事烦填委，文墨纷消散。沉迷簿领闲，回回自昏乱。"陆机："终朝理文案，薄莫不遑眠。"文人性畏簿书，古今同病。曹氏父子往往从马上、军中赋诗，更唱迭咏，意气雄绝。然则簿书之累，更甚戎马。

（清·施闰章《蠖斋诗话》）

人不当如晋人之虚薄，然羁鞅官人读此诗，如六月北窗下凉风至也。

"释此出西城"六句,所谓公幹有逸气,于此见之。

（清·何焯《义门读书记》卷四十七《诗》）

孙月峰云：无深旨,只是清劲。

（清·于光华《重订文选集评》）

斗鸡诗①

丹鸡被华采,双距如锋芒。②愿一扬炎威,会战此中唐。③利爪探玉除,瞋目含火光。④长翘惊风起,劲翮正敷张。⑤轻举奋勾喙⑥〔一〕,电击复还翔。(《艺文类聚》卷九十一、《古诗纪》卷二十六)

〔一〕勾,《渊鉴类函》卷四百二十五作"钩"。

① 斗鸡很久以来就是一个世界性的民间游戏了。据说起源于亚洲,而我国是最早有斗鸡的古国之一。《列子·黄帝篇》即载有"纪渻子为周宣王养斗鸡"的故事。又,《左传·昭公二十五年》载:"季、郈之鸡斗,季氏介其鸡,郈氏为之金距。"说季平子与郈昭伯斗鸡,季将介(芥末)撒在鸡翅膀上(或云以胶漆其羽毛,使之类似铠甲),郈则在鸡爪上绑上金属的小刀。

② 丹鸡:古俗盟誓和祭祀时所用的赤毛雄鸡。应劭《风俗通义·祀典·雄鸡》:"鲁郊祀,常以丹鸡祀日,以其朝声赤羽。"距:鸡爪。锋芒:刀刃。

③ 扬:显示,夸耀。炎威:炎热的威势,这里指迫人的威势。中唐:庭院,这里指殿陛,即庙堂前的石阶。张衡《东京赋》:"植华平于春圃,丰朱草于中唐。"

④ 玉除:玉阶,指用玉石砌成或装饰的台阶,亦用作石阶的美称。除,台阶。瞋目:瞪大眼睛表示愤怒。

⑤ 劲翮(hé):矫健的翅膀。敷张:展开。

⑥ 勾喙(huì):弯曲的嘴。勾,弯曲。喙,指鸟兽的嘴。

直译

雄鸡披五彩,双爪如锋芒。
愿一扬盛威,与彼战前堂。
利爪步玉阶,瞪眼射火光。
长尾惊风起,劲翅正舒张。
轻举奋钩喙,如电击旋翔。

新解

建安十四年(209)左右,曹丕、曹植兄弟与陈琳、王粲、徐幹、刘桢、应玚等人常在邺中宴游玩乐,诗赋唱和,曾共赏斗鸡,各作《斗鸡诗》以赞之。今存有曹植、应玚和刘桢三人的同题作。对比今存曹作十六句、应作十八句,此诗才十句,当为经后人如《艺文类聚》编者节略的残篇。

虽此篇为节略之本,但编者高明。今本虽仅十句,只写了"斗鸡"的胜方,而且一击即还而止,似有"残"篇之象,但精彩犹存,神韵仍在,"丹鸡"一举战胜的得意之态跃然纸上,如画如见。从而以小诗计,仍浑然一体。以至于论者中除今人韩格平独具慧眼,曾指出"本诗前后似有脱文"外,罕有学者察觉其有不完之迹。

诗写"斗鸡",首二句总写"丹鸡"的形貌,次二句写"丹鸡"的战斗意愿,再次二句写"丹鸡"出战,最后两句写第一个回合的成功,细致地描绘了"丹鸡"出斗的强势状态与激烈场景。尤其是写"丹鸡"距、眼、尾、翅的立、探、扑、跳,连贯紧凑,紧张激烈,展现了"丹鸡"敢打善斗的雄风,状物传神,精妙生动。

诗写"丹鸡",十句一气呵成。前四句写"备战",后四句写"战胜",中间两句过渡,层次井然,节奏分明,虽谓似经节略不完之诗,但不能不说编者的节略非常成功,可谓想象中的原诗的别具一格的另本。因此,读者专家以为原作如此,而未觉其残,也是可以理解的。

集评

《射鸢》《斗鸡》,讽诗也。文帝善为药方,未弘大道。子建亦有"白日曜青春,游目极妙伎"之句。

(清·朱嘉征《诗集广序》)

射鸢①诗

鸣鸢弄双翼，飘飘薄②青云〔一〕。我后横怒起，意气凌神仙。③发机如惊猋，三发两鸢连。④流血洒墙屋，飞毛从风⑤旋。庶士同声赞，君射一何妍。⑥（《艺文类聚》卷九十二）

校勘

〔一〕云，《唐类函》卷四百二十七作"天"。

注释

① 鸢（yuān）：一种鸟，俗称"老鹰"。
② 薄：通"迫"，迫近，接近。
③ 后：君主，帝王，这里指曹操。凌：超越。
④ 发机：拨动弩弓的发矢机，这里指张弓射箭。惊猋（biāo）：突发的暴风，旋风。猋，通"飙"。
⑤ 从风：随风。
⑥ 庶士：众士。妍（yán）：巧，美好。

直译

鸣鸢振双翼，飘飘上青天。
魏王突怒起，意气过神仙。
箭发如惊猋，三箭落两鸢。
滴血洒墙屋，落羽随风旋。
众士齐声赞，曹公妙射玄。

单就人生作为而言，曹操一世雄豪，文武双全。然而后人但闻其横槊赋诗，而难得想见其武勇英姿。十几年前河南安阳高陵出土的"魏武王常所用挌虎大戟""魏武王常所用挌虎短矛"等，固然可以引起人们对曹操武艺的想象，但毕竟隔了一层。因此，这首诗写的虽非战场上真正的厮杀射击，而是游戏性质的田猎，但三箭两中，已足见曹操射术高明，是有关曹操武艺的可靠证明。

也许读者以为此作是刘桢谄媚曹操的诗，其实不然。一方面曹操是何许人也？当面奉承一定不会讨喜。另一方面众目睽睽之下，怎么好把三箭不中说成"三发两鸢连"？所以曹操射鸢三箭两中应该是真的，"庶士同声赞，君射一何妍"也应该是真的。如果是过度的吹捧，何不写他三发三中？这是现存的唯一的写曹操射猎的诗赞文字，弥足珍贵。

本诗共十句，首二句写"鸣鸢"飞天，次二句写曹操兴起欲射，五至八句写"射鸢"战果辉煌，最后两句总赞，点明歌颂魏王曹操之旨。虽有媚上之嫌，格调偏俗，但曹操毕竟是一个英雄，诗人写实之作，既有历史价值，也体现了作者"气盛"与"尚武"相兼的个人风格。

"流血"二句生动，"庶士"二句健，是建安调。

（清·陈祚明《采菽堂古诗选》卷七）

失题诗十四首

其 一

昔君错畤时，东土有素木。①条柯不盈寻，一尺再三曲。②隐生置翳林，倥偬自迫速〔一〕。③得托芳兰苑，列植高山足。④（《艺文类聚》卷八十八、《古诗纪》卷二十六）

〔一〕倥，《艺文类聚》原作"控"，从《古诗纪》改。

① 昔君：古代君主。君，指秦献公，以喻曹操。错：置身。畤时（qízhì）：古时帝王祭祀白帝的处所。《史记·封禅书》："栎阳雨金，秦献公自以为得金瑞，故作畤栎阳而祀白帝。"裴骃集解："晋灼曰：'《汉注》在陇西西县人先祠山下，形如种韭畦，畦各一土封。'司马贞索隐曰：《汉旧仪》云：'祭人先于陇西西县人先山，山上皆有土人，山下有畤，埒如菜畦，畤中各有一土封，故云畤。'"故址在今甘肃省天水市西南人先山下。以喻诗人任职的官署。东土：古代指陕（今河南省三门峡市陕州区）以东某一地区或封国。这里指其故里东平郡。《尚书·康诰》："乃寡兄勖，肆汝小子封，在兹东土。"素木：质朴无华的树木。诗人自喻为平民。

② 条柯：枝条。柯，草木的枝茎。寻：古代的长度单位，一寻等于八尺。三曲：这里指三道弯。

③ 隐生：谓隐居偷生。翳林：阴暗茂密的森林。翳，遮蔽，引申为晦暗。倥偬（kǒngzǒng）：忙乱紧急。迫速：急迫。司马彪《赠山涛诗》："今

者绝世用,侄偬见迫束。"

④ 芳兰苑:种满芳香兰草的林苑。苑,古代养禽兽、植林木的地方,多指帝王的花园。列植:成行列栽植,隐指被任用。高山足:高山脚下,隐指王室侍从的官位。

如秦设祭坛,移栽东土木。
枝条没八尺,一尺还三曲。
隐生在幽林,忙迫自加速。
愿得芳兰苑,植列高山足。

见上篇。

这是诗人仕途不顺,自叹自励的述志之作。首二句借秦献公置畦畴祭白帝而使"东土"之"素木"得到栽培之事,以隐说自己当年受知于曹操而出仕的经历,表露了感激之情。"条柯"二句以"素木"之短与曲喻己之小才微善、毛病颇多,以启"隐生"二句,自叹官小位卑、籍籍无名、忙忙碌碌的官场生涯。与《杂诗》中的"职事相填委"相参照,便知此中多不如意,而又不可言传,必须快马加鞭,"上依高松枝"。继而引出结尾"得托"二句,卒章见志,希望尽快走出"翳林",跻身"芳兰苑",即得到提拔升迁。读起来活脱脱是诗人急欲向上爬的自画像,是否格调低下不堪示人了呢?其实不然,犹劳人思妇,呼天抢地,乃书生置身官场的痛苦之辞。

首先,这首诗表达了能得曹操知遇简拔入仕的感恩之情。作者既没有后悔入仕,也不认为入仕后上司忽略亏待了自己,而是说自己才华平庸,而衙门中又人才济济,所以自己虽然很努力了,但没有争取到高升至"芳兰苑"

的机会。这不是一位规矩地道的小官寻求晋升的正确态度吗？站在用人的角度应当无可挑剔，还可以说其心可嘉。

其次，自古无论官职大小，都有为民做主的职责与道德要求。但是官越大，职位越高，贡献也才越大。所以做官清正廉明、勤勤恳恳、兢兢业业，是起码的要求。一旦高才低配，发点儿牢骚，甚至毛遂自荐，如《三国志》写庞统非"百里才"那样，去求个更重要的差使干，又有何不可？所以，尽管刘桢不是做大官为有大贡献，但是起码他欲有所上进，也是为官之正道和世人之常情，无可厚非。这说不得高尚，但合乎自然的人性与合理的世情就行了，绝不能因为诗人有"得托芳兰苑"的想法，就把诗的价值一笔抹杀了。

最后，联系《杂诗》中的"职事相填委"看，诗人"得托芳兰苑"的愿望，虽假"列植高山足"的名义，但本质上应该是"沉迷簿领书，回回自昏乱"的日常工作状态不合乎诗人的本性与志趣，进而暗生怀才不遇之情。

这首诗也是残篇，同样由于类书节略而自成一格，算是类书编者的删定本吧！除却比喻、象征的运用，八句诗剖白心志，情真意切，又一气婉转，令人动容。

其 二

青青女萝草，上依高松枝。①幸蒙庇养恩〔一〕，分惠不可赀〔二〕。②风雨虽急疾，根株不倾移。③（《艺文类聚》卷八十一、《太平御览》卷九百九十三）

〔一〕养，《太平御览》作"眷"。
〔二〕分，《太平御览》作"为"。赀，《太平御览》作"訾"。

注释

① 女罗草：植物名，亦作"女萝"。多缠附松树而长，故又名松萝。上依：依附向上。

② 幸蒙：幸运地承蒙，敬辞，客套语。陆机《园葵诗》："幸蒙高墉德，玄景荫素蕤。"庇养：护持抚育。庇，掩蔽，保护。分惠：分给好处。赀（zī）：计量。

③ 急疾：快速。倾移：侧倒迁移。这里意为背离，偏离。

直译

青青女萝草，缠松攀高枝。
幸赖松庇养，受惠无量计。
风雨虽急疾，根株不倾移。

集评

《失题》二章（"昔君错畦畤""青青女萝草"），岂初从魏公时作耶？

（清·朱嘉征《诗集广序》）

新解

诗仅存六句，虽为残篇，但《艺文类聚》的编者节略有致，一为适应其分类，二能尽量使略而不失原作精彩，故凡此残篇皆通顺可读，大体可视为原作的简本或节本，甚至是原作的精华。故本诗作为原诗的节本，与上选《斗鸡诗》异曲同工，都有可单独欣赏之妙用。

诗托物寄意，明志言情，生动地表达了对曹氏知遇的感戴之情。诗人以女萝草自比，以青松喻自己的"主公"曹操，说自己柔弱无能，无以向上，只是因为攀上了这棵高大长青的松树，才得登高望远、得近天日等种种好处，真是感激不尽，没齿难忘。最后表忠心，说哪怕以后疾风暴雨，自己如"女萝"之根株决不动摇，永远不离开。这是刘桢向曹操谢恩、交心的明志诗。

对于这样的诗,读者或以为诗人奴颜婢膝,格调低下,诚似乎如此。但是这不过体现了刘桢为俗世俗人的一面而已。其实,这首诗也有一定的史料价值,此诗为刘桢与曹操主仆关系的真实写照,也是千古中国文人"无恒产者无恒心",无奈寄人篱下、仰人鼻息的象征。

另外,还应该看到,三国魏曹操雅好文学,亲自创作,并呼朋引类,诗酒风流,的确起到了"养士"的作用,也有力地促成了建安一代文学的肇兴与发展。当此之际,刘桢"沦飘薄许京",能得曹操父子擢用,既是曹氏得人,也不能不说是刘桢"绕树三匝"后的人生之幸。也许可以推测,如果没有曹操的赏识与延揽,"沦飘"中的刘桢未必能有跻身"建安七子"的机会。刘桢如果不是遇上"三曹","减死输作"的霉运大概能够躲过,但怀才不遇,没世无闻,却也是大概率的。因此,以心度之,其对曹操感恩戴德实属人之常情,也是理所当然。诗比喻贴切,形象鲜明,感情深挚,得《雅》《颂》之风致。

其　三

天地无期竟,民生甚局促。①为称百年寿,谁能应此录?②低昂倏忽去,炯若风中烛。③(《太平御览》卷八百七十)

注释

① 期竟:结束的时间。期,规定的时间。竟,终了,完毕。民生:人生。局促:短暂。

② 为称:有说。百年寿:人生百年。录:这里指百年寿数。

③ 低昂:俯仰。王羲之《兰亭集序》:"俯仰之间,已为陈迹。"倏忽:一眨眼的工夫,形容时间极短。炯:光明,明亮。风中烛:或称"风烛",蜡烛在风中易灭,常以比喻生命脆弱短暂或临近死亡。

直译

天地无限久,人生很短暂。
称说百岁寿,谁能达此数?
俯仰一闪过,光亮如风烛。

新解

此诗似也是经节略之残篇,由此可窥原篇之旨,不外感叹行世短促、人命危浅、朝不虑夕、惴惴不安。这种忧虑当下、向往长生的强烈意识,是汉末三国乱世之人的心理表现,也是人类自我意识觉醒的显著特征,在汉魏六朝诗歌中很常见。如《古诗十九首》反复致意:

人生天地间,忽如远行客。
人生寄一世,奄忽若飙尘。
所遇无故物,焉得不速老?……人生非金石,岂能长寿考?
回风动地起,秋草萋已绿。四时更变化,岁暮一何速?
浩浩阴阳移,年命如朝露。人生忽如寄,寿无金石固。万岁更相送,圣贤莫能度。
回车驾言迈。悠悠涉长道。四顾何茫茫,东风摇百草。所遇无故物,焉得不速老。
生年不满百,常怀千岁忧。

如此等等,汉魏诗歌中不胜枚举,而解决之道有三。其一,消极对待。大都归于及时享乐,如:

昼短苦夜长,何不秉烛游?为乐当及时,何能待来兹。
万岁更相送,圣贤莫能度。服食求神仙,多为药所误。不如饮美酒,被服纨与素。

良无盘石固，虚名复何益？

其二，与命运和解共处。即采取现实的态度，活在当下，但不思进取，偏于颓废，如：

斗酒相娱乐，聊厚不为薄。驱车策驽马，游戏宛与洛。洛中何郁郁，冠带自相索。……极宴娱心意，戚戚何所迫。

弃捐勿复道，努力加餐饭。

其三，积极抗争，表现为对功名富贵的追求。如：

盛衰各有时，立身苦不早。……奄忽随物化，荣名以为宝。

人生寄一世，奄忽若飙尘。何不策高足，先据要路津。无为守贫贱，轗轲长苦辛。

本诗仅余六句，虽能窥原作大意，但难悉全篇终旨。从"建安七子"受"年寿有时而尽，荣乐止乎其身。二者必至之常期，未若文章之无穷"（曹丕《典论·论文》）等的影响甚深，又与以上"得托芳兰苑，列植高山足"等句相参照，则知作者作诗时的心情当属后者。

其 四

翩翩野青雀，栖窜茨棘蕃。①朝拾平田粒，夕饮曲池泉。②猥出蓬蒿中〔一〕，乃至丹丘边。③（《事类赋》卷十九、《太平御览》卷九百二十二）

〔一〕蓬蒿，《太平御览》作"蔚莱"，误。

①青雀：鸟名，桑扈的别名。青褐色，有黄斑点，毛色浅，呈黄、白、青、黑、红等色。喜食粟米、稻谷，喙略弯，栖居在山林中。栖窜：逃匿，逃窜。茨棘：蒺藜与荆棘。《诗经·小雅·楚茨》："楚楚者茨，言抽其棘。"郑玄笺："茨，蒺藜，伐除蒺藜与棘。"蕃：茂盛。

②平田：平整的田地。曲池：曲折回绕的水池。汉前曲池有二，一在长安（今陕西省西安市）。《汉书·元帝纪》颜师古注曰："宜春下苑即今京城东南隅曲池是。"一在作者的家乡宁阳县东北。《左传·桓公十二年》："夏，盟于曲池，平杞、莒也。"这里指宁阳曲池。

③猥：鄙陋。这里用作自谦之词，犹言鄙人、在下。蓬蒿：蓬草和蒿草，喻指民间。《礼记·月令》："藜莠蓬蒿并兴。"丹丘：一作"丹邱"。传说中的神仙居处。《楚辞·远游》："仍羽人于丹丘兮，留不死之旧乡。"王逸注："丹丘，昼夜常明也。"这里指曹操的治域。

翩翩野青雀，栖跃茂棘间。
朝餐平田谷，晚饮曲池泉。
出身自蓬蒿，乃至丹丘边。

新解

此诗亦不全。从仅存的六句看，刘桢以青雀自比倾叙生平。首二句说野青雀终日翻飞栖匿在荆棘草丛之中，朝餐农田之谷，夜饮曲池之泉，自己亦如野青雀，是个微不足道的人。却不料运气来了，他一下被选入魏王府，当上了曹操父子的家臣！这首诗应是其"沦飘薄许京"归附曹操后所作，乃回忆生平之辞。而"曲池"是其家乡宁阳之东周故地，所以其所回忆的时段，是他"少小长东平（宁阳）"的岁月。

六句诗表达了一个文人逆袭成功后欢呼雀跃的心情。如非过分挑剔，也应该视此为一种美好的感情，尤其对久处低处的大众来说，谁不想被赏识重用，一朝丑野雀变为金凤凰呢？然而，一旦过上被作为"珍禽""瑞鸟"豢养的日子，就又有了"职事相填委"的不快，这是他写这首诗时所未料到的吧？

但是，刘桢确实没有后世李白"安能摧眉折腰事权贵，使我不得开心颜"的豪气，所以他总在品尝一个古代"簿领"吏、书记员的欢乐与苦恼，并不断将其化为他的诗情。

其 五

旦发邺城东，暮次溟水旁①。三军如邓林，剑戟凛秋霜〔一〕。②（《北堂书钞》卷一百一十七）

〔一〕剑戟凛秋霜，原作"武士攻萧壮"，据"陈本"《北堂书钞》改。

【注释】

① 邺城：古都邑名。春秋齐桓公始筑，战国魏文侯置县，都此。三国时曹操受封魏王于此，是为魏都。故址在今河北省邯郸市临漳县西南邺镇。次：临时驻扎和住宿。《尚书·泰誓中》："王次于河朔。"溟水：海水。《文选》卷二十九张协《杂诗》李善注："四溟，四海也。""郁本"注说"此处指渤海"。

② 三军：军队的统称。邓林：古代神话传说中的树林。《山海经·海外北经》："夸父与日逐走，入日。渴欲得饮，饮于河渭；河渭不足，北饮大泽。未至，道渴而死。弃其杖，化为邓林。"此以喻军人兵械如林。

朝发邺城东，暮至溟水旁。

三军如神杖,剑戟凛秋霜。

新解

这也是一首残诗。原作当为军旅战争题材。今余此四句,前二句说行军,后二句说军队威武雄壮、剑戟鲜明,很有气势。

其 六

初春含寒气,阳气匿其晖。①灰风从天起,砂石纵横飞②。(《北堂书钞》卷一百五十四)

注释

① 阳气:指阳光。晖:光辉。
② 灰风:裹挟了沙土的风。

直译

初春天气寒,阳光敛其辉。
尘风从天起,砂石纵横飞。

新解

此亦残篇,写春寒料峭,阳光惨淡,风挟尘土,砂石横飞,读之便觉满目凄凉。

其 七

和风从东来,玄云起西山。①夜中发此气,明旦飞甘泉。②(《太平御览》卷十一、《事类赋》卷三)

①和风:温暖的风。多指春风。阮籍《咏怀诗》之一:"和风容与,明日映天。"玄云:黑云,浓云。《楚辞·九歌·大司命》:"广开兮天门,纷吾乘兮玄云。"

②夜中:夜半,夜里。此气:一说指前句"玄云"。甘泉:汉宫名,故址在今陕西淳化西北甘泉山。

春风从东来,黑云起西山。
夜半生此气,拂晓飞甘泉。

风自东来,云起西山,夜气生变,明早成雨。正所谓东风化雨!

其 八

玄云起高岳,终朝弥八方。①(《北堂书钞》卷一百五十、《艺文类聚》卷一)

①高岳:高山。终朝:早晨。一说整天。八方:四方和四隅,指东、西、南、北、东南、西南、西北、东北八个方向,亦泛指各方。

乌云起高山,一朝漫天下。

新解

乌云从高山积聚,说到就到,一个早上就弥漫天地了。虽为常景,但诗人写来，便见奇特。

其 九

揽衣出巷去，素盖何翩翩。①（《北堂书钞》卷一百三十四）

① 揽衣：提起衣衫，引申为快步。古代男子外罩长衫，快行须揽衣裳，故云。素盖：没有华饰的车盖。素，朴实无华。盖，车上如伞的遮蔽物，即车盖。翩翩：形容车盖摇颤状。

揽衣出巷口，素车盖飘摇。

揽起长衫，走出巷口，看到街上车水马龙，并无华饰上盖的车往来轻快，怡然自得，透露出作者对富裕生活的热爱。

其 十

皦月垂素光，玄云为仿佛。①（《文选》卷二十九傅玄《杂诗》注、左思《杂诗》注、《海录碎事》卷一、《升庵诗话》卷一《汉古诗逸句》）

① 皦月：白色的月亮。素光：白光。仿佛：模糊不清，隐隐约约，似有似无。《淮南子·俶真训》："有未始有夫未始有有始者，天含和而未降，地怀气而未扬，虚无寂寞，萧条霄霓，无有仿佛，气遂而大通冥冥者也。"

明月洒白光,乌云显迷茫。

这两句诗说明月撒下洁白的光,使乌云显得隐隐约约、似有似无。似寄困惑之思,若有迷茫之意。

其十一

朝发白马,暮宿韩陵。①(《太平寰宇记》卷五十五)

注释

① 朝发:早晨出发。白马:古县名,春秋卫国曹(亦作"漕")邑,旧治今河南省滑县旧滑县城东。《三国志·魏书·武帝纪》:"二月,绍(袁绍)遣郭图、淳于琼、颜良攻东郡太守刘延于白马。"一说为古津渡名,在今河南滑县东北。暮宿:夜住。韩陵:山名,又名"七里冈",在今河南省安阳市东北。

直译

朝发白马城,夜宿七里冈。

这两句诗说从白马城去韩陵,朝发夕至,表现了作者愉快的心情。对仗工稳,音声和谐。"韩本"认为"本诗作于返回邺城的途中"。

其十二

供膳敕中厨。①(《九家集注杜诗》卷十三《郑典设自施州归》注)

①膳:饭食。敕(chì):帝王的诏书、命令,这里指吩咐、安排。中厨:内厨,厨房。古乐府《陇西行》:"谈笑未及竟,左顾敕中厨。"曹植《赠丁廙诗》:"嘉宾填城阙,丰膳出中厨。"

备餐命内厨。

指使内厨房安排膳食。

其十三

散礼风雨起。①(《北堂书钞》卷一百)

①散礼:礼毕。起:兴起,产生。

礼成起风雨。

典礼结束,风雨兴起。若有天人感应之意。"韩本"认为"隐指平视甄夫人而被刑一事"。

其十四

大夏云构。①（《文选》卷二十二陆机《招隐诗》注、卷四十六王融《三月三日曲水诗序》注）

①大夏：大厦。夏，通"厦"。云构：摩云之建筑。《文选》卷二十二陆机《招隐诗》："轻条象云构，密叶成翠幄。"张铣注："云构，大夏也。"

大厦齐云。

新解

大厦上摩云。"韩本"中说："疑为《鲁都赋》中的一句。"

以上失题残诗十四则，虽未知其详，但总体可见刘桢诗作的数量远过于今存，惜已大部遗失；又可见其诗内容广泛，多军旅、忆旧之作，而唯用五言。曹丕《与吴质书》中谓"其五言诗之善者，妙绝时人"，而又方东树谓"若公幹则专止于此一体而已"（《昭昧詹言》卷二）。

赋

大暑①赋

其为暑也,羲和总驾发扶木,②太阳为舆达炎烛,③灵威参垂步朱毂〔一〕。④赫赫炎炎,烈烈晖晖。⑤若炽燎之附体,⑥又温泉而沉肌。⑦兽喘气于玄景〔二〕,⑧鸟戢翼于高危。⑨农畯捉镈而去畴〔三〕,⑩织女释杼⑪而下机。温风⑫至而增热,欲悒慑而无依。⑬披襟领而长啸〔四〕,冀微风之来思。⑭(《艺文类聚》卷五)[实冰浆于玉盏。⑮](《玉烛宝典》卷六)

校勘

〔一〕垂,《古文苑》作"乘"。
〔二〕气,《北堂书钞》卷一百五十六作"遽"。
〔三〕镈,《汉魏六朝百三名家集》作"镈"。
〔四〕襟,《汉魏六朝百三名家集》作"衿"。

注释

① 大暑：相对小暑而言，是二十四节气中的第十二个节气，于公历 7 月 22 日至 24 日交节。暑，炎热。大暑，炎热之极。

② 羲和：古代神话传说中的人物，驾驭太阳车的神。总：结。驾：车马。扶木：扶桑，传说日出其下。

③ 为：被。舆：车，马车，用作动词，指乘运。达：至。炎烛：太阳。曹丕《孟津诗》："曜灵忽西迈，炎烛继望舒。"

④ 灵威："灵威仰"的省称，即青帝，五帝之一，东方之神，春神。参垂：俯身追陪。步：行，跟随。朱毂：朱轮，这里指太阳车的轮子。毂，车轮的中心，有洞可以插轴的部分，借指车轮或车。

⑤ 赫赫：形容火势盛大。炎炎：形容火力灼热。烈烈：形容火势之猛烈。晖晖：形容阳光之明亮。

⑥ 炽燎（chìliáo）：火焰。附体：贴在身上，这里指烧灼。

⑦ 温泉：这里指热水。沉肌：渗入肌肤。

⑧ 兽喘气：野兽喘息，谓好过一点儿了。玄景：黑夜。

⑨ 戢（jí）翼：谓鸟收敛起翅膀，即栖止。高危：高处危险的地方，这里指大树之高枝。

⑩ 农畯：原指古代掌农事的官员，这里指农夫。鐏（zūn）：古书上说的一种农具。畴：农用地。

⑪ 释杼：放下织布机上的机杼，停止纺织。释，放开，放下。杼，织机上的箱，古代亦指梭子。

⑫ 温风：热风。

⑬ 歊（xiāo）：炎热。悒慑（yìshè）：忧惧。

⑭ 冀：希望。来思：后以"来思"表示回来、归来的意思。《诗经·小雅·采薇》："今我来思，雨雪霏霏。"又《出车》："今我来思，雨雪载涂。"朱熹《诗集传》："《采薇》之所谓来，戍毕时也。此诗之所谓来，归而在道时也。"思，语气词。

⑮ 实：充满。冰浆：冷水。玉盏：玉质或玉饰的酒杯。

直译

大暑之为暑，羲和驾车出扶桑，车载太阳至炎烛，灵威陪乘朱轮速。大火腾腾，炽热光亮。如炽焰之烧灼，似温泉之浸肌。野兽喘息于黑夜，飞鸟敛翅于高枝。农夫提具而出田，织女投梭而停织。温风至而增热，惧愈热而无计。敞开怀而长啸，盼微风之速来，饮冰汁于玉杯。

新解

这篇赋今已不完整。据"林本"注考，或作于建安十九年（214）夏邺中与曹氏兄弟和陈琳、王粲、徐幹、应场等人游赏消夏之时。今存尚有曹丕、陈琳、王粲等人的同题作。而"其中，王粲盛夏留于邺都者只有两年，即建安十九年和建安二十一年（216年）。建安二十二年（217年）春，刘桢、王粲、陈琳均卒于瘟疫。建安二十一年曹氏兄弟争位斗争已经尖锐，刘桢等人分属两党，不可能再有唱和同题之作。因此，同作《大暑赋》的时间只能在建安十九年。此赋渲染盛夏酷热难耐的天气，以夸张的笔墨描摹了炎热天气下，从禽鸟、猛兽到农夫、织女，都燥热难安的情景"。很有见地。

又，"韩本"《解析》曰："本文笔触开阔灵活，真实地描绘了人们忍受酷暑煎熬的痛苦。作者用远近交替的写作手法，先写天上的三神，然后写个人对暑热的感受；再写兽、鸟、农夫、织女，然后又写个人对暑热的感受。这样的几个变换镜头式的描写，增强了作品的表现力和感染力，使读者更容易理解当时的暑热和作者的心情。"也分析到位，可启艺术鉴赏之思。

但又可以补充说明的是，此赋为残篇，今存文字为《艺文类聚》卷五《岁时下·热》之选文。虽其描写铺张扬厉，几尽天人万物，但其表现的中心却只是一个"热"字，而且除了"披襟领而长啸，冀微风之来思"和"实冰浆于玉盏"外，完全束手无策。时至当代，大暑中吾辈若得在空调下读此残篇，则不得不钦佩、赞美赋家刘桢之文采飞扬！

黎阳山①赋

自魏都而南迈,迄洪川以竭休。②想王旅之旌旄,望南路之遐修。③御轻驾而西徂,过旧坞之高区。④尔乃逾峻岭,超连冈〔一〕,一登九息,遂臻其阳。⑤南荫黄河,左覆金城。⑥青坛承祀,高碑颂灵。⑦珍木骈罗,奋华扬荣。⑧云兴风起,萧瑟清泠。⑨延首南望,顾瞻旧乡。⑩桑梓增敬,惨切怀伤。⑪河源泪其东游,阳鸟飘而南翔〔二〕。⑫睹众物之集华,退欣欣而乐康。⑬(《艺文类聚》卷七、《水经注·河水》略引)[良游未厌,白日潜辉。⑭](《文选》卷二十二谢混《游西池诗》注、卷二十四陆机《答贾长渊诗》注)

校勘

〔一〕冈,《艺文类聚》作"罡",今从《渊鉴类函》改。

〔二〕阳鸟,严可均辑《全上古三代秦汉三国六朝文》作"阳乌",误。

注释

① 黎阳山:又名黎山、大伾山、青坛山,在今河南浚县东南二里。《魏书·地形志·黎阳县》:"黎阳……有黎阳山。"《元和郡县图志》卷十六《黎阳县》:"古黎侯国,汉以为黎阳县,在黎阳山北。""大伾山,正南去县七里,即黎山也。"黄河水自山南流过,为当时的战略要地。

② 魏都:古都邑名,这里指邺城。故址在今河北省邯郸市临漳县西南邺镇。三国时曹操受封此地为魏王,是为魏都。南迈:南行,南征。迈,远行。迄:到。洪川:指黄河。竭(qiè)休:停,止。

③ 王旅:天子的军队。旌旄:军旗。旌,古代用羽毛装饰的旗子。旄,古代用牦牛尾装饰的旗子。合称泛指军旗。遐修:遥远,漫长。

④ 御:驾驭车马。轻驾:犹轻车。西徂(cú):往西行。徂,往,去。

旧坞：废弃的古旧船坞或港口。据《文选》谢灵运《拟魏太子邺中集诗八首五言并序·刘桢》"北渡黎阳津，南登纪郢城"注引《汉书音义》："臣瓒曰：黎阳在魏郡。伏滔《北征记》曰：黎阳，津名也。"知此所谓"旧坞"当指黎阳津（渡口）的旧船坞。

⑤尔乃：于是。逾：越过，超过。连冈：连绵起伏的山冈。九息：多次歇息。九，非实指，谓多。臻：至，到达。阳：这里指黎阳山的南面。

⑥荫（yīn）：遮。覆：遮盖。金城：称黎阳城。《读史方舆纪要》卷十六《北直七》："金城，谓黎阳城也。又名青坛山。"

⑦青坛：帝王春日郊祭用的土台。承祀：用于祭祀。颂灵：纪念赞颂亡灵。

⑧珍木：珍贵的树木。骈罗：成行排列。奋华扬荣：谓花开叶茂。

⑨萧瑟：凄凉状。清泠：清凉寒冷。

⑩延首：伸长脖颈，谓仰首。顾瞻：回视，环视。《诗经·桧风·匪风》："顾瞻周道，中心怛兮。"旧乡：指作者的故乡宁阳，宁阳位于黎阳山的东方。

⑪桑梓：古代人家屋旁栽种的桑树和梓树。桑和梓为古代住宅旁常栽之木，故多以喻故乡。《诗经·小雅·小弁》："维桑与梓，必恭敬止。"惨切：心情极度悲伤。

⑫汩（gǔ）：水流状。阳鸟：指鸿雁之类的候鸟。《尚书·禹贡》："彭蠡既猪，阳鸟攸居。"孔传："随阳之鸟，鸿雁之属。"孔颖达疏："此鸟南北与日进退，随阳之鸟，故称阳鸟。"

⑬集华：聚集了物华，即万物繁华。欣欣：心中娱悦。乐康：安乐。

⑭良游：犹畅游。厌：饱，满足，后作"餍"。《论语·述而》："学而不厌，诲人不倦，何有于我哉？"

自邺城而南行，至黄河而暂驻。盼王师之大旗，望南路之遥远。驾轻车

而西去,过旧港之高处。于是越高岭,跨重丘,一登而九息,遂至于山南。南遮黄河,左蔽黎阳。郊台春祭,巨碑颂神。嘉树成行,叶茂花盛。云兴风起,凄凉清冷。仰首南望,回顾家乡。致敬故里,悲切感伤。黄河汩汩而东流,鸿雁飘飘以南翔。进观物华之荟萃,退隐欣喜而乐康。美游未足,日暮无光。

"林本"注考曰:"此赋当为建安八年(203年)十月前后所作。据谢灵运《拟魏太子邺中集诗八首五言并序·刘桢》云:'……广川无逆流,招纳厕群英。北渡黎阳津,南登纪郢城。'则刘桢参与了官渡之战,并跟随曹操征邺,到过黎阳山。《述征记》记载:'黎阳城西南七里有袁谭城。城西南三里又有一城,曹公攻谭时所筑。操攻黎阳,败袁谭、袁尚,留其将贾信屯兵守之,因筑城于此。'《魏志·武帝纪》云:'(建安)八年春三月,攻其郭,乃出战,击,大破之,谭、尚夜遁。夏四月,进军邺。五月还许。留贾信屯黎阳。……八月,公征刘表,军西平。……冬十月,到黎阳。'彼此可以印证。从赋中语句看,刘桢当是建安八年十月随曹操远征刘表,到黎阳后所作。"甚是。但从赋所写及"想王旅之旌旄,望南路之逶迤"之"想"与"望"看,作者似未随大部队同行,很可能是曹操率"王旅"先行或已经到达前方驻地,作者因故落后尾追;或原未随行,后单独应召自魏都邺城赴军,途经黎阳山作。这与赋中不涉及任何同行人的信息亦相符合。

本赋写翻越黎阳山一路所见所感,除写风景秀丽、旧坞古迹和翻山越岭的辛苦之外,就是想家。"河源"以下四句,分明写念家心切,已望峰息心,萌生退意。至于写法上,虽曰"黎阳山赋",但作者意在言志,不过借景抒情,具体写及黎阳山的内容颇少,所以准确地说这不是一篇"山赋",而是一篇"登山赋",体现了赋从汉大赋向魏晋抒情赋转变的特点。

因此,与其说这篇赋是黎阳山的颂歌,不如说是刘桢欲退隐山林的"归去来兮辞"。后来陶渊明在《归去来兮辞》中说:"既窈窕以寻壑,亦崎岖而经丘。木欣欣以向荣,泉涓涓而始流。善万物之得时,感吾生之行休。已矣乎,寓形宇内复几时。曷不委心任去留。"将其与本赋"河源"以下四句相对读,则知陶诗"归去"之思,正与本赋一脉相承。而刘桢赋中,此心乃由此可见。

鲁都①赋

昔大廷氏肇建厥居。②少昊受命，亦都兹焉。③山则连冈属岭，暗魅峡北。④紫金扬晖于鸿崖〔一〕，水精潜光乎云穴。⑤岱宗邈其层秀，干气雾以高越。⑥（《艺文类聚》卷六十一）

［戢武器于有炎之库，放戎马于巨野之坰。⑦］（《水经注·泗水》、王应麟《诗地理考》卷五引）［举成均之旧志，建学校乎泗滨。⑧表泮宫之宪肆，有唐虞之《三坟》。⑨］（《韵补》卷一"坟"字注）［若乃考王道之去就〔二〕，⑩览万代之兴衰，发《龙图》于金縢，启《洛典》乎石扉〔三〕。⑪崇《七经》之旨义，删《百氏》之乖违。⑫］（《北堂书钞》卷九十六、卷一百一）［采逸《礼》于残竹，听遗《诗》乎达路。⑬览国俗之盛衰，求群士之德素。⑭］（《北堂书钞》卷一百一）

［旁厉四邑，延于休涠。⑮冠盖交错，隐隐辚辚。⑯］（《韵补》卷一"涠"字注）［覃思图籍，阐迪德谟。⑰蕴包古今，撰集丘素。⑱］（《韵补》卷四"谟"字注）［彼齐（鲁）诸儒〔四〕，皆绘弁端衣，散佩垂绅，金声玉色，温故知新。⑲访鲁都之区域，吊先王之遗真。⑳］（《太平御览》卷一百五十六）

校勘

〔一〕崖，《北堂书钞》卷一百五十八作"岸"。

〔二〕王，《北堂书钞》卷九十六作"皇"。

〔三〕扉，《北堂书钞》卷九十六作"扇"。

〔四〕鲁，《太平御览》原无。《北堂书钞》卷九十六引本条作"彼齐鲁诸儒，皆金声玉色，温故知新者也"。据此补之。

注释

① 鲁都：周代诸侯国鲁国的都城，故址在今山东省曲阜市。《史记·鲁周公世家》："封周公旦于少昊之虚曲阜，是为鲁公。周公不就封，留佐武王。"由其子伯禽代封。鲁国（前1043—前255）一度强盛，境内有今山东省泰山以南的汶、泗、沭、沂四水流域，刘桢故里宁阳在汉代置县前即为其属地，有"鲁甸"之称。

② 大庭氏：炎帝神农氏，传说为三皇之一，姜姓。《史记·周本纪》正义："（曲阜）又为大庭氏之故国。"肇：创始。厥居：他们的居所。厥，其。居，住所，住宅。这里说鲁都自大廷氏始为部族聚居地。

③ 少昊：亦作"少皞"。传说中古代东夷集团首领，名挚（一作"质"），号金天氏。受命：受天之指使。都兹：定都在这里。

④ 连冈属岭：峰峦起伏。曲阜东部、北部多山。曀（yì）：天阴而有风。魅：传说中的山林精怪。《周礼·春官·神仕》："以夏日至致地示物魅。"郑注："百物之神曰魅。"

⑤ 紫金：一种珍贵矿物。扬晖：亦作"扬辉"，发光。晖，阳光，这里指光辉。鸿崖：江西省新建县西有鸿崖山，相传下有炼丹井，为仙人洪涯先生得道处，后因以名山。这里当指鲁都附近的某山。云穴：高山上的深洞。

⑥ 岱宗：泰山的别称。泰山旧谓五岳之首，为诸山所宗，故称。《尚书·舜典》："岁二月，东巡守，至于岱宗。"孔传："岱宗，泰山，为四岳所宗。"邈：远。泰山在鲁都北约83.3公里。《诗经·鲁颂·閟宫》："泰山岩岩，鲁邦所詹。"层秀：嘉树层林。

⑦ 戢（jí）：收藏。《诗经·周颂·时迈》："载戢干戈。"有炎：指炎帝神农氏，亦即大庭氏。有，发语词，无义。库：武器库。《左传·昭公十八年》："梓慎登大庭氏之库以望之。"杜预注："大庭氏，古国名，在鲁城内，鲁于其处作库。"巨野：钜野，今山东省巨野县。县北曾是古大野泽，为上古以降巨泊，元末因黄河改道干涸。坰（jiōng）：离城较远的郊野。《诗经·鲁颂·駉》"駉駉牡马，在坰之野。"毛传："坰，远野也。邑外曰郊，

郊外曰野，野外曰林，林外曰垌。"郑笺："必牧于垌野者，辟民居与良田也。"

⑧ 举：称引。成均：古之大学。《周礼·春官·大司乐》："大司乐，掌成均之法，以治建国之学政，而合国之子弟焉。"郑玄注："成均，五帝之学。"后泛称官立最高学府。旧志：文献古籍。泗滨：泗水河边。泗水，水名。又山东省济宁市属县，与曲阜紧临。

⑨ 泮（pàn）宫：古代的国家高等学校。《礼记·王制》："大学在郊，天子曰辟雍，诸侯曰泮宫。"一说为春秋鲁僖公所筑的饮宴之所。《诗经·鲁颂·泮水》："鲁侯戾止，在泮饮酒。"并传孔子常带一群弟子"游泮"。今曲阜尚有泮池。宪肆：规章制度。宪，规范。肆，陈列。唐虞：唐尧与虞舜的并称。亦指尧与舜的时代，古人以为太平盛世。《论语·泰伯》："唐虞之际，于斯为盛。"《三坟》：传说中我国最古的书籍。《左传·昭公十二年》："是能读三坟、五典、八索、九丘。"杜预注："皆古书名。"王肃认为是"三皇"之书，伪孔安国《尚书序》称"伏羲、神农、黄帝之书，谓之《三坟》"，也有认为系指天、地、人三礼，或天、地、人三气。今存《三坟书》，分山坟、气坟、形坟。

⑩ 若乃：至于，用于句子开头，表示另起一事。考：审察，探讨。王道：王天下之道。古时与霸道相对，指以仁义统治天下的政策。去就：犹取舍。董仲舒《春秋繁露·保位权》："黑白分明，然后民知所去就，民知所去就，然后可以致治。"

⑪ 龙图：河图。《周易·系辞上》："河出图，洛出书，圣人则之。"徐陵《劝进梁元帝表》："卦起龙图，文因鸟迹。"金縢（téng）：金索，这里指用金质绳索封固收藏书契的柜子。《尚书·金縢》："（周）公归，乃纳册于金縢之匮中。"后指收藏书契的柜子。启：打开。《洛典》：《洛书》，又名《龟书》。传说由神龟从洛河中背出，故名。洛，洛水。石扉：石室的门，这里指隐者读书的石屋。

⑫《七经》：汉朝所推崇的七部儒家经典。说法不一，一般认为包括《易》《诗》《书》《仪礼》《春秋》《公羊》《论语》七书。旨义：主旨，

意图。百氏：指诸子百家。《汉书·叙传下》："纬六经，缀道纲，总百氏，赞篇章。"乖违：背离，违背。王充《论衡·顺鼓》："乖违礼意，行之如何？"

⑬ 采：选取，搜集。逸《礼》：指《仪礼》十七篇以外的古文《礼经》。相传有三十九篇，今佚。《汉书·刘歆传》："及鲁恭王坏孔子宅，欲以为宫，而得古文于坏壁之中，《逸礼》有三十九，《书》十六篇。"一说指失传的礼仪。残竹：指断简残编。古代削竹木片写字编纂为书，容易脱落散佚，故云。鲍照《河清颂》："窥刊崩石，捃逸残竹。"遗《诗》：《诗经》以外流传的诗。达路：交通方便的路口。

⑭ 国俗：国家的风俗。求：考察。德素：品德，本性。嵇康《与阮德如诗》："君其爱德素，行路慎风寒。"

⑮ 旁：旁边，四面。厉：劝勉，激励。《汉书·儒林传序》："以厉贤材焉。"颜师古曰："厉，劝勉之也。"四邑：周边的城镇。邑，小城镇。休溷（hùn）：古时戎狄之地。《史记·赵世家》"至于休溷诸貉"下"正义"曰："音陌。自河宗、休溷诸貉，乃戎狄之地也。"

⑯ 冠盖：礼帽与车盖，代指官服与车乘，这里指使者。《史记·魏公子列传》："平原君使者冠盖相属于魏。"

⑰ 覃（tán）思：深思。孔颖达《尚书序》："于是遂研精覃思，博考经籍采摭群言，以立训传。"阐迪：解释，开导。德谟：道德和谋略。谟，计谋，谋略。

⑱ 蕴包：包括。撰集：撰写编辑。丘素：同"丘索"，古佚书《九丘》《八索》的省称。《释名·释典艺》："八索。索，素也。"《左传·昭公十二年》："是能读三坟、五典、八索、九丘。"

⑲ 齐：齐国，周代诸侯国。《史记·齐太公世家》："于是武王已平商而王天下，封师尚父于齐营丘。""正义"曰："《括地志》云：'营丘在青州临淄北百步外城中。'"齐都故地在今山东省淄博市。绘弁：彩绣的帽子。端衣：古代的一种礼服，多用于丧祭场合。垂绅：大带下垂。《礼记·玉藻》："凡侍于君，绅垂。"孔颖达疏："绅，大带也。身直则带倚，磬倚则

带垂。"言臣下侍君必恭。后借指在朝为臣。金声玉色：犹"金声玉振"。谓以钟发声，以磬收韵，奏乐从始至终。语出《孟子·万章下》："集大成也者，金声而玉振之也。金声也者，始条理也；玉振之也者，终条理也。始条理者，智之事也；终条理者，圣之事也。"比喻形象名声俱佳。温故知新：温习旧知而得到新知。语出《论语·为政》："温故而知新，可以为师矣。"

⑳ 访：向人询问，调查。吊：凭吊，缅怀。先王：指周代和鲁国诸王公。遗真：遗像，这里泛指古迹。真，画像。

自古大廷氏肇兴，始创此都。至金天氏少昊受命，都沿大廷。其山则高冈丘陵相连，阴魅精怪，藏匿山峡之北；高山悬崖，闪耀紫金之辉；云遮高穴，敛藏水精之光。眺望泰山，则层层林秀；直入云雾，以超高逾越。

（乃至）刀枪入炎帝之武库，战马放巨野之平原。承古往官学之旧规，建孔圣私学于泗滨。因前代鲁侯之泮宫，讲古尧圣帝之《三坟》。至于研讨王道践行之取舍，究论历代政治之更替，则自金滕扎裹之柜，取阅《龙图》天赐之书；从高山石窟之藏，读《洛典》神秘之册。崇尚《七经》之奥义，删改《百家》之怪谬。自断简残编之中，搜罗《礼》书之散佚；于通衢大道之上，听受《诗经》之遗篇。遍观国风民俗之盛衰，考察士类群体之品德。旁及鼓舞于四方之城邑，向远延至夷狄之外邦。

贵官富绅云集，车水马龙骈至。深研于图书文献，阐发其道德谋略。学蕴而包罗古今，撰写以编就古籍。而齐鲁诸儒，皆绘冠礼服，垂长带而佩玉玦，讲学则金声玉振，论习以温故知新。（又或）访古于鲁都之内，凭吊乎先王之遗像。

［汤盐池〔五〕，东西长七十里，南北七里，盐生海内，暮取朝复生。㉑］（《北堂书钞》卷一百四十六）［又有咸池漭沆，煎炙赐春，燋暴渍沫，疏盐自殷。㉒挹之不损，取之不勤〔六〕。㉓］（《北堂书钞》卷一百四十六）［其盐则高

盆连冉，波酌海臻。㉔素鹾凝结，皓若雪氛。㉕](《北堂书钞》卷一百四十六)[四域来求㉖。](《北堂书钞》一百四十六)

[巨海分焉，倾泻百川。㉗](《初学记》卷六)水产众夥，各有彝伦。㉘颁首莘尾〔七〕，丰颅重断。㉙戴兵挟刃，盘甲曲鳞。㉚[绿鹢葱鹜㉛〔八〕。](《太平御览》卷九百二十五)[蘋藻漂于阳侯，芙蕖出于渚际。㉜奋红葩之煊煊，逸景烛于崖水。㉝](《韵补》卷四"水"字注)[龟螭潜滑于黄泥，文鱼游踊于清濑。㉞浚迅波以远腾，正泌㵎乎湄滴。㉟](《韵补》卷四"濑"字注)

其木则赤楝、青松，文茎、蕙棠，洪干百围，高径穹皇。㊱竹则填彼山垠〔九〕，陔弥阪域。㊲夏荡攒包，劲条并殖。㊳翠实离离，凤凰攸食。㊴[蒙雪含霜，不渝㊵其色。](《初学记》卷二十八)

[芳果万名，攒罗广庭，霜滋露熟〔十〕，时至则零。㊶](《太平御览》卷九百六十四)[黍稷油油，粳族垂芒，残穟满握，一颖盈筐。㊷](《初学记》卷二十七)

校勘

〔五〕汤，"陈本"《北堂书钞》作"内"。

〔六〕勤，"孔本"《北堂书钞》原作"动"，据"陈本"《北堂书钞》改。

〔七〕莘，《艺文类聚》原作"华"，今从"严本"改。

〔八〕鹜，影"宋本"《太平御览》原作"秘上鸟下"。

〔九〕垠，《初学记》卷二十八作"陔"，误。

〔十〕熟，"严本"作"润"，似误。

注释

㉑ 此条疑似赋之注文，但与以下相关联者共有三条，不会全是注文，也不便仅以此条作为注文，故仍作正文。汤盐池，当指涨潮时圈堵海水成盐田以为生产食盐的盐水池，以池水如盐汤故称。据《汉书·终军传》载："元鼎中，博士徐偃使行风俗。偃矫制，使胶东、鲁国鼓铸盐铁。"又载军诘偃："胶东南近琅邪，北接北海，鲁国西枕泰山，东有东海，受其盐铁。"

可知汉代鲁国有盐业。但据《后汉书·郡国志·河东》"安邑有铁，有盐池"注引杨佺期《雒阳记》有曰："河东盐池长七十里，广七里。"其数竟与此条全同，未知如何，存以待考。汉代安邑盐池称"解池"，故地在今山西夏县。

㉒ 咸池：亦即盐池，与汤盐池或有区别，不详，待考。漭沆（mǎng hàng）：水域广大貌。张衡《西京赋》："顾临太液，沧池漭沆。"李善注："漭沆，犹洸潒，亦宽大也。"煎炙：油煎与烧烤，这里指熬制或暴晒。赐春：受赐于春天，谓春天暴晒或熬制食盐。燋（jiāo）暴：火烧熬制和暴晒凝结。燋，火烧。暴，晒。渍（fén）沫：盐池里熬盐水沫涌起状。疏盐：指粗盐。疏，粗制。殷，多。

㉓ 挹（yì）：舀，酌。《荀子·宥坐》："富有四海，守之以谦，此所谓挹而损之之道也。"取之不勤：钱锺书《管锥编》认为，此本《老子》第六章"绵绵若存，用之不勤"。勤，尽竭也。钱又云，上文"疏盐"之"疏"当作"流"。可备一说。

㉔ 高盆：晒盐的大盆。连冉：盐盆连排的样子。波酌海臻：从盐池里取制盐用的水。酌，取。臻，至。

㉕ 素艖（cuó）：白色的盐。素，白色。艖，盐的别名。《礼记·曲礼下》："盐曰咸艖。"皓：亮，白。雪氛：雪花。

㉖ 四域来求：四面八方的人来此购买取用。

㉗ 巨海：大海。百川：河流众多。

㉘ 水产：水生物产。夥（huǒ）：众多。彝伦：常理，常道，这里指分门别类。

㉙ 颁首：头大貌。《诗经·小雅·鱼藻》："鱼在在藻，有颁其首。"莘尾：身长貌。《诗经·小雅·鱼藻》："鱼在在藻，有莘其尾。"丰颅：大头。重断（yín）：牙肉重叠。断，齿龈肉。

㉚ 戴兵挟刃：指虾蟹之属。盘甲曲鳞：指鱼鳖之属。

㉛ 绿鹢（yì）葱鹙（qiū）：指画有绿色鹢鸟和青绿色鸟的船。杨慎《秋林伐山·绿鹢葱鹙》："刘桢《鲁都赋》'绿鹢葱鹙'皆船名，船首画此二

鸟形也。"鹢，一种形似鹭的水鸟。鹜，一种头颈无毛而性贪馋的水鸟。

㉜ 蘋藻：浮萍。阳侯：传说中的波涛之神，借指波涛。芙蕖：芙蓉，荷花。渚际：水中陆地的边缘。

㉝ 奋：鸟展翅飞翔，这里形容鲜花怒放。红葩：指荷花。葩，花。煴煴：指火光，红光，这里形容花红似火。逸：奔跑。景烛：烛影，这里以喻荷花。景，通"影"。

㉞ 龟螭（chī）：乌龟和龙。螭，传说中一种没有角的龙。文鱼：鲤鱼，或说为有翅能飞的鱼、有斑彩的鱼、金鱼。踊：向上跃。濑（lài）：水流沙上。

㉟ 浚（jùn）：疏通，挖深。泌潏：水波冲激貌。湄滽（méiyì）：水边。湄，岸边，水与草交接的地方。滽，同"裔"，边缘。

㊱ 赤棱：古书上说的一种树，叶细而歧锐，皮糙，多丛生于山中，木材可做车辆。《诗经·小雅·四月》："山有蕨薇，隰有杞棱。"或说为赤楝。文茎：《山海经》中记载的一种树，长在西山山系中的符禺山上，结的果实像枣，人吃了可以治疗耳聋。蕙棠：树名。《山海经·西山经》："又西三百里，曰中皇之山，其上多黄金，其下多蕙棠。"洪干：高大的树干。围：古代的长度计量单位。《韵会》："五寸曰围。又一抱曰围。"《庄子·人间世》："栎社树，t其大蔽数千牛，絜之百围。"穹皇：天穹上帝之所。

㊲ 山垠：山脚，山坡。陔（gāi）弥：层层布满。陔，本义为台阶的层次，这里用作动词。阪（bǎn）域：所有的山坡。阪，山坡。域，区域。

㊳ 筕（dàng）：大竹。攒（cuán）包：聚集丛生。攒，簇拥，围聚，聚集。殖：滋生，繁殖。

㊴ 翠实：各种花的果实。离离：粒粒。离，通"粒"。《诗经·小雅·湛露》："其桐其椅，其实离离。"这里指竹子青绿色的果实。凤皇：凤凰，古代传说中的百鸟之王。雄为凤，雌为凰。通称"凤"或"凤凰"。攸（yōu）：句中语气词或连词，相当于乃、于是。

㊵ 渝：变污，改变。

㊶ 芳果：香甜的果实。芳，香。万名：名目繁多。霜滋露熟：经春、

秋两季的霜和露滋润后成熟。露，代夏。霜，代秋。时，节令。零，凋零，这里指果实成熟。

㊷ 黍稷：黍和稷，古代的两种主要农作物，亦泛指五谷。油油：形容浓密而饱满润泽。粳（jīng）族：稻属。粳，粳稻。族，类。垂芒：穗颖倒垂，稻子成熟状。残：凋残，这里是说成熟后的稻子。穟：稻穗，是麦类植物的穗的专用叫法。握：一把之量。颖：稻穗的芒，这里代指稻穗。盈：满。筐：指顷筐，即斜口的竹筐，后高前低，容量不多，便于倾倒和提掇。《诗经·周南·卷耳》："采采卷耳，不盈顷筐。"毛传："顷筐，畚属，易盈之器也。"

直译

（有）汤盐池东西长七十里，南北宽七里。盐生海内，暮取而朝生。又有咸池广大，赖春季天时最佳，烧炙熬制，暴晒蒸发，粗盐自多，舀酌不减，取用不竭。其盐盆则高自连排，酌于波浪，海水填均。粗盐凝结，白如雪粉，四方购运。

陆分大海，广流百川。水产丰富，分门别类。大头长身，胖颅重龈。蚱兵蟹将，龟鳖曲鳞。头绘绿鹢之船，或饰鹭鸟之舟。蘋藻漂动于碧波，荷花露出于渚边。葭花红之如火，如烛影之动摇于河水。龟蠵潜滑于河泥，彩鱼游跃于清流。河道疏通以使波流湍急，正因此而水流冲激于河缘。

其树则赤楗、青松、文茎、蕙棠。粗干百围，高枝插天。竹则遍满山坡，层层覆盖。夏竹聚生，劲枝并长。竹实粒粒，凤鸟之餐。雪打霜侵，不改其色。

花果万种，栽满大庭。霜滋露润，时至成熟。黍稷旺盛，粳稻俯首，熟穗盈握，一穗满筐。

[至于日昃㊸，体劳怠倦。一张一弛，文武之训。㊹]（《韵补》卷四"倦"字注）[曳发编芒，蔚若雾烟。㊺ 九采灼烁，菁藻纷缤。㊻]（《韵补》卷一"烟"字注）[奉彝执幂，纳觯授觓。㊼引满辄醻，滴沥受觓。㊽]（《韵补》卷二"觓"

字注)[贵交尚信,轻命重气。⁴⁹义激毫毛,怨成梗概。⁵⁰](《韵补》卷四"概"字注)

且观其时谢节移,和族绥宗⁵¹。招欢合好,肃戒⁵²友朋。[龙烛九枝,逸稻寿阳。⁵³赋《湛露》以留客,召丽妙之新倡〔十一〕。⁵⁴](《初学记》卷十五、《北堂书钞》卷一百一十二)[妖服初工,刻画绮纱。⁵⁵](《韵补》卷二"纱"字注)[工祝掩渚,扬苪陈词。⁵⁶](《韵补》卷一"词"字注)[其女工则绛□绮縠〔十二〕。⁵⁷](《太平御览》卷八百一十六)[纤纤丝履,灿烂鲜新。⁵⁸灵草寻梦,华荣奏□。⁵⁹表以文组〔十三〕,缀以珠玼。⁶⁰步履安审,接趾承身。⁶¹](《北堂书钞》卷一百三十六、《初学记》卷二十六、《太平御览》卷六百九十七)

[众媛侍侧,鳞附盈房。⁶²](《太平御览》卷三百八十一)蛾眉清眸,颜若雪霜〔十四〕。⁶³[玄发曜粉,芳泽不□。⁶⁴](《北堂书钞》卷一百三十五)[含丹吮素,巧笑妍详。⁶⁵](《太平御览》卷三百八十一)插曜日之珍笄〔十五〕,珥明月之珠珰。⁶⁶[袿裾纷裶,振佩鸣璜。⁶⁷](《太平御览》卷三百八十一)舞人就列,整饰容华。⁶⁸和颜扬眸,眒风长歌〔十六〕。⁶⁹飘乎猋发⁷⁰〔十七〕,身如转波。寻虚骋迹,顾与节和。⁷¹纵修袖以终曲〔十八〕,若奔星之赴河〔十九〕。⁷²

校勘

〔十一〕丽妙,《北堂书钞》卷一百一十二作"妙丽"。

〔十二〕《太平御览》原无"□"字号,"俞本""林本"皆谓"绛"字上或下疑有脱文。"韩本"从严可均本增"□"字号,依之。

〔十三〕组,《初学记》卷二十六作"綦"。

〔十四〕雪,《太平御览》卷三百八十一作"濡"。

〔十五〕插,《北堂书钞》卷一百三十五作"建",《太平御览》卷三百八十一作"掖"。

〔十六〕眒风,《韵补》卷二"纱"字注作"盱风","孔本"《北堂书钞》卷一百七作"仪凤","陈本"《北堂书钞》作"彩凤"。

〔十七〕飘乎猋发,"孔本"《北堂书钞》卷一百七作"翩乎炎发","陈本"《北堂书钞》作"手如回雪"。

〔十八〕修，《编珠》卷二作“縠”。

〔十九〕赴，《北堂书钞》卷一百七作“坠”。

注释

㊸ 日昃（zè）：太阳西斜。

㊹ 一张一弛，文武之训：《礼记・杂记下》：“张而不弛，文武弗能也；弛而不张，文武弗为也。一张一弛，文武之道也。”文武，指周文王和周武王。训，教导，教诲。

㊺ 曳（yè）发：头发散垂。编芒：谓编成发辫。蔚：兴盛。

㊻ 九采：泛指当地美饰。《礼记集说·明堂位》：“九采之国，应门之外，北面东上。”陈澔集注：“《疏》曰：‘此是九州之牧。谓之采者，以采取当州美物，而贡天子。故《王制》云：千里之外曰采。’”灼烁（zhuóshuò）：鲜明、光彩貌。菁（jīng）藻：菁与藻。菁，藻，皆水草名。此指妇女服装上绘饰的图案。司马相如《上林赋》：“唼喋菁藻，咀嚼菱藕。”

㊼ 奉彝：手捧酒樽。彝，古代盛酒的器具，亦泛指宗庙祭器。幂：盖东西用的巾。纳觯（zhì）授觞：此句为互文。纳，接受。授，给予。觯，觞，皆古代饮酒器。

㊽ 引满：斟满杯。釂：干杯。滴沥：有一滴落下。受觥（gōng）：罚饮一杯。觥，古代饮酒器。《说文》：“觞，觯实曰觞，虚曰觯。”

㊾ 贵交尚信：重交情，讲信用。轻命重气：容易冲动，为赌气可以拼命。

㊿ 义激毫毛：容不得半点儿不合理。梗概：刚直的气概，这里引申为怨恨。

(51) 和族绥宗：和睦家族。绥（suí），安抚。

(52) 肃戒：严肃告诫。

(53) 龙烛：饰以龙纹的烛台或蜡烛。逸稻寿阳：或指寿阳（今属山西省晋中市）所产的稻米，不详，待考。

(54) 赋：诵读。《湛露》：《诗经・小雅》中的篇名。其辞有曰：“湛湛露斯，匪阳不晞。厌厌夜饮，不醉无归。"乃留客之意。丽妙：指容貌美好。倡：歌舞杂戏艺人。

㊺ 妖服：艳冶的服装。张衡《七辩》："美人妖服，变曲为清。"初工：开始裁缝丝帛，制作衣服。《说文》："初，始也。"又曰："裁者，衣之始也。"

㊻ 工祝：古代祭祀中专司祝告的人。掩渚：遮蔽了水中的小洲。掩，遮没，遮蔽。渚，水中的小洲。扬菿：举起筈帚。扬，举起。菿，筈帚。

㊼ 女工：同"女红"，指妇女所做的纺织、刺绣、缝纫等事。绛：大红色。绮縠（hú）：丝织品的总称。绮，平面上起花纹的丝织品。縠，有皱纹的纱。

㊽ 纤纤：细长、柔细貌。丝履：以丝织品制成的鞋。履，鞋。

㊾ 灵草寻梦：蓍占，用蓍草占卜梦兆。华：花。

㊿ 表：装饰。文组：有纹饰的丝带，这里指鞋带。文，花纹。组，宽丝带。缀：连接。珠玭（pín）：珍珠。

� 安审：安详从容。接趾：合脚。

㊅ 媛：美女。侍侧：陪侍左右。鳞附：丛集。盈：满。

㊆ 蛾眉：蛾触须细长而弯曲，因以比喻女子的美眉。眸：眼睛。

㊇ 玄发：黑发。曜粉：化妆的粉白。芳泽：香气。

㊈ 含丹吮素：唇红齿白。妍详：艳丽端庄。

㊉ 笄（jī）：古代的一种簪子，用以挽发，或在发髻上插住帽子。珥（ěr）、珰（dāng）：古代指珠玉耳饰。《仓颉篇》："珥，珠在耳也。耳珰垂珠者曰珥。"

㊌ 袿（guī）：长襦，女子的长上衣。裾：衣服的大襟或前后部分。纷裶：衣长下垂貌。纷，当为"衯"。司马相如《子虚赋》："衯衯裶裶。"佩：身上的佩物，如玉佩等。璜：半璧形的玉。

㊍ 整饰：化妆。容华：容颜。

㊎ 和颜：和蔼的面色。眄（miǎn）风：斜着眼看，犹言瞟视的眼神。

㊏ 猋（biāo）发：暴风，旋风。后作"飚"，也作"飙"。

(71) 寻虚骋迹：写舞姿如凌空蹈虚，轻盈自如。骋，奔驰。顾与节和：却合于乐曲的节拍。顾，但，却。节，节拍。

(72) 修袖：长袖。奔星：流星。河：银河。

直译

至于白日将尽而西斜，身既劳以倦乏。则为一张一弛，循先王文武之道。于是散黑发以梳长辫，蔚蔚然头顶似雾，袅袅兮无望如烟。此地贡天子九采美饰，齐穿戴而光芒闪烁。或菁或藻，衣绘缤纷。奉爵执巾，觯去觞临。斟满即饮，滴酒罚觥。赌气用命，重交守信。稍不合义，积怨成梗。

若其四季，节庆推移。和睦宗族，招欢四临。以劝以勉，严戒友朋。烛台蜡烛饰以龙纹，九枝点亮放大光明。逸稻之馨香，来自寿阳。歌《湛露》之辞，以尽醉留客。召妙丽之新伎，艳服始初裁缝，刻绘图画于彩色轻纱。（至于）工祝等巫者致祭于洲渚，高举箬帚以向天祷告。其女红则大红彩绣，轻盈丝鞋，鲜新耀眼。灵草占梦，鲜花献奉。绣鞋则饰以彩纹之带，缝缀以举步动摇之珍珠。安步端行，合脚适身。

众女旁侍，如鳞次之济济。蛾眉明目，颜如雪霜。黑发耀粉，香溢悠长。唇红齿白，笑靥花样。戴影日之宝钗，挂如月之珠珰。长衣飘曳，引玉佩振响，璜鸣叮当。舞者成列，展妆容与颜光。和颜容以扬目，斜望风而高歌。飘飘然如狂飙骤起，身迅疾似流波转向。舞步如虚空中奔驰腾跃，却又与奏乐节拍音律谐和。长袖抛空而与乐曲并终，恰如流星群飞并赴天上银河。

及其素秋二七，天汉指隅。(73)民胥祓禊〔二十〕，国子水嬉〔二十一〕。(74)缇帷弥津〔二十二〕，丹帐覆洲〔二十三〕，[日暮宴罢〔二十四〕，车骑就衢。(75)]（《初学记》卷四）盖(76)如飞鹤〔二十五〕，马如游鱼〔二十六〕。应门岩岩，朱扉含光。(77)[金陛玉砌，玄栢云阿。(78)]（《文选》卷四十六王融《三月三日曲水序》注）[阳窗含辉，阴牖纳光。(79)]（《编珠》卷二）路殿岿其隆崇，文陛巘其高骧。(80)听迅雷于长除，若有闻而复亡。(81)其园囿苑沼，骈田接连。(82)渌池分浪，以带

石垠。[83]文隅琼岸,华玉依津。[84]

［伊岁之冬,云气清晞。[85]水冱露凝,冰雪皑皑。[86]］(《初学记》卷三）邦乃大狩,［建燕尾之飞旌。[87]］(《编珠》卷二）［岩险回隔,峻巇隐曲。猛兽深潜,介禽窜匿。[88]］(《韵补》卷五"曲"字注）［猰㺄猛容,举父猴玃。[89]战斗陵冈,嗔怒奋赫。[90]］(《韵补》卷五"玃"字注）［昼藏宵行,俯仰哮咆,禽兽怖窜,失偶丧俦。[91]］(《韵补》卷二"咆"字注）振扬炎威,教民即戎,讲习兴师。[92]落幕包括,连结营围。[93]［长罿掩壑,大罗被罦。[94]］(《太平御览》卷八百三十二）毛群陨殪,羽族殀剥。[95]填崎塞畎,不可胜录〔二十七〕。[96]（《艺文类聚》卷六十一）

校勘

〔二十〕禊,《宋书·礼志》作"除",《北堂书钞》卷一百五十五作"禳"。

〔二十一〕国子水嬉,《艺文类聚》原作"国于水游",《宋书·礼志》作"国子水嬉",《北堂书钞》卷一百三十二和卷一百五十五、《韵补》卷一"嬉"字注同,今据改。

〔二十二〕帷,《北堂书钞》卷一百三十二、《太平御览》卷七百并作"幄"。

〔二十三〕帐,《北堂书钞》卷一百三十二、《太平御览》卷七百并作"帷"。

〔二十四〕"日暮宴罢"二句,据《初学记》卷四补。宴罢,《编珠》卷二作"罢朝"。

〔二十五〕鹤,《太平御览》卷七百二作"鹄"。

〔二十六〕如,《文选》注作"似"。

〔二十七〕录,《韵补》卷五"剥"字注作"箓"。

注释

[73] 及其:等到。素秋:秋季。古代五行之说中,秋属金,其色白,故

称。二七：一说为农历七月七日，一说为农历七月十四日。这里当指后者。该日是我国南方的中元节，后一日即七月十五日，是北方的中元节。中元节又称"鬼节""盂兰节"。天汉：银河，这里指北斗星。隅：角落，边际，这里指西方。古人根据北斗星入夜时斗柄所指的方向来决定季节：斗柄指东，天下皆春；斗柄指南，天下皆夏；斗柄指西，天下皆秋；斗柄指北，天下皆冬。所以这里中元节入夜时斗柄应该是指向西方。

⑭ 胥（xū）：都，皆。祓禊（fúxì）：犹除，古祭名，源于古代"除恶之祭"，或濯于水滨或秉火求福。三国魏以前多在三月上巳，魏以后则有延至秋季者。《陔余丛考》卷二十一："又杨用修云：古有春禊、秋禊。'浴乎沂'注云：上巳祓除，王右军兰亭修禊，此春禊也。刘桢《鲁都赋》曰：'素秋二七，天汉指隅。人胥祓禳，国子水嬉。'此用七月十四日，指秋禊也。则七月亦修禊矣。"国子：公卿大夫的子弟，一说指国都之人。水嬉：水上或水边的游乐。嬉，游乐。

⑮ 缇帷（tíwéi）：橘红色的帐幕。缇，橘红色。帷，帐幕。弥津：遍布渡口。弥，漫，满。津，渡河的口岸。丹帐：红色的帷幕。洲：水中的陆地。就衢（qú）：上路。衢，四通八达的道路。

⑯ 盖：车篷。

⑰ 应门：王宫的正门。岩岩：高大威严貌。

⑱ 金陛（bì）：指皇宫的台阶。陛，宫殿的台阶。玄柢（hù）：皇宫前涂有黑漆的木制障碍物。玄，黑色。柢，官府门前阻拦人马通行的木架子，即路障，也称"行马"。云阿：高屋大殿。云，喻说高。阿，门阿，指门屋之栋。《周礼·冬官·匠人》："王宫门阿之制，五雉。"郑注："阿，栋也。"贾公彦疏："五雉，谓高五丈。"

⑲ 阳窗：南面向阳的窗口。阴牖（yǒu）：房屋北墙上的窗户。牖，窗户。

⑳ 路殿：天子诸侯之正殿。岿（kuī）：高大屹立的样子。文陛：宫阙的殿阶。巘（yǎn）：大山上的小山，这里指层层升高。高骧（xiāng）：腾越，腾飞。

㉑ 迅雷：迅疾的响雷。除：殿台楼阁之间高出地面的过道。

㉘ 园囿苑沼：合指皇家的园林、猎场、水塘等游玩处。囿，皇家狩猎场。苑，饲养禽兽和栽植林木的地方，多指帝王的花园。沼，积水的洼地，这里指皇家园林中的水池。骈田：聚会，连属。形容多。

㉘ 渌：清澈。石垠：水边石岸。垠（yín）：边，岸。

㉘ 文隅：文石砌就的边角。文石由霰石、方解石、铁氧化物、蛋白石等矿物组成，属次生矿物，其中以霰石为主要成分。良质文石颜色较深，硬度高，花纹多变化，品质佳者，可制作饰物、印材等。琼岸：美玉砌成的水岸。琼，美玉。华玉：美玉。津：上下船的渡口。

㉘ 伊：句首语气词，相当于"惟""维"，无义。清晞（xī）：指天气清朗干燥。晞，干，干燥。

㉘ 水冱（hù）：指水结冰。皑皑：雪白的样子。

㉘ 邦：称古代诸侯国。大狩：大猎。狩，冬天打猎。燕尾：燕尾分叉像剪刀，这里指末端分叉似燕尾状的旗帜。飞旄：飘扬的旗子。旄，古代用牦牛尾或兼五彩羽毛饰竿头的旗子，后来成为古代旗的总称。

㉘ 介禽：大鸟。介，大。窜匿：逃窜，隐藏。匿，隐。

㉘ 猰㺄（yàyǔ）：当为恶兽。《晋书·温峤郗鉴传赞》："封狐万里，投躯而弗顾；猰㺄千群，探穴而忘死。"《陈书·高祖纪上》："屠猰㺄于中原，斫鲸鲵于蒙汜。"举父：亦猛兽名。《山海经·东山经》："（犲山）有兽焉，其状如夸父而彘毛。"按，《西山经》云："（崇吾之山）有兽焉，其状如禺而文臂，豹虎而善投，名曰举父。"郭璞注："或作夸父。"清郝懿行疏："举、夸声近，故或作夸父。"猴玃（jué）：兽名，猴类。张华《博物志》卷三："蜀山南高山上，有物如猕猴，长七尺，能人行，健走，名曰猴玃，一名化，或曰猳玃。"

㉘ 陵冈：山陵。嗔：怒，生气。奋赫：大怒的样子。

㉘ 昼藏宵行：日伏夜行。怖窜：因害怕而逃跑隐匿。怖，惧怕。窜，乱跑，逃走。失偶丧俦（chóu）：此句为互文，意为丧失伴侣。偶、俦，这里都是同伴、伴侣的意思。

㉘ 振扬：振奋，显扬。炎威：强大如烈火的威势。炎，火。即戎：参

加军事训练，古时多借冬季围猎之时组织军事训练。讲习兴师：又称"大阅"，犹今言军演。《周礼·夏官·大司马》："中冬，教大阅……遂以狩田。"《周易·夬卦》："告自邑，不利即戎，所尚乃穷也。"

㉝ 落幕：连在一起的帷幕。落，通"络"，联络，连接。包括：围起来，即"连结营围"。

㉞ 长罼（bì）：罼，古同"毕"，捕捉禽兽的长柄网。掩壑：遮盖了深谷。壑，坑谷，深沟。罗：大罩网。被：遮盖。罩（gāo）：通"皋"，高地。陶潜《归去来兮辞》："登东皋以舒啸，临清流而赋诗。"

㉟ 毛群：指兽类。陨殪：指兽类被猎杀。陨，通"殒"，死亡。殪，死。羽族：指鸟类。歼剥：杀死和伤害。

㊱ 崎：山路不平貌。畎（quǎn）：田间小沟。胜：胜任，做得到。录：记载，抄写。

待到七月十四中元节，北斗指西，天下皆秋。民皆灌水以除恶，学生放假而水戏。橘红帐幕满渡口，绛红帷幄遍河洲。向晚宴罢各归去，车水马龙满大街。车盖摇动如鹤飞，骏马行路如游鱼。王宫正门真高大，朱门隐隐放红光。金色大殿砌玉阶，行马高高设路障。向南明窗阳光照，北墙窗户亦采光。王宫大殿峃然耸立，台阶层层以高升。听惊雷于殿前之长道，似闻复无不够响亮。其园林苑沼处处相连，清池拦波而石砌边岸。文石成岸角，玉砌为池畔，彩石铺就，依依津渡。

至于年末岁尽之冬，则云雨少而天干冷，水结冰而露成霜，冰雪覆而天下白。于是国君大猎，擎起形如燕尾之大旗高高飘扬，翻山越岭，攀峰下谷，搜索猛兽藏匿，追赶禽鸟窜潜。（但见）狭貐貌凶猛，（并遇）举父、猴玃，激战搏斗在山冈，怒声阵阵扬四方。（于是诸禽兽）昼伏夜行，跳跃咆哮，失伴丧侣，惊恐窜逃。（此乃）振奋发扬国威，以教民学习战争。讲论军事，则连结帷幕，以为寨营。（早起）则长网笼罩山谷，大罩覆盖土冈。群兽毙命，禽鸟殒身，置路填沟，不可计数。

"赋"字始见于西周金文。本义是赋税，也指征收赋税。又有颁布、授予之义。而无论征收还是颁布授予，都需要展开与普及，所以文学上赋又成为《诗经》"六义"之一。班固在《汉书·艺文志》中说："不歌而诵谓之赋。"不用音乐伴奏歌唱，只口头诵读就叫作"赋"，相当于今天的朗诵。后来，赋由最初的一种口头传播演变成一种文体，是韵文和散文的综合体。《文心雕龙·诠赋第八》曰："赋者，铺也。"就是说赋这种文学体裁的主要特点在于铺陈。从铺陈的角度看，赋是口头文学的合称，又是中国古代最早的文体之一。

作为中国最早的文体之一，赋讲究文采、韵律，兼具诗歌和散文的性质。其特点是"铺采摛文，体物写志"，即用华丽的文采写景状物，托物寄意，借景抒情。历代有作，留下了大量佳作名篇。

赋的发展经历了几个阶段：以荀子的《赋篇》为代表，最早诸子散文中的赋叫作"短赋"；此后是以屈原的《离骚》为代表的由诗向赋过渡的"骚赋"；至汉代，赋体定型，被称为"辞赋"；魏晋以后，则向骈对方向发展，又叫作"骈赋"；唐代又因诗的影响而由骈体转律体，叫"律赋"；宋代散文极盛，作者"以文为诗"的同时，也"以文为赋"，所以又称为"文赋"。历代的名家名作则有战国宋玉的《高唐赋》《神女赋》、汉代司马相如的《子虚赋》《上林赋》、扬雄的《甘泉赋》、班固的《两都赋》、张衡的《二京赋》等。汉以后则有左思的《三都赋》、杜牧的《阿房宫赋》、欧阳修的《秋声赋》、苏轼的《前赤壁赋》等。

但是赋最兴盛的时期是汉代。有人认为，俗语所说的"唐诗宋词汉文章"中的"文章"就是指汉赋。汉赋有大赋和小赋之分。大赋篇幅较长，多写京都的山川形胜、宫廷壮丽、帝王荣贵，"劝百讽一"，是典型的宫廷文学。后来扬雄自己也觉得没意思，曰"雕虫小技，壮夫不为"。小赋则篇幅短小，多状物写景，寄寓个人思想情趣，更接近文学的本义。

刘桢的《鲁都赋》是汉大赋晚期的优秀之作。至刘桢所在的时代，京都大赋的盛时已经过去。但《两都赋》《二京赋》等名作的影响仍在延续，不时有模拟以图出新之作。例如，比刘桢在世稍早的王延寿（约143—约163）游曲阜（汉代鲁王之国），后作《鲁灵光殿赋》，虽然仅是写汉鲁恭王时"鲁都"的一大新建筑，远非正宗的"京都"题材的作品。但至今亦称名篇，有"鲁殿灵光"之说，当时影响很大。刘桢很可能是受到《鲁灵光殿赋》成功的激励而作《鲁都赋》。加以刘桢是宁阳人，《鲁都赋》于他也算是"乡土文学"了。

因此，《鲁都赋》的创作年代应该在刘桢出仕之前居于宁阳的时期，并很可能这就是他的成名作。刘桢自幼才华横溢，成名甚早。杨修在《答临淄侯笺》中说"徐（幹）刘（桢）之显青、豫"，青即青州，豫即汉末兖州（当时东平郡宁阳县属兖州）所属的豫州，说明二人都在归曹前居乡时就已显露文名。而徐幹作有与刘桢的《鲁都赋》同类题目的《齐都赋》，恐怕也不是偶然为之。《鲁灵光殿赋》在加上标点后全篇约一千六百字，《鲁都赋》原作字数或亦与之相当，而今存在加上标点后约九百字，大概仅原作之一半的篇幅，诚所谓"犹抱琵琶半遮面"，读者只能据这些佚文想望其全面之风采了。

自张溥《汉魏六朝百三名家集》中《刘公幹集》以降，至今四百年中，《鲁都赋》佚文辑本甚多，近今整理本还多有以《艺文类聚》所收的《鲁都赋》为底本者，以己意插入散见他书中佚文者，有进一步恢复原作的意向，但因为确实难以判断，从而都未贯彻到底。所以至今看起来，很需要一个可以大体通读理解的文本。这就需要对现有佚文的整合进行进一步的"编辑"。这显然是一个充满诸多不确定性的尝试，但因此而有《鲁都赋》佚文便于通观的"编辑"本，若能引起对刘桢此作新的关注和进一步研究，也是一件好事。故勉为其难，抛砖引玉。

本文"编辑"也是以《艺文类聚》所收的《鲁都赋》为底本，对全部佚文按历史、地理、物产、人文、社会活动等以类相从，从宏观到微观依所叙事理人情排列和联络，尽可能建立起一定的内在秩序，体现出成"篇"

的特点。以上四个段落：其一总写历史、地理、人文；其二写盐业、水产、林木、花果等；其三写宴饮、祭祀、娱乐；其四写自宴归而宫室、园囿苑沼及冬季狩猎、教习战守等。除有从宏观到微观，从劳作到休息娱乐、节日庆典、宴饮歌舞、狩猎教战等的推移以外，其实还大致有春、夏、秋、冬四季的推移。虽仍不尽意，但是似已略可观矣。

虽然这样的"编辑"可能比佚文散置的状态更有益于通观，但也仅是一说而已，读者或不以为然。而条文俱在，无妨见仁见智，窃以为此种"编辑"是辑佚文可以尝试的一种做法，尤其在残文较多的情况下更有必要。

从此辑本可以看到和推测的是，刘桢的《鲁都赋》篇制宏大，内容丰富，结构精严，铺张扬厉，语言华美，置之全部汉赋中，亦堪称优秀之作。尤其值得注意的是，虽然不免有赋家夸张的成分，又侧重写王侯贵族的奢靡生活，但某些内容仍有历史价值和启发意义。

如上所提及，同时也是"建安七子"之一的刘桢的好友徐幹作有《齐都赋》，虽亦残存，但有辑本可相参观。

遂志①赋

　　幸遇明后,因志东倾。②披此丰草,乃命小生。③生之小矣,何兹云当④。牧马于路,役车低昂。⑤怆恨恻切〔一〕,我独西行。⑥

　　去峻溪之鸿洞,观日月于朝阳〔二〕。⑦释丛棘之余刺,践槿林⑧之柔芳。皦玉粲以曜目,荣日华以舒光。⑨信此山之多灵,何神分之煌煌。⑩聊且游观,周历高岑。⑪仰攀高枝,侧身遗阴。⑫磷磷礧礧,以广其心。⑬

　　伊天皇之树叶,必结根于仁方。⑭梢吴夷于东隅,掣叛臣乎南荆。⑮戢干戈于内库,我马絷而不行。⑯扬洪恩于无涯,听颂声之洋洋。⑰

　　四寓莫以无为〔三〕,玄道穆以普将。⑱翼俊乂于上列,退仄陋于下场。⑲袭初服之芜薉,托蓬庐以游翔。⑳岂放言㉑而云尔?乃旦夕之可忘?(《艺文类聚》卷二十六)

校勘

　〔一〕恨,"张本""俞本""林本"均作"悢"。其实,作"恨"亦通。同"韩本"照旧。

　〔二〕日月,《艺文类聚》原作"日日",从"张本"改。

　〔三〕莫,"张本"作"尊","严本"作"奠"。同"俞本"照旧。

注释

　①遂志:人生愿望得到满足。

　②幸遇:有幸遇到。明后:称曹操。明,英明睿智。后,称君王,天子。志:愿望。东倾:倾慕,追随。伏琛《三齐略记》:"台城东南有蒲台,台高八丈,秦始皇所顿处,在台下絷马。至今蒲生犹萦,似木杨而堪为箭。阳城山石尽起立,巍巍东倾,状如相随行,青翠可掬也。"这里以秦始皇比

曹操，以"阳城山石"自比，表达自己当时欲归附曹操的意愿。

③ 披此丰草：拨开茂草，喻从山林隐者中发现（作者）。披，用手分开。乃命：于是任命。小生：年轻人，后辈，这里含作者自谦之意。

④ 何兹云当：哪里敢说能够胜任呢？

⑤ 牧马：放牧马匹。役车：赶车。

⑥ 怆恨：忧愁悲伤。王褒《九怀·尊嘉》："身去兮意存，怆恨兮怀愁。"恻切：沉痛。我独西行：作者一个人自家乡宁阳西去当时曹操挟汉献帝所在的许都（今河南省许昌市）。

⑦ 去：离开。峻溪：或为地名。《敦煌变文集新书》卷五《苏武李陵执别词》："于是泣涕相送，渐过峻溪（浚稽）。见峻岭千重，洪崖万刃（仞）。东连渤海，西接雁门。"或指高山深溪。《全唐诗补编·全唐诗续拾》卷二十九李敬方《登天姥》："天姥三重岭，危途绕峻溪。水喧无昼夜，云暗失东西。"鸿洞：虚空混沌，漫无涯际。《淮南子·精神训》："古未有天地之时，惟像无形，窈窈冥冥，芒芠漠闵，澒蒙鸿洞，莫知其门。"高诱注："皆无形之象。"朝阳：早晨的太阳。当谓上半月日出之际，月尚有痕在天。

⑧ 槚（jiǎ）林：树林。槚，古书上指楸树或茶树。

⑨ 皦（jiǎo）玉：白玉。皦，玉石洁白的样子。粲：鲜明貌。《诗经·唐风·绸缪》："如此粲者何？"曜目：明亮夺目。曜，明亮，光辉。荣日华：阳光灿烂。舒光：看得远。

⑩ 信：知。神分：得天地之神的分享，即天赋。《太平经合校》卷一百五十四至一百七十《利尊上延命法》："人本生时乃名神也，乃与天地分权、分体、分形、分神、分精、分气、分事、分业、分居。"

⑪ 聊且：姑且，暂且。高岑（cén）：小而高的山。

⑫ 遗阴：即"遗荫"，遮蔽成的阴凉处。

⑬ 磷磷：玉石之色彩。礮礮：玉石貌。

⑭ 伊：句首语气词，无义。天皇：指汉帝。作者为汉宗室之后。树叶：喻后裔。结根：植根，扎根。仁方：仁义之主，这里指他当时投奔的曹操。

⑮ 梢：击，冲激，扫。吴夷：古代中原国家称南方为"蛮"、北方为

"狄"、东方为"夷"、西方为"戎"。三国东吴在东南,故称之为"蛮夷"。掣(chè):牵制。叛臣:指当时为荆州牧的刘表集团,因其不承认曹操"挟天子以令诸侯"的地位合法,所以被曹操以朝廷的名义斥为叛臣。南荆:江南荆州数郡,当时刘表占据的地域。荆,荆州,古"九州"之一。

⑯ 戢干戈:休兵罢战。《诗经·周颂·时迈》:"载戢干戈,载櫜弓矢。"戢,收,藏。内库:皇宫大内的仓库。繁(zhí):本指绊马索,这里引申为马被拴在厩中,也就是自己也不再随征。

⑰ 洪恩:大恩。洪,大。无涯:无边无际,这里是说主公曹操的恩情之大。颂声:赞扬的话。

⑱ 四寓:四方。莫:"暮"的本字,指太阳落山的时候。这里借用为否定性不定代词,表示没有哪样东西。无为:指治国尚与民休息,不瞎折腾。《论语·卫灵公》:"无为而治者,其舜也与?夫何为哉?恭己正南面而已矣。"玄道:天道。穆:美,温和。一说深远,幽微。普将:遍及。普,普遍。将,句尾助词。

⑲ 翼:遮护,这里是保护、提拔的意思。俊乂(yì):指才德出众。《尚书·皋陶谟》:"俊乂在官。"仄陋:狭隘粗陋,这里指偏狭粗鄙之人。下场:下位。

⑳ 袭:穿衣。初服:平民或士子服装,与"朝服"相对。屈原《楚辞·离骚》:"退将复修吾初服。"芜薉(huì):荒芜,不净,这里指乡下。薉,古同"秽"。蓬庐:茅舍,指家乡的老屋。游翔:游乐翱翔,形容自由自在的生活。《太平御览》卷九百六十《射干》:"孙卿子曰:……君子居必择乡,游必就士。"

㉑ 放言:敢说话,有话就说。

当年荣幸遇曹公,我如阳城石欲东。拨开此茂草,拔擢我小生。惜时太年幼,如何敢担承?乃驰马于路,车辕低昂行。悲怆愁思既深切,我独西赴许都城。

辞离东方高山大溪之鸿蒙，随日出行观日月同天之美景。摘去荆棘丛挂衣之芒刺，脚踏茶树柔香之林路。皎皎白玉耀双目，灿烂红日舒华光。乃信此山多灵异，其得神佑太辉煌。暂驻足山顶以游览观赏，转一圈在这高峭的小丘上。抬头攀缘树之高枝，侧身伫立于林荫之下。

　　清河涧涧，开阔我心。（我）身为汉帝宗室之苗裔，忠心耿耿于曹公仁王。将扫荡吴夷孙权于江东，先捉拿叛臣刘表于南荆。然后刀枪入库，系马于厩。（主公乃）广施洪恩于天下，倾听颂歌高扬声声。

　　四方安定，无为而治。天道静好，仁政普及。举贤才以置高位，黜小人而充下僚。（于是我乃）着当年未仕时之服，回久别荒芜之故乡；托宁阳蓬草之旧屋，漫游东鲁贤圣之邦。这难道是信口开河？实白日黑夜不忘！

新解

　　这是一篇述志之作。当时作者已委身曹操多年，抚今追昔，写下了出仕以来的感慨，以叙阅历，以明志向。其写作的时间当在作者"西行"归曹以后，随曹操移驻邺城之前。写作的地点或即许都。虽具体无可考，但可知这是他中年时思考人生的重要代表作，是研究刘桢生平思想与艺术的重要资料。本赋也辑自《艺文类聚》，虽其是不是完篇还难以断定，但看它首尾照应，中间叙事抒情，联翩而下，逻辑严谨，层次分明，则大致可信其为原作，而今也只有这样认为了。

　　本赋忆旧、明志，既涉交游，又写给人看，相当于现在的"公开发表"，作者预设第一读者肯定是他当下和未来的靠山曹操，从而对曹操感恩戴德，颂扬备至。今天，读者或不免笑其俗气，但君不见当时孔门后裔的大名士孔融和世代簪缨之家的才子杨修，先后都以片言取祸被曹操杀了？历来文学中这类向君主表忠心的内容诚不足贵，但如果其仅为自保，或者单纯为求上进，则后世读者或可客观地看待，给予尽可能的理解，尤其不必责人以求虚名而贾实祸。

　　另外，作者对曹操的感戴与颂扬还是有分寸的，还在人之常情以内。虽然曹操怎么想确实不好说，但对出身寒微、得曹操亲自拔擢的刘桢来说，应该不排除其对曹操有长幼、主从和文学同好之间相知、相得、相交好的真正的感情。因此，作者对曹操的感戴无可厚非，此赋在留存至今的三国诗文中也属较为独特的存在。更从历史的角度看，人生百年，无论何人何时何地，幸而携手共进，彼此能有这样的关系与感情，也是人生中美好的事情。而本赋作为"尊曹"的历史文献，也成为建安文学的名篇。

本赋题作"遂志"，侧重点在回忆。主要写自己当年得曹操赏识、提拔的"幸遇"和感恩戴德，以及后来独自西赴许都归曹的沿途经历。那是一次艰苦而愉快的旅行，其间晓行夜宿，翻山越岭，渡涧穿林，饱览山水风光，饥餐秀丽景色，开阔了心胸和眼界，也坚定了归曹以努力进取、建功立业的志向。"梢吴夷"二句及以下十句，写归曹以后将面临平"吴"和灭"蜀"等诸多战阵，以及必将取胜和对"刀枪入库，马放南山"后"仁政"治国的憧憬。在他的盼望中，曹操将赢得"仁君"的名声，为四海万民所拥戴。

然而，"人生天地间，忽如远行客"（《古诗十九首·青青陵上柏》）。作者为"遂志"而统筹一生，也不能不想到"我独西行"的归途。所以，本赋在畅叙此前和表明此后将继续奋斗之余，也深明盛筵终散、功成身退和叶落归根的自然之理。从而卒章见志，照应开篇，表达"从哪里来，回哪里去"的幽幽之思。读者读至"袭初服之芜薉，托蓬庐以游翔"两句，或可油然想及后世陶渊明"归去来兮，田园将芜胡不归"（《归去来兮辞》）的困惑，也许还会想到花木兰"脱我战时袍，著我旧时裳"（《木兰诗》）的温馨。呜呼！诸贤异世而皆然，因此可见刘桢出处进退之志向！

清庐①赋〔一〕

[结东阿之扶桑，接西雷乎烛龙。②]（《初学记》卷二十七）[入镣碧之间，出水精之都。③]（《太平御览》卷八百八）[上青腰之山，蹈琳珉之涂〔二〕。④玉树翠叶，上栖金乌。⑤]（《初学记》卷二十七）

[错华玉以茨屋，骈雄黄以为墀。⑥纷以瑶蕊，糅以玉夷。⑦]（《初学记》卷二十七、《太平御览》卷一百八十五）[后布玳瑁之席，前设箐蠵之床〔三〕。⑧冯玟瑶之几〔四〕，对金精之盘。⑨]（《太平御览》卷七百六、卷七百九、卷八百七、卷八百九，《北堂书钞》卷一百三十三）[□虞氏之爨，加火珠之甑。⑩炊嘉禾之米，和蕢荚之饭。⑪]（《北堂书钞》卷一百四十四）

[仰秤木韭，俯拔廉姜。⑫]（《太平御览》卷九百七十四）[瀹凤卵。⑬]（《玉烛宝典》卷二）[乃生气电之班舆。⑭]（《北堂书钞》卷一百四十）

校勘

〔一〕《太平御览》卷一百八十五、卷八百七、卷八百八、卷八百九题作《清虑赋》，卷七百六题作《刘桢〈续虑赋〉》"，卷七百九作《清虚赋》。各本从《初学记》等题作《清虑赋》，唯《文选》卷十三谢惠连《雪赋》注题"刘公幹《清庐赋》"，从之。

〔二〕珉，《文选》卷十三谢惠连《雪赋》注作"蹈琳苠之涂"。

〔三〕床，《北堂书钞》、《太平御览》卷七百九和卷八百七作"筵"。后、前，《太平御览》卷七百六原缺，据卷八百七补。

〔四〕玟，《太平御览》卷八百九作"文"，据卷七百六改。

① 本篇杂录诸书。诸书引录本篇有《清虑赋》《续虑赋》《清虚赋》等名。唯《文选》卷十三谢惠连《雪赋》"于是台如重璧,逵似连璐"句下注题"刘公幹《清庐赋》"。但不知何故,自"张本"以下,各本均对此异名未加注意,也未见有关从"虑""虚"二字为什么认定为"虑"的讨论,即相沿作《清虑赋》。但从今存佚文内容基本无涉忧思疑虑,却多关都、屋、堰、席、床、几、盘、爨、秤等家居之物看,颇疑《文选·雪赋》注"清庐赋"才是此篇的正名,故从之。清庐,清点、数说居室及所属之物。

② 结:结束,捆扎。东阿:东隅,东方。扶桑:神话传说中的树名。《山海经·海外东经》:"汤谷上有扶桑,十日所浴,在黑齿北。"郭璞注:"扶桑,木也。"接:用上。西雷:或指雷公之祭。《太平广记》卷三九四《雷二·雷公庙》:"雷州之西雷公庙,百姓每岁配连鼓雷车。有以鱼鳖肉同食者,立为霆震,皆敬而悼之。每大雷雨后,多于野中得礧石,谓之雷公墨。叩之枪然,光莹如漆。又如霹雳处,或土木中,得楔如斧者,谓之霹雳楔。小儿佩带,皆辟惊邪,孕妇磨服,为催生药,必验。"烛龙:又名烛阴、火精等,传说中神兽,开眼为昼,闭眼为夜。《山海经·海外北经》:"钟山之神,名曰烛阴,视为昼,瞑为夜,吹为冬,呼为夏……居钟山下。"

③ 镣碧:镣与碧。镣,古代称美好的银子。《尔雅·释器》:"白金谓之银,其美者谓之镣。"碧,玉石之青美者。《山海经·西山经》:"又西北五十里高山,其上多银,其下多青碧。"水精:水晶,又名"水玉"。

④ 青䨼(wò)之山:青䨼山。《山海经·南山经》:"又东三百里,曰青丘之山,其阳多玉,其阴多青䨼。"故称。蹈:踩,踏。琳珉之涂:玉砌的路。《汉书·司马相如传》注:张揖曰:"琳,玉也。珉,石之次玉者也。"涂,通"途",道路。

⑤ 玉树:神话中的仙树。金乌:古代传说太阳中有三足乌,故以此为

太阳的代称。

⑥错：置，安放。《楚辞·九章》："万民之生，各有所错兮。"王逸注："错，安也。"茨屋：用茅草、苇草盖屋。《说文解字》："茨，茅盖屋。"骈：本义为两马并驾，后引申出并列、相连、合并、排列等义。雄黄：矿物名，也称"鸡冠石"，橘黄色，有光泽，可制造烟火、染料等。墀（chí）：古代殿堂台阶上的空地，亦指台阶。

⑦纷：用作动词，指点缀、掺杂。瑶蕊：传说中玉树的花蕊。糅：同"揉"。玉夷：夷玉，东夷之玉。《尚书·顾命》："大玉、夷玉、天球、河图，在东序。"

⑧玳瑁（dàimào）之席：玳瑁制成的席子。玳瑁，爬行动物，形似龟。甲壳可做装饰品，亦可入药。席，古代坐地的垫子。或多层，直接铺地的称"筵"，最上称"席"。有多种材质，玳瑁为高档之属。觜蠵（zīxī）之床：用觜蠵之甲片铺设的床。觜蠵，大龟，甲片稍薄。

⑨冯（píng）：同"凭"。玟瑶之几：用玟与瑶做成的小桌。玟、瑶，均为美玉名。几，小或矮的桌子。金精：纯金。

⑩虞氏之爨（cuàn）：有虞氏之爨，乃极言灶之古珍。爨，炊食，做饭。《广雅》："爨，炊也。"火珠之甑：极言甑之珍贵，烧饭易熟。《汉书·司马相如列传》注："晋灼曰：'玫瑰，火齐珠也。'师古曰：'火齐珠，今南方之出火珠也。'"虞，中国上古朝代名，舜所建。甑，古代蒸饭的一种瓦器，作用似现代的蒸锅。

⑪嘉禾之米：烧饭用周公时代瑞稻之米。嘉禾，生长奇异的禾，古人以之为吉祥的征兆。亦泛指生长茁壮的禾稻。典出《尚书·微子之命》："唐叔得禾，异亩同颖，献诸天子。王命唐叔归周公于东，作《归禾》。周公既得命禾，旅天子之命，作《嘉禾》。"孔传："唐叔，成王母弟，食邑内得异禾也……禾各生一垄而合为一穗。……异亩同颖，天下和同之象，周公之德所致。"孔颖达疏："此以善禾为书之篇名，后世同颖之禾遂名为'嘉禾'，由此也。"蓂荚（míngjiá）之饭：用蓂荚作为调料的饭。蓂荚，古代传说中的一种瑞草，又名"历荚"。这种草每月从初一至十五，每日结一

荚；从十六至月终，每日落一荚。所以从荚数多少可以知道是何日。一名"历荚"。《竹书纪年》卷上："又有草荚阶而生，月朔始生一荚，月半而生十五荚，十六日以后日落一荚，及晦而尽，月小则一荚焦而不落，名曰'蓂荚'，一曰'历荚'。"

⑫ 仰秤（chèng）：使秤杆平而略偏高，谓秤物足量。秤，旧时衡量轻重的器具。由提、杆、刻度、物钩或盘构成。木韭：不详，待考。廉姜：蒁，一种香菜。

⑬ 瀹：浸渍，水煮。凤卵：凤凰下的蛋。

⑭ 气电：风驰电掣。班舆：斑斓的车舆。

装饰起东方的扶桑树，点亮祭祀西方雷公的烛龙。走过白银青玉，出于水晶辉映之城。登上阴面布满青膜的山冈，行走在琳珉铺就的小路。玉树展翠叶，树上栖金乌。

排美玉以为顶修筑房屋，杂雄黄石以建造台阶。点缀以美玉之花蕊，杂糅以东夷之玉石。后面铺着玳瑁编成的座席，前面安放着龟甲片为面的卧床。凭依着嵌有美玉的净几，端详着纯金打制的珍盘。蒸饭用舜帝时的爨法，以下用火珠燃烧之甑，煮以成王赐周公的嘉禾之米，用历荚调和成美味。

高秤足量称木韭，俯身择拔取廉姜，以煮凤凰之卵。于是如风驰电掣，乘彩车而行。

本文残缺太甚，题目且难确定，又用典故、僻词过多，不可通读，可谓不知所云，更难以全面把握其艺术风貌与手法，实为遗憾。但刘桢作品散佚殆尽，此吉光片羽，亦弥足珍贵。

本赋题材当属咏物，托"清"点之事，历叙其"庐"之屋宇环境、建筑豪华、器用名贵、饮食奢侈……文中似有炫耀之意、欣羡之情。但汉赋的总体特点是"体物写志",有劝有讽,所以本赋原作内容当不止于如此,而必有讽喻之意,惜已不可考见,也不便推测。

另外,本赋虽为残篇,断文残句,不可卒读,但仍有铺张扬厉之势、辞采富丽之色,显示出作者学殖深厚、才华横溢的特点。

瓜①赋并序

［桢］在曹植②座〔一〕，厨人进瓜。植命为赋，促立成。其辞曰〔二〕：（《初学记》卷十）

［含金精③之流芳，冠众瓜而作珍。］（《太平御览》卷九百七十八）三星在隅〔三〕，温风节暮。④枕翘于藤〔四〕，流美远布。⑤黄花炳晔，潜实独著。⑥丰细异形，圆方殊务⑦。（《初学记》卷二十八、《艺文类聚》卷八十七）

扬晖发藻，九采杂糅。⑧厥初作苦，终然允甘。⑨应时湫熟，含兰吐芳。⑩蓝皮密理⑪，素肌丹瓤。乃命圃师⑫，贡其最良。（《太平御览》卷九百七十八、《初学记》卷二十八）

投诸清流，一浮一藏⑬。［更布象牙之席〔五〕，薰玳瑁之筵。凭彤玉之几，酌缥碧之樽。⑭］（《初学记》卷十）析以金刀，四剖三离。⑮承之以雕盘，幂之以纤绤。⑯甘逾蜜房，冷亚冰圭。〔六〕⑰（《艺文类聚》卷八十七、《太平御览》卷九百七十八、《初学记》卷二十八）

校勘

〔一〕桢，《初学记》中无此字，据《太平御览》卷九百七十八补。

〔二〕"俞本"按："此条《初学记》作'刘桢瓜赋序'。按，文中直呼曹植其名，不类刘桢口气，恐非原序。此文又见于《北堂书钞》一〇二、《太平御览》六〇〇所引《文士传》，疑初是史家记事之文，后转展抄引乃以为序耳。"

〔三〕星，《艺文类聚》原作"心"，据《初学记》卷二十八改。

〔四〕枕翘于藤，《艺文类聚》原作"杭翘放藤"，据《初学记》卷二十八改。"张本""严本"并同《初学记》。

〔五〕更，《艺文类聚》中原无，据《文选》卷二十注补。布，《文选》

卷二十注作"铺"。

〔六〕析,《艺文类聚》原作"折"。《初学记》卷二十八、《太平御览》卷三百四十六并作"析",今据改。又《事类赋》作"斫"。逾,《太平御览》卷九百七十八、《事类赋》并作"俤"。亚,《太平御览》卷九百七十八、《事类赋》并作"甚"。

注释

① 瓜:鲜果类植物名。种类很多,果实也称"瓜"。

② 曹植(192—232),字子建,沛国谯县(今安徽亳州)人,是曹操与武宣卞皇后所生的第三子,生前曾为陈王,去世后谥号"思",因此又称"陈思王"。曹植是三国时期著名的文学家,是建安文学的代表人物之一与集大成者。曹植才华横溢,南朝宋谢灵运称"天下才有一石,曹子建独占八斗"。两晋南北朝被推尊到文章典范的地位。后世至今将他与其父曹操、兄曹丕合称为"三曹"。与"建安七子"中多人交好,刘桢曾较长时间在他身边任职。

③ 金精:西方之神,亦指西方之气。或以此认为其赋为西瓜,但从下文"丰细异形,圆方殊务"看似又未必然。存疑待考。

④ 三星:旧说指参星。《诗经·唐风·绸缪》:"绸缪束薪,三星在天。"毛传:"三星,参也。"郑玄笺:"三星,谓心星也。"温风:热风。《礼记·月令》:"季夏之月……温风始至。"节暮:季节之末,此指夏末。

⑤ 枕翘:指瓜生长过程中或低卧或向上的形态。或说指瓜顶的花。陆机《瓜赋》:"发金荣于秀翘。"藤:瓜蔓。

⑥ 炳晔:灿烂貌。晔,光。潜实:隐藏的果实。独著:特别。

⑦ 殊务:用处不同。殊,不同。

⑧ 扬晖:亦作"扬辉",发出光辉。藻:光彩。九采:这里指各种颜色。

⑨ 厥初:其初。厥,代词,其。允甘:真甜。允,信,实。

⑩ 应时:与季节时令相当。应,当。时,节令。湫(qiū)熟:凉熟。湫,低洼清凉处。

⑪ 密理：指瓜皮表面纹理细腻紧密。

⑫ 圃师：指种植菜蔬、花草、瓜果的人。圃，种植菜蔬、花草、瓜果的园子。

⑬ 一浮一藏：指瓜在水中，一半露在外面，一半没入水中。

⑭ 凭：凭借，依靠。酌：斟酒。缥碧：淡青色的玉石。樽：盛酒器。

⑮ 析：分开。四剖三离：用刀打十字切成四块，每块再切成三截。

⑯ 承：盛。雕盘：有雕饰的盘子。幂：古代遮蔽脸部的巾，这里引申为遮蔽。纤绨（chī）：细葛布。

⑰ 逾：超过。蜜房：蜜蜂的巢。班固《终南山赋》："碧玉挺其阿，蜜房溜其巅。"亚：低于。冰圭：冰凉的玉圭。圭，古玉器名，长条形，上端为三角形，下端正方，中国古代贵族朝聘、祭祀、丧葬用的礼器。

刘桢在曹植处，厨师送瓜品尝。植命桢作《瓜赋》，要求即刻完成。其赋曰：

含西方之神所赋之芬芳，居众瓜之首而称珍品。三星已在天之东南，暖风的夏季已近最末。瓜儿头顶着花朵牵于藤蔓，散发芳香传向远方。金黄色的花朵鲜艳又美丽，藏在密叶下的瓜儿悄然长大。有粗有细形各异，有圆有方互不同。扬晖发藻采，颜色多掺杂。

瓜初长时有苦味，待到成熟真甘甜。顺应时节全成熟，含兰香气吐花芳。蓝皮细致密纹理，白肌包括有红瓤。于是命那园圃官，进献良瓜置当筵。

浸瓜投入清流水，半边飘浮半边潜。再铺象牙坐垫席，玳瑁薰香开华筵。围着镶嵌赤玉的小长桌，用那淡青碧色的酒盅斟酒喝。剖瓜操用精金刀，分四块而块三分。盛以雕金盘，罩以细葛巾。甘甜胜过蜂蜜，清凉次于玉圭。

新解

本赋亦为残篇。从现存序文可知,本赋是作者与曹植一起吃瓜前的应命之作。《太平御览》卷六百引《文士传》曰:"刘桢坐,厨人进瓜,桢为赋立成。"而"桢在曹植座"表明,瓜虽为曹植所赐、厨人所进,但在今天看来诚寻常小事,还值得写赋赞美一番?其实不然,很可能当时这种瓜还比较稀罕,刘桢未必常有此口福,而曹植也未必轻易赏人,所以很想有个人写篇赋营造一种吃瓜的气氛。当然,也借此给刘桢一个显扬才学的机会,而曹植之瓜难吃,亦由此可知也。

本赋一如此前诸赋,也自各种类书中辑出。在这种情况下,辑文即使看来似乎是原作完篇,但实际也可疑其为删略之余。本篇也是如此。但是比《清庐赋》的情况要好得多。至少用典较少,大约因"促立成",来不及翻书查阅,后人读起来还比较容易明白。

篇题为《瓜赋》,顾名思义是写瓜。但不能不说的是,虽然在场的人都知道是什么"瓜",但是后人读来禁不住要问,到底是"赋"的什么"瓜"?"韩本"注说:"据文中所言,此赋所赞之瓜似为西瓜。"我看亦然,但读至"丰细异形,圆方殊务"时,就又怀疑其未必是西瓜。那"瓜"多圆,间有稍长或稍细的,但不会有方的。

除序之外,拙所编辑的本赋佚文分为三段。第一段总写"瓜"之来历,赞其得天之赋,春种夏长,叶茂实潜,陆续成熟。经文字绘形绘色,看相就很不一般,如真置身瓜田,恐也不敢有"纳履"之想。

第二段写瓜田和瓜本身的发育成长,以及"厨师"献贡的过程。主要就"瓜"本身进行了细致描摹:前六句写"瓜"之发育,后四句写"瓜"之成熟,直到采摘"贡其最良"。虽浮光掠影,但写"瓜"之由苦而甘,由外而内,也深明物理,如画如见。

写得最好的是第三段。看来是一边别人在准备吃"瓜",一边刘桢在构思写作。他挥笔而就,除了"象牙""玳瑁""彤玉之几"等疑为俗套之外,整个过程应属写实,而且看起来就像是在写吃西瓜。没有工具书对"四剖三离"进行解释,但从切西瓜的实际想,大概也就是上注的那种切法了。

总之,本赋是刘桢熟悉的题材,其文如夙构,倚马立待,浑然天成。从历史到现实,从"瓜"田到"瓜"筵,事无巨细,行云流水,妙笔生花。读之乃不觉感叹道:吃"瓜"不易,而"桢在曹植座","吃瓜"又尤其不易!

文

谏平原侯植书①

家丞邢颙，北土之彦。②少秉高节，玄静澹泊，言少理多，真雅士也。③桢诚不足同贯斯人，并列左右④。而桢礼遇殊特，颙反疏简，私惧观者将谓君侯习近不肖，礼贤不足，采庶子之春华，忘家丞之秋实。⑤为上招谤，其罪不小，以此反侧。⑥（《三国志·魏书·邢颙传》、《册府元龟》卷七百十三《官臣部·规讽第二》）

① 原无题，据"张本"补。 谏：下对上进言。平原侯植：指平原侯曹植。曹植于建安十六年（211）封平原侯。建安十七年，刘桢刑后改任平原侯庶子，与邢颙共事，为曹植家臣。邢颙深受曹操器重，但曹植更喜欢刘桢，待之更为礼貌，遂致邢颙与刘桢不合。刘桢惧事，礼让颙，而作此文。

② 家丞：汉代诸侯家臣。《后汉书·朱晖传》注："《续汉志》曰：'诸侯家丞，秩三百石。'"邢颙（？—223），《三国志·魏书·邢颙传》："邢

颙,字子昂,河间鄚人也。"鄚,古邑名,战国时属赵,汉置县,故地在今河北省任丘市鄚州镇。邢颙是曹魏著名的"贤达之士"。北土:鄚县在北方。彦:指有才学、有德行的人。

③玄静:亦作"玄靖",谓清静无为。澹泊:不慕名利。

④诚:实在,的确。同贯:同行,这里指并列、同列。

⑤疏简:疏远简慢。将谓:将(有人)会说。谓,说。君侯:指曹植。习近不肖:宠幸小人。庶子:稍低于家丞的诸侯家臣之职。此处为刘桢自称。《后汉书·百官志》:"每国置相一人……其家臣,置家丞、庶子各一人。本注曰:主侍侯,使理家事。"《后汉书·刘梁传》注:"《魏志》桢字公幹,为司空军谋祭酒,五官郎将文学……转为平原侯庶子。"春华:春花,喻外部风采。秋实:秋季作物成熟的果实,喻内在德行。

⑥上:尊称曹植。招谤:招致毁谤。反侧:不安貌。

家丞邢颙,北方贤士。少即高尚,沉静恬淡,言寡理赡,真雅之士!我固不能与之相比,并列在您的左右。然而却受您优礼相待,邢颙反被疏远简慢,私下担心有人会议论您宠幸小人,礼待贤人不足,重我表面之华彩,而忽邢颙内在之充实。(倘)为主上招致怨谤,其罪不小,因此深感不安。

新解

据《三国志·魏书·邢颙传》载:"邢颙,字子昂,河间鄚人也。举孝廉,司徒辟,皆不就。……太祖辟颙为冀州从事,时人称之曰:'德行堂堂邢子昂。'……太祖诸子高选官属,令曰:'侯家吏,宜得渊深法度如邢颙辈。'遂以为平原侯植家丞。颙防闲以礼,无所屈挠,由是不合。庶子刘桢书谏植曰……"即此书。

表面上看,刘桢写呈此书,是为邢颙劝曹植温良恭俭让,文字也谦虚平和得不像"有逸气"(魏文帝《与吴质书》)的人所为,但刘桢绝非真正降心俯首、甘拜下风，而是背后惊涛骇浪般严酷的政治现实使然，需统观当时曹魏集团内部，尤其是"三曹"的关系，才可以有正确的判断。

原来邢颙、刘桢并为平原侯曹植的家臣期间，曹操已五十六七岁，"挟天子以令诸侯"的地位已很稳固，接下来的一件紧迫大事就是立太子。而曹操的儿子中只有曹丕、曹植最有希望，而且两人在各自亲信的怂恿支持下也在暗中争夺。最初，曹操更看好曹植，然而大约嫌曹植文艺气质过重，曹操特意安排有"渊深法度"的邢颙为曹植的家丞，使其能影响曹植修明"法度"。因此，"颙防闲以礼，无所屈挠，由是不合"。

这个"不合"，首先是邢颙与曹植不合，曹植疏远简慢邢颙，而更加喜欢性情相近的刘桢。于是，引起了邢颙对曹植的不满，并产生了有如"既生瑜，何生亮"的不快，刑颙怨及刘桢。刘桢应该是感觉到了邢颙对自己不友好的心理与态度，为防事态恶化，主动向曹植写信为邢颙说好话，并请求曹植改弦更张，厚待邢颙，主仆尽释前嫌，言归于好。这是为邢颙好，更是为曹植好，而且刘桢是舍己为人。这实在难能可贵，与"将相和"中蔺相如之高风亮节相仿，更在"文人相轻"的风气下令人刮目相看。

尽管具体情形已无从考见，但从邢颙为人和曹操任其为平原侯家丞的做法来看，可推测邢颙与曹植"不合"，应主要是由于曹植"任性而行，不自雕励，饮酒不节"（《三国志·魏书·曹植传》），不似"储君"，又不听规劝，况且邢颙又"无所屈挠"。因此，刘桢书谏曹植既是为曹、邢二人好，也是出以身在曹营的公心。由此又可见，刘桢也是一位"少秉高节，玄静澹泊"的"真雅士也"。其对曹植忠心耿耿，对邢颙则义气相待，光明正大，无偏无党，又可谓"真国士"也！

此书不仅是刘桢高风亮节的证明，更是曹魏承继和曹丕代汉历史的一个重要参考文献。据《三国志·邢颙传》载：

"初，太子未定，而临淄侯植有宠，丁仪等并赞翼其美。太祖问颙，颙对曰：'以庶代宗，先世之戒也。愿殿下深重察之！'太祖识其意，后遂以为太子少傅，迁太傅。文帝践阼，为侍中、尚书仆射，赐爵关内侯，出为司隶校尉,徙太常。黄初四年,薨。"

就是说曹丕成功地夺取了魏王的继承权,并于后来代汉称魏文帝,虽由曹操一言而决,但邢颙从中起到了很大的作用。尽管邢颙阻止曹操立曹植为嗣的理由与曹植的为人无关,但是如果邢颙与曹植关系亲厚,又对其为人很欣赏,结果会怎么样就很难说了。刘桢此书提供了曹丕能取代曹植继位魏王和后来代汉称帝的一个环节上的资料,值得重视。

最后,这封书当写于刘桢因"不敬"服刑后,似亦体现了刘桢更加慎于自保和成熟。试想,刘桢深知曹植虽为邢颙和自己的主官,但邢颙不仅是曹植的人,更深得曹操信任,负有辅佐教导(实际上也是监督)曹植将来成为"接班人"的责任。因此,曹植与邢颙的"不合",未必不会传到曹操那里,后果就难料了。

所以,这封信与其说是刘桢为人处事"秉高节"的"高姿态",不如说是他未雨绸缪,及时止损,防止事态向不可控的方向发展的明智之举。这对刚刚被刑释的刘桢来说,也算是"吃一堑,长一智"了。而历代官场,尤其是政治顶层的险恶,由此也可见一斑。然而,曹植没有认真考虑刘桢的忠谏并采取有效措施,终致在决定其前途命运的曹操一问时,邢颙没有选他,使其失去了走向人生政治顶峰的机会。而这又愈发证明了刘桢的若有预见和深谋远虑。

自古以刘桢的五言诗"妙绝时人"为最高评价。但刘勰在《文心雕龙·书记》中却说:"公幹笺记,丽而规益。子桓弗论,故世所共遗,若略名取实,则有美于为诗矣。"虽然,其着眼点很可能是"规益",但从艺术技巧看,本篇感情真挚,作者推心置腹,循循善诱,字斟句酌,使笔如舌,显示了其炉火纯青的文字功夫。这也证明刘勰之论有一定的道理,只可惜刘桢的书信体散文存世太少了,难得本篇幸存,可谓"公幹笺记"的代表作。

与曹植书

明使君始垂哀怜〔一〕，意眷日崇。①譬之疾〔二〕，乃使炎农分药，岐伯下针，疾虽未除，就没无恨。②何者？以其天医至神，而荣魄自尽也。③（《太平御览》卷七百三十九）

校勘

〔一〕哀怜，《太平御览》原作"怜哀"，今从"俞本"校改。

〔二〕疾，"俞本"从《太平御览》鲍刻本下增"病"字，但从下文"疾虽未除"看，可以不增。古代小病曰"疾"，疾甚为病。《说文》："病，疾加也。"《仪礼·既夕礼》："疾病外内皆埽。"注："疾甚曰病。"

注释

① 明使君：明智的使君。使君，汉代称呼太守刺史为使君，汉以后用作对州郡长官的尊称。这里是称呼曹植。始垂：追忆之辞，谓您早就赐予。意眷：眷念，挂念。意，心思。眷，恩顾。日崇：一天天增多。崇，高，这里指多。

② 炎农：炎帝神农氏的省称。庾肩吾《奉使北徐州参丞御诗》："炎农称卷领，唐勋载允恭。"这里代指医术最高明的医生。岐伯：相传为黄帝时期的名医。今传《黄帝内经》即托为黄帝与岐伯论医之作。其中，《灵枢》篇又名《针经》，是最早的针灸著作。

③ 天医：仙医。荣魄：谓人的血气、精神。

直译

贤明的君侯从来就怜悯照顾我，眷念（于我）的美意一天天加深。（但我当前的处境）好比患病，若命神农那样好的医生配药，岐伯那样好的针灸技术下针，哪怕病症未除，死去也没有什么遗憾了。为什么呢？因为神医医术虽然精妙，但病人的血气和精力已经没有了。

　　这封信也是残篇。虽然说到了有"疾"，但那是"譬之"，刘桢并非真的有病。至于所"譬之"的是什么，残文中没有说，也就不好猜测了。但总归不是什么好事。这件事得到了曹植的关心或询问、眷顾，刘桢为之很受感动，写此信以表达其感恩戴德之心。

　　信情真意切，但情调低沉，作者似很绝望，至少心情非常沮丧。所以用了患病求医、医治无效、死而无憾的比喻，把千方百计关心照顾他的曹植比作尽力治病救人的神农、岐伯，既表示了尊崇、感激，也把此刻走投无路的苦恼一股脑地吐露了出来。其意若曰："我现在的情况很糟糕，但有您的关照与眷顾，已死而无憾。一切听天由命吧！"

　　这封信的言外之意是，生死可置之度外，但能受到您如此的恩眷，"人生得一知己足矣"！全篇不言谢字，但刻骨铭心的感激之意浸于字里行间，诚工于言情之作。

与临淄侯书〔一〕

肃以素秋则落也。① (《文选》卷二十四潘尼《赠陆机出为吴王郎中令诗》注、又卷二十五刘琨《重赠卢谌诗》注、又卷三十五张协《七命》注)

校勘

〔一〕此篇仅存一句。"俞本"校曰:"此文严辑本附于上篇《与曹植书》文后,然原书引此二文题既相异,未敢遽断其必同出于一书,今姑依《文选》注所引之题另立之。""林本"同,"韩本"附《与临淄侯曹植书》("明使君始垂怜哀")篇后。按,《文选》卷二十四作"刘桢《与临淄侯书》曰:肃以素秋则落。"卷二十五作:"刘桢《与临淄侯书》曰:肃以素秋。"卷二十六作:"刘桢书曰:肃以素秋则落也。"卷三十一作:"刘桢《与临淄侯书》曰:肃以素秋则落也。"卷三十五作:"刘植(桢)《与临淄侯书》曰:肃以素秋则落。"今从《文选》单列一题,增"也"字。

注释

① 肃:衰落,萎缩。《吕氏春秋·季春纪》:"季春行冬令,则寒气时发,草木皆肃。"素秋:秋季。古代五行之说中,秋属金,其色白,故称"素秋"。

直译

金秋至而零落。

答魏文帝①书〔一〕

　　桢闻荆山之璞,曜元后之宝;②随侯之珠,烛众士之好③〔二〕;南垠之金,登窈窕之首;④貂貂之尾〔三〕,缀侍臣之帻〔四〕:⑤此四宝者,伏朽石之下,潜污泥之中,而扬光千载之上,发彩畴昔之外,亦皆未能初自接于至尊也。⑥夫尊者所服,卑者所修也;⑦贵者所御,贱者所先也。⑧故夏屋初成,而大匠先立其下;⑨嘉禾⑩始熟,而农夫先尝其粒。恨桢所带,无他妙饰,若实殊异,尚可纳⑪也〔五〕。(《三国志·魏书·王粲传》注引《典略》,《太平御览》卷六百八十七、卷六百八十八、卷六百九十六,《事类赋》卷十二)

　　〔一〕"张本"题作《答太子书》,"俞本""林本""韩本"同"严本"改题《答曹丕借廓落带书》。但《太平御览》三引此文,而两皆有题:卷六百八十七虽仅引"南垠之金,登窈窕之首;貂蝉之尾,缀侍臣之帻"四句,但明确题《答魏文帝书》;卷六百八十八引"貂貂之尾,挂侍臣之帻"二句,曰出"刘桢《答魏文帝笺》"。可见,虽曹丕称帝在此文后,但今见诸题中最古者均称"魏文帝",又更简洁,故从《太平御览》卷六百八十七之题。

　　〔二〕士,《太平御览》卷六百九十六作"女"。

　　〔三〕貂貂,《太平御览》卷六百八十八作"貂貂",又六百八十七作"貂蝉",又六百九十六作"貂貂"。

　　〔四〕缀,《太平御览》卷六百八十八作"挂",《事类赋》同。

　　〔五〕尚,《太平御览》卷六百九十五作"上"。

　　① 魏文帝:曹丕。

②荆山之璞：指春秋时楚人卞和于荆山所得之玉，又称"和氏璧"。璞，未雕琢过的玉石，或指包藏着玉的石头。曜：照耀。元后：君王，天子。

③随侯之珠：传说中的宝珠。《太平御览》卷八百三引《搜神记》："又曰：'隋侯行，见大蛇伤，救而治之。其后蛇衔珠以报之，径盈寸，纯白而夜光可烛堂，故历世称隋珠焉。'"烛：照。众士：犹多士，指众多的贤士，也指百官。《诗经·大雅·文王》："济济多士，文王以宁。"

④南垠之金：南方之金。垠，边。《诗经·鲁颂·泮水》："元龟象齿，大赂南金。"毛传："南谓荆扬也。"郑笺："荆扬之州，贡金三品。"窈窕，女子美好貌，此指美女。

⑤鼶貂（húndiāo）：鼶和貂，均为鼠属，其毛皮极为珍贵，可制衣裘。古代侍臣常以其尾为冠饰。缀：悬挂。侍臣：侍臣、中常侍一类的皇帝近臣。《后汉书·舆服志》："侍中、中常侍加黄金珰，附蝉为文，貂尾为饰，谓之'赵惠文冠'。"帻（zé）：古代的头巾，或单用，或包裹于冠下。

⑥畴昔：往昔，先前。至尊：最为尊贵的人，指帝王。

⑦服：指用物。修：指制作。

⑧御：使用，应用。先：时间在前的，次序在前的，与"后"相对。

⑨夏屋：大房。《礼记·檀弓上》："见若覆夏屋者矣。"郑玄注："夏屋，今之门庑也，其形旁广而卑。"夏，大。《方言》："自关而西，秦晋之间，凡物之壮大者而爱伟之，谓之夏。"

⑩嘉禾：这里指优质米谷。

⑪纳：收。

桢闻荆山和氏之璧，明耀于天子之众宝；随侯蛇衔之珠，烛照为众官之好；南方之美金，高插于窈窕淑女之首；鼶貂之长尾，缀挂在近侍内臣之冠。此四宝也，或曾伏匿于朽石之下，或曾潜藏于污泥之中，而能扬光辉于千年以上，露彩于往昔之前，皆非其始即在至尊之手。大凡尊上所佩戴，皆卑下所制作；贵者所享用，皆贱者所先试。所以，大屋落成之初，乃施工之主匠先立于其下；嘉禾丰收之后，是耕种的农夫先尝其粒。遗憾桢之腰带，实无美妙之装饰。如确有特异，您还可收回去。

这封书信也保存在类书中，基本内容大体完整。"韩本"注"考本文作于曹丕为太子之前"，可从。诸书录存多无标题，而今整理诸本多《答曹丕借廓落带书》者，是因为《三国志·魏书·王粲传》注引《典略》与此事有关。文字曰：

> 文帝尝赐桢廓落带，其后师死，欲借取以为像，因书嘲桢云："夫物因人为贵。故在贱者之手，不御至尊之侧。今虽取之，勿嫌其不反也。"

而《册府元龟》卷七百十五《宫臣部·忠于所事》则云：

> 魏刘桢字公幹，为文帝五官将文学，与王粲等并见友善。帝尝赐桢廓落带，其后师死，欲借取以为像，因书嘲桢云："夫物因人为贵，故在贱者之手，不御至尊之侧，今虽取之，勿嫌其不反也。"

此下接云：

> 桢答曰……桢辞旨巧妙皆如是，繇是特为诸公子所亲爱。

上引"桢答曰"以下省略处即此书。廓落带，又称"钩络带"。《三国志·吴书·诸葛恪传》说："钩络者，校饰革带，世谓之钩络带。"未知今存实物否，未见，想象为一束腰带而已。从刘桢书信的前后文看，是曹丕曾先赏赐过刘桢一条廓落带。这条带似乎与曹丕的"（老）师"有过什么关系。"其后师死，欲借取以为像"，也就是作为"其师"的象征，又要求刘桢把廓落带还回来。

　　这本来是一件小事，在无可无不可之间，但曹丕要回来的理由居然是"夫物因人为贵。故在贱者之手，不御至尊之侧"云云。大意是说廓落带是宝贵的，但在低贱之人的手中，不在至尊身上，就成了贱物，刘桢还是赶紧还回来吧！这番话索要廓落带是实情，但其索要的措辞明显带有"嘲桢"之意。这里的"嘲"为戏谑，就是开玩笑。即使如此，刘桢与曹丕是上下、主从的关系，一般来说刘桢随便打个趣乖乖送回去就是了。然而，刘桢偏不，而是借曹丕来信中的"夫物因人为贵"云云大发议论，最后答复的意思是，虽然"物因人贵"，但"贵者所享用，皆贱者所先试"。所以正因为廓落带宝贵，由自己这"贱者"使用才是物得其所，最为合适。再说它本来平淡无奇，主上果然觉得"殊异"，就拿回去好了。

　　这件事后来怎么了结的，史无明载。但从上引《册府元龟》最后说"桢辞旨巧妙皆如是，繇是特为诸公子所亲爱"看，大约曹丕读了刘桢的这番"辞旨巧妙"的回复后，也就苦笑作罢，并由此更加赏识刘桢的才智，进而"特为诸公子所亲爱"，堪称汉魏邺下文人集团中的一则佳话。而文可以取祸，可以消灾，亦可以会友，由此可见。但由此更可见，"东平刘公幹，博学有高才，诚节有大意。然性行不均，少所拘忌"（《三国志·魏书·王昶传》）。又所谓"（桢）卓荦偏人，而文最有气，所得颇经奇"（谢灵运《拟魏太子邺中集诗八首五言并序·刘桢》）。其作品传世流芳，绝非偶然也。

处士国文甫碑①

先生执乾灵之贞资〔一〕，禀神祇之正性。②咳笑则孝悌之端著，匍匐则清节之兆见。③龆龀以及成人，体无懈容，口无愆辞。④兢兢业业，小心畏忌，勤让同侪，敬事长老。⑤虽周之乐正子春，汉之江都董相，其饬躬力行，无以尚之。⑥是以长安师其仁，朋友钦其义，闺门推其慈〔二〕，宗属怀其惠。⑦既乃潜身穷岩，游心载籍，薄世名也。⑧初海内之乱，不视膳羞，十有余年。⑨忧思泣血〔三〕⑩，不胜其哀。形销气竭，以建安十七年四月卒。⑪于时龙德逸民，黄发实叟，缀文通儒，有方彦士，莫不拊心长号，如丧同生。⑫咸以为诔所以昭行也，铭所以旌德也。⑬古之君子，既没而令问不亡者，由斯二者也。⑭铭曰：

懿矣先生，天授德度。⑮外清内白，如玉之素。逍遥九皋，方回是慕。⑯不计治萃，名与殊路。⑰知我者希，韫椟未酤。⑱丧过乎哀，遘疾不悟。⑲早世永颓，违此荣祚。⑳咨尔末徒，聿修叹故。㉑（《艺文类聚》卷三十七）

校勘

〔一〕资，"严本"作"洁"。
〔二〕推，"张本""严本"作"称"。
〔三〕思，"严本"作"心"。

注释

① 处士：未仕或不仕的士人。国文甫：人名，生平不详。据此文所述，应是东汉末年的一位儒士，终身未仕。卒于建安十七年（212）四月。刘桢建安二十二年（217）卒。则此文当作于建安十七年四月到建安二十二年之间。碑：始于春秋，有碑首、碑座、碑身，碑身刻文称"碑文"。碑文称述死者

生平功德以昭后世，又简称"碑"，如本文。《说文》："碑，竖石也。"

②乾灵：天道阳刚之精气。曹植《汉二祖优劣论》："世祖体乾灵之休德，禀贞和之纯精。"贞资：贞洁的资质。禀：承受。神祇（qí）：天神与地神。正性：端正的本性。

③咳笑（ké）：小儿笑貌。孝悌：善待父母为孝，和顺兄弟为悌。匍匐：手足并用地爬行。清节：清正的节操。见：同"现"。

④龆龀（tiáochèn）：垂髫换齿之时，指童年。《韩诗外传》："故男八月生齿，八岁而龆齿。"《东观汉记·伏湛传》："龆龀励志，白首不衰。"成人：古代男子二十而冠，谓之成人。懈容：松懈倦怠之色。愆辞：废话。

⑤兢兢业业：勤谨努力。《诗经·大雅·云汉》："兢兢业业，如霆如雷。"毛传："兢兢，恐也；业业，危也。"思忌：力戒胡思乱想，也就是要专心致志。《仪礼·士虞礼》："夙兴夜处，小心畏忌，不惰其身。"同俦：同辈。长老：对年高者的通称。

⑥周：周朝，这里指东周。乐正子春：人名，曾子弟子，以至孝闻名。汉之江都董相：指汉代曾任江都相的董仲舒（前179—前104），广川（今河北省景县广川镇大董故庄村）人，西汉大儒。《史记·儒林传》称其"进退容止，非礼不行"。饬躬：整治己身。力行：努力实践。《礼记·中庸》："力行近乎仁。"尚：超过。

⑦长安：地名，城在今陕西省西安市西北。或谓国文甫故里，抑或指国文甫活动的汉代京城。钦：敬佩。闺门：指家庭、妇女。宗属：宗族。惠：仁爱，宽厚，好处。

⑧既乃：然后，于是。潜身：藏身，这里指隐居。穷岩：石山深处，指隐居之所。游心：潜心，用心。载籍：文献典籍。蔡邕《玄文先生李子材铭》："休少以好学，游心典谟，既综七经，又精群纬。"世名：当代的名声。

⑨海内：指天下、全国。乱：战乱，指东汉末年黄巾起义和随之而来的群雄割据。视膳羞：指日常赡养父母。《周礼·天官·膳夫》："膳夫掌王之食饮膳羞。"郑玄注："膳，牲肉也；羞，有滋味者。"视，看，引申为照顾。膳羞，美食。

⑩ 泣血：形容极度悲伤而无声地痛哭。《礼记·檀弓上》："泣血三年。"郑注："言泣无声，如血出。"一说泪尽血出。

⑪ 形销：瘦削。建安十七年：公元212年。

⑫ 龙德：有圣德的隐者。《周易·乾卦》："潜龙勿用，何谓也？子曰：龙，德而隐者也，不易乎世。"逸民：称节行超逸、避世隐居之人。黄发实叟：称忠厚长者。黄发，人年老发白，久而转黄。实叟，忠厚的老者。缀文通儒：著书立说、通晓古今的儒者。缀文，连缀词句以成文章，即作文。通儒，指通晓古今的儒者。有方彦士：有道高士。《尚书·多方》："猷，告尔有方多士，暨殷多士。"孔传："王叹而以道告汝众方与众多士。"方，道术。彦士，贤人，才士。拊心：捶胸，表示哀痛和悲伤。《仪礼·士丧礼》："妇人拊心不哭。"同生：指亲人。

⑬ 诔（lěi）：述死者功德以哀悼之文，犹今之悼词。铭：广义指写刻于金石或各种器物上的纪念文字，包括座右铭等。这里指纪念死者的铭文，称述死者生平功德等，一般刻石随葬。旌德：表彰有德之人。旌，表彰。

⑭ 没：通"殁"，死亡。令问：同"令闻"，好名声。

⑮ 懿：美好，多指美德。天授：上天所给予。德度：道德气质。《左传·襄公四年》："鉴于后羿，而用德度，远至迩安。"

⑯ 九皋：深远的水泽淤地。《诗经·小雅·鹤鸣》："鹤鸣于九皋，声闻于野。"毛传："皋，泽也。言身隐而名著也。"郑笺："皋，泽中水溢出所为坎，自外数至九，喻深远也。"方回：古仙人名，相传为尧时人，隐居而炼食云母粉，为人治病。见刘向《列仙传·方回》。慕：羡慕，向往。

⑰ 治萃：指家产的打理、积累。治，经营。萃，积累。殊路：异路，这里指与众不同的人生道路。

⑱ 韫（yùn）：藏，包括。椟：同"匮"，指柜子。喻国文甫洁身未仕。《论语·子罕》："有美玉于斯，韫椟而藏诸？"酤（gū）：一夜酿成的酒，这里指卖出，暗喻国文甫隐居而未出仕。

⑲ 丧过乎哀：由于父母之丧而过于悲伤。遘（gòu）疾：患病。遘，遇到，遭受。悟：明白，知道。

⑳ 早世：早亡。永：永远。颓：衰败，这里指死亡。违：离开。荣祚（zuò）：在世的荣禄。蔡邕《胡公碑》："荣祚统业，垂乎来胤。"祚，福，福运。

㉑ 咨尔：用于句首，表示赞叹或祈使，犹言对你说吧。或省作"咨"。《论语·尧曰》："尧曰：'咨，尔舜！天之历数在尔躬。"邢疏："咨，咨嗟；尔，女也……故先咨嗟，叹而命之。"杨伯峻《论语译注》译作"啧啧"。末徒：犹后学、末学、不及逝者之人。聿：发语词。《诗经·大雅·文王》："聿修厥德。"修：学习。叹：感叹。故：指国文甫的德行。

直译

先生得上天乾阳真精之赋，受天地神灵正直之性。自幼孩提始笑之时，已有纯孝恺悌之端倪显露；自伏地爬行之时已有清品高节之征兆显现。自换齿之童年至长大成人，身无懈怠，口无乱言，兢兢业业，小心谨慎。勤勉谦让同辈，恭敬事奉长老。即便周朝的乐正子春，汉朝的大儒江都相董仲舒，他们正己修身且勉力行善，也未能超过先生。因此，京师皆师法其仁德，朋友无不钦佩其高义，闺中皆推崇其慈爱，宗族亲属都感怀其贤惠。然后先生乃隐身于石山深处，潜心游学于文献典籍之中，实为淡薄于俗世的浮名。当初天下大乱，先生未能亲侍父母饮食达十余年。为此忧伤痛思至于泣血，以致身体不能承受巨大哀恸，形体消瘦，气血枯竭，于建安十七年四月去世。其时高人隐士，黄发老人，博学儒者，有道才士，无不捶胸痛哭，如失亲人。都认为诔文能够光显人的善行，铭文可以表彰人的美德，古之君子，之所以逝世而美名不泯灭，就在于有这两者。故作铭文曰：

美好啊先生！天赋道德气度。外清高而内洁净，如美玉之质朴。乐逍遥于九皋荒漠之野，只为慕仙人而遇方回。不治家产财富，得高名于世殊之路。能懂得先生的人很少，先生如美玉藏于柜中而未曾卖出。丧身是因为过于悲哀，患病则由于未能及时觉悟。过早地永弃人世，离开这人生的荣禄和福祚。啊！各位后学，向先生学习并永远赞叹他的高尚事迹吧！

　　这是刘桢传世的唯一碑文。文字似较完整,但自古碑文为前序(志)后铭,此篇序中不涉及国文甫的家世、里居、生卒年等,应是《艺文类聚》编者删略了。虽然如此,就今文本读之,仍行云流水,文气通畅,意旨显豁,且如见其人,令人感叹,颇具艺术特色。

　　首先,碑文记载了国文甫自幼至长品德高尚,赋性孝悌,尊老爱幼,仁义慈惠,克己守礼,为社会和家族所尊重。但他不求仕进,而慕仙人方回之为人,隐入深山,读书修道,以弃绝俗世之虚名。结果黄巾起义爆发,其十几年中未得侍奉父母,因此忧愁伤心,泪尽以血,哀痛过甚,消瘦气短,于建安十七年四月去世。作者反复致意于他的"孝"和"(淡)薄世名",字里行间充溢着对国文甫的崇敬、哀悼之情。

　　其次,碑文虽主要概括正文以引出赞颂,但赞颂中有对正文的补充。如"逍遥九皋,方回是慕",实是说他隐居不仅为避世,更是为了修道成仙;又说他"不计治萃,名与殊路",实是说他不想也不会过日子,是一位以归隐为尚的高士;"知我者"二句,实是说他不出仕,没有什么人知道他;特别是"丧过乎哀"两句,几乎是责备他的迂腐。按照儒家的要求,举丧尽哀,礼至而已。如《论语·子张》中载:"子张曰:'士……祭思敬,丧思哀,其可已矣。'"又载:"子游曰:'丧致乎哀而止。'"又《礼记·檀弓下》中曰:"丧礼,哀戚之至也。节哀,顺变也。"由此可见,在作者看来,国文甫因"丧过乎哀"毁伤身体,是过分了。但总而言之,作者仍感慨其"韫椟未酤"的"士不遇"命运,并希望后人能够记住和感念他。

　　古人云:"碑者,悲也。"本文则曰:"咸以为诔所以昭行也,铭所以旌德也。"统观而论,这是一篇充满尊重、赞扬、同情的碑文,值得一读。

答魏武帝问石①〔一〕

石出荆山悬岩之巅〔二〕,外有五色之章,内含卞氏之珍。②磨之不加莹,雕之不增文。③禀气坚贞,受之自然。顾其理,枉屈纡绕而不得申⑤。(《三国志·魏书·王粲传》、《世说新语·言语》注引《文士传》)

校勘

〔一〕各本无此条。《文士传》原无题,"韩本"始录入并题《答曹操问石》。但有关记载中对曹操屡称"武帝",故改今题。

〔二〕《太平御览》卷四百六十四"出"字下有"自"字。

注释

① 问石:详下解。

② 石出荆山、卞氏之珍:荆山,山名。又名楚山,在今湖北省南漳县西。《韩非子·和氏》:"楚人和氏得玉璞楚山中,奉而献之厉王,厉王使玉人相之,玉人曰:'石也。'王以和为诳,而刖其左足。及厉王薨,武王即位,和又奉其璞而献之武王,武王使玉人相之,又曰'石也',王又以和为诳,而刖其右足。武王薨,文王即位,和乃抱其璞而哭于楚山之下,三日三夜,泣尽而继之以血。王闻之,使人问其故,曰:'天下之刖者多矣,子奚哭之悲也?'和曰:'吾非悲刖也,悲夫宝玉而题之以石,贞士而名之以诳,此吾所以悲也。'王乃使玉人理其璞而得宝焉,遂命曰'和氏之璧'。"本此。五色之章:五彩,青、黄、赤、白、黑。章,色彩。

③ 莹:明。文:纹理。

④ 自然:天地造化。

⑤ 申:伸张,这里暗喻自己的冤屈。

直译

石出产于荆山的悬崖之顶,外表有五色的光彩,内里有卞和所获的璞玉之珍。打磨而不增加光泽,雕饰也没有更多纹理。所禀之气坚强正直,为天地造化而成。细审石的纹理,委屈回绕而不得伸舒。

新解

此文涉及刘桢仕途中所受的最大挫折,说几乎性命不保也不为过。据《世说新语·言语》注引《典略》曰:"刘桢字公幹,东平宁阳人。建安十六年,世子为五官中郎将,妙选文学,使桢随侍太子。酒酣坐欢,乃使夫人甄氏出拜,坐上客多伏,而桢独平视。他日公闻,乃收桢,减死输作部。"又引《文士传》曰:"桢性辩捷,所问应声而答。坐平视甄夫人,配输作部,使磨石。武帝至尚方观作者,见桢匡坐正色磨石。武帝问曰:'石何如?'桢因得喻己自理,跪而对曰……"由于对答巧妙,"帝顾左右大笑,即日赦之"。这与《答魏文帝书》有异曲同工之妙,为世代所传诵,今得单列一篇而表彰之,诚"韩本"之功。

由此可见,刘桢身处逆境而临危不乱,抓住时机,巧妙应对,终于以自己的才思敏捷、巧思妙喻和辩才无碍,打动了爱才如渴的曹操,使自己得脱缧绁苦役之刑。这实属刘桢之幸,也是文章之幸。

论孔融①〔一〕

孔氏卓卓，信含异气。②笔墨之性，殆不可胜。③（《文心雕龙·风骨第二十八》）

〔一〕原无题，各本入"失题文"，"韩本"始单列并补此题，从之。

注释

① 孔融（153—208），字文举，鲁国（今山东省曲阜市）人，孔子二十世孙，少有异才。献帝时官至北海国（都于剧，即今山东省寿光市东南一带）相，时称"孔北海"，有治绩。后领青州刺史。建安中入朝为将作大匠，迁少府，又任太中大夫。喜结宾客，不满曹操专政。于建安十三年（208）因触怒丞相曹操被杀。孔融工诗善文，为"建安七子"之一，且年最长。曹丕称其文"扬（扬雄）、班（班固）俦也"。原有集已佚。明人张溥《汉魏六朝百三名家集》中有辑本《孔北海集》。

② 孔氏：指孔融。卓卓：特立超群貌。异气：非凡的气质。曹丕《典论·论文》："孔融体气高妙，有过人者。"

③ 笔墨之性：文笔之妙。性，性质，特征，妙处。

孔融独标高格，气质非凡。文笔妙处，几无人过之。

这段话出自刘勰《文心雕龙·风骨第二十八》引。范文澜《文心雕龙注》

曰:"刘桢论孔融文佚。观其语意,推重融文甚至。"而刘桢对孔融的评论也受到了刘勰的重视。其前则有刘勰论曰:"故魏文称:文以气为主,气之清浊有体,不可力强而致。故其论孔融,则云'体气高妙';论徐幹,则云'时有齐气';论刘桢,则云(一本下有'时'字)'有逸气'。公幹亦云……"接下来则曰:"并重气之旨也。"可知,刘桢此数语既是当时人对孔融文学作品的重要评论,也附和了魏文帝曹丕所倡的"文气说",是刘桢对古代文学理论的一个重要贡献。同时,表明了刘桢对孔融这位文坛师友的敬重与服膺,显示了其与孔融同气相求的文学好尚,是研究"建安文学"和"建安七子"的一份资料。

论文势①〔一〕

文之体势(指)〔二〕,实(有)强弱〔三〕,使其辞已尽而势有余②。天下一人③耳,不可得也。(《文心雕龙·定势第三十》)

校勘

〔一〕原无题,各本入"失题文","韩本"始题《论文章》,今据其所出《文心雕龙·定势第三十》篇名,改题。"俞本"按:"《南齐书·陆厥传》载厥与沈约书云:'刘桢奏书,大明体势之致。'此条及上条(按指《论孔融》)皆言文章之体势气性,疑是陆厥所称之'奏书'中语。"备考。

〔二〕势,原作"指"。从周振甫《文心雕龙注释》改。

〔三〕实强弱,詹锳《文心雕龙义证》、王利器《文心雕龙校证》从谢在杭,在其前增"虚"字。黄侃《文心雕龙札记》则曰:"文之体指实强弱句有误,细审彦和语,疑此句当作'文之体指贵强',下衍'弱'字。"周振甫《文心雕龙注释》则于"实"字下增"有"字。诸论均可备一说。然揆于文之上下,周增"有"字胜,从周。

注释

① 文势:文章的气势。《文心雕龙·定势第三十》:"夫情致异区,文变殊术,莫不因情立体,即体成势也。势者,乘利而为制也。如机发矢直,涧曲湍回,自然之趣也。圆者规体,其势也自转;方者矩形,其势也自安;文章体势,如斯而已。"

② 势有余:文尽而气势未尽,令人深思其意,或回味无穷。宋代严羽《沧浪诗话·诗辩》评唐诗云:"盛唐诸人惟在兴趣……故其妙处透彻玲珑,不可凑泊,如空中之音,相中之色,水中之月,镜中之象,言有尽而意无

穷。"

③天下一人：天下独一无二，（自己）不可能达到。或以为假设之辞，但自相矛盾，即"天下一人"只是独一无二而已，毕竟也是"可得"，而非"不可得"。而理解为自己做不到就贯通了。又，末句也可能是作者含蓄，心中有人而未便明说。

文章的体势确有强弱，要是把话说完了，文势还很有力，那就是天下独一无二的作家，（自己）是不可能达到的。

新解

这几句话也出自《文心雕龙》引。其原文曰："桓谭称：文家各有所慕，或好浮华而不知实核，或美众多而不见要约。陈思亦云：世之作者，或好烦文博采，深沉其旨者；或好离言辨白，分毫析厘者。所习不同，所务各异，言势殊也。刘桢云：文之体指实强弱，使其辞已尽而势有余，天下一人耳，不可得也。公幹所谈，颇亦兼气。"兼气，兼包气势。这也是刘桢文气论方面的内容，偏重于文之气势即"文势"，见解深刻，是古代文学理论的重要内容。

失题文二则

其 一

云师洒路,雷公警跸。①(《北堂书钞》卷十六)

① 云师:云神。雷公:神话中管打雷的神。《楚辞·远游》:"左雨师使径侍兮,右雷公以为卫。"警跸(bì):指戒备森严。警,戒备。跸,帝王出行时开路清道,禁止他人通行。

云神为之降雨洒路,雷神为之打雷警戒。

虽仅二句,状出行之色,气势非凡。

其 二

润八青。①(《北堂书钞》卷六)

① 润:雨水下流滋万物。八青:八种绿色植物,代指春天复苏的各种植物。

"饰玉辂"等三则辨析

又有"饰玉辂""河灵惊而承旗,冯夷俨其操辔""居山隅而凤凰集"三则,同出《北堂书钞》卷十二引,作"刘珍",而俞绍初《建安七子诗文钩沉》(《郑州大学学报》1987年第2期)一文辑为刘桢佚文。但除"张本""韩本""吴本""林本"等诸本未收外,"俞本"2017年修订本亦未增入,似知"俞本"至该次修订时已放弃此三则为刘桢佚文的认识,然未加说明。后来顾农《刘桢论》(《齐鲁学刊》1992年第2期)一文亦引"河灵"二句为刘桢佚文,而未知其所据,可见其已成为一个问题。按刘珍其人,《后汉书》有传云:

> 刘珍字秋孙,一名宝,南阳蔡阳人也。少好学。永初中,为谒者仆射。邓太后诏,使与校书刘騊駼、马融及《五经》博士,校定东观《五经》、诸子传记、百家艺术,整齐脱误,是正文字。永宁元年,太后又诏珍与騊駼作建武已来名臣传,迁侍中、越骑校尉。延光四年,拜宗正。明年,转卫尉,卒官。著诔、颂、连珠凡七篇。又撰《释名》三十篇,以辩万物之称号云。

《隋书·经籍志》中载"后汉《刘珍集》二卷录一卷",《旧唐书·经籍志》《新唐书·艺文志》中各载"《刘珍集》二卷"。另外,他还是《东观汉记》的作者之一,《文心雕龙·杂文》中也有"杜笃、贾逵之曹,刘珍、潘勖之辈"的话,可见其在汉末也是有名的文人。虽"逯本""严本"分别辑录刘珍诗、文时均未收入以上三则文字,但此三则文字为刘珍佚文是可能的,何况《北堂书钞》将其明确置于刘珍名下,所以"俞本"未继续持以上为刘桢佚文的观点是正确的。但恐其文影响已经发生,故虽为细枝末节,仍附记以备考证。

《毛诗义问》十二则

按：《隋书·经籍志》《新唐书·艺文志》并录有刘桢《毛诗义问》十卷，该书已佚。马国翰《玉函山房辑佚书》辑此《诗经》十篇残句训释十二节，称本书乃"训释名物，与陆玑《毛诗草木鸟兽虫鱼疏》相似，盖当时儒者究心考据，犹不失汉人家法"。证以《册府元龟》卷六百五载："刘桢为太子文学，撰《毛诗义问》九卷。"知其当为宫中授书所作。马国翰对《毛诗义问》残句所释的诗句及所属的风、雅、颂进行了标明。"韩本"据马氏辑本，"补充了各诗句的篇名，个别文字据原出处有所改正"。今参考各本，以段为序，依本书体例整理。

其 一

《诗经·鄘风·蝃蝀》："蝃蝀①在东。"

夫妇失礼则虹②气盛〔一〕。有赤气在上者，阴乘③阳气也。(《北堂书钞》卷一百五十一)

〔一〕妇，"俞本"改作"妻"。

① 蝃蝀（dìdōng）：虹的别名。

②虹：雨后天空中出现的弧形彩带，有红、橙、黄、绿、蓝、靛、紫七种颜色。是大气中的小水珠经日光照射发生折射和反射作用而形成的，出现在和太阳相对着的方向。

③乘：侵凌。

夫妻如果不能以礼相待，则天上多虹。如果虹的赤色在上，则是阴气侵凌了阳气。

这是汉代才由董仲舒倡导兴盛起来的"天人感应"之说。看来刘桢也相信这种思想，所谓"风俗移人，虽贤者不免"，但仍不足为训。

其 二

《诗经·郑风·大叔于田》："抑释掤忌。"

掤所以覆矢也①，谓箭筒盖也。（《北堂书钞》卷一百二十六、《太平御览》卷三百五十）

①掤（bīng）：箭筒盖子。

掤是用来遮盖保藏箭的，叫作"箭筒盖"。

其 三

《诗经·魏风·伐檀》："胡瞻尔庭有悬貆兮。"

貉子曰貆〔一〕，貆形状与貉类异〔二〕，世人皆名貆。①（《初学记》卷二十九）

校勘

〔一〕子，原误作"小"，从"俞本"改。
〔二〕"形"字原脱，又"与"字讹作"如"，从"俞本"改。

注释

① 貉（hé）：哺乳动物，似狐，锐头尖鼻，昼伏夜出，皮毛很珍贵。貆（huán）：又称"豪猪"。

直译

貉子也叫作"貆"，貆的体貌与貉相似而有不同，世人都称它为"貆"。

其　四

《诗经·唐风·蟋蟀》："蟋蟀在堂。"
蟋蟀食蝇而化①成也。（《太平御览》卷九百四十九）

注释

① 化：此谓变化而成。

直译

蟋蟀是吃了苍蝇变化而成的。

新解

蟋蟀是无脊椎动物，亦称"促织"，俗名蛐蛐、夜鸣虫、将军虫、秋虫等，是一种古老的昆虫，卵生。大约以其长相如蝇，俗见如此，这里也认为蟋蟀由苍蝇变化生成，当然是无稽之谈。如果确实是食蝇而化成，那么第一只蟋蟀从何而来？可见，无法自圆其说。

其　五

《诗经·秦风·晨风》："鴥彼晨风。"
晨风，今之鹞①。(《艺文类聚》卷九十一)

注释

① 鹞（yào）：一种凶猛的鸟，样子像鹰，比鹰小，捕食小鸟，通常称"鹞鹰""鹞子"。

直译

晨风，今天叫作"鹞子"。

新解

"鹞鹰""鹞子"的名字叫习惯了，也不觉得有什么好或不好。但与"晨风"比，显然都缺乏诗意，甚至不够文雅。由此可见，人类并非一切都在进步，有的好东西可能在无意间丢失了。所以，从根本上说，人类与整个世界一样，只是在变化而已。当然，对"人往高处走"要满怀信心，但也要十分警惕，不要堕入"聪明不及于前时，道德日负于初心"（韩愈的《五箴序》）的困境。

其　六

《诗经·陈风·衡门》："衡门之下。"
横一木①作门，而上无屋，谓之衡门。(《艺文类聚》卷六十三)

注释

① 一木：一根木棍。木，本指树，这里泛指树干、木棍之类。

直译

横置一根木棍当作门，而上面没有遮盖，叫作"衡门"。

新解

这里是说古代的院门只横放一根木棍就行了。对比后世的重门紧锁、安保层层，甚至天罗地网，则不能不感慨当时的民风淳朴、安居乐业。

其 七

《诗经·桧风·郐》

郐在豫州外方之北〔一〕，北邻于虢，郐荥之南，左济右洛，居两水之间〔二〕，食溱、洧焉。①（《水经注·洧水》）

校勘

〔一〕郐，原作"都"，据"俞本"改。
〔二〕"两水"前，诸本原有"阳郑"二字，疑衍，未从。

注释

① 郐：西周国名，故地在今河南省郑州市南。豫州：古九州之一。《尔雅》："河南曰豫州。"外方：山名，即嵩山，又名崇高。在今河南省登封市北。《汉书·地理志上》颜师古注曰："熊耳在陕东。外方在颍川故县，即崇高也。"虢：此指东虢，西周侯国之一，为周文王弟虢叔的封地，后被郑所灭，故地在荥，即今河南荥阳。济：水名，在荥阳北分黄河东出。洛：水名，即河南洛河。溱（Zhēn）：水名，源出河南新密市东北。洧（Wěi）：水

名,即今双洎河,源于河南登封市。

邻国在河南嵩山的北方,与东虢为邻,都城在荥阳的南面,左傍济水,右靠洛水,食于溱水和洧水之间。

说《诗经》中郐国之地理,自刘桢至郦道元、郭守敬等以下,众说纷纭,莫衷一是。欲究其确凿而难矣!虽然《诗经》之为诗,读者知之越多越深越好,但诸如此类可能永不可考。不妨有学者深诘穷究为"汉学家"。刘桢说《诗经》似乎也是汉学家数。

其 八

《诗经·豳风·七月》:"一之日于貉。"

狐之类,貉、猯①、狸也。貉子似狸②。(《初学记》卷二十九)

① 猯(tuān):古同"貒",俗名猯,就是狗獾,是一种哺乳动物。
② 狸:古同"貉",亦称"狸子""狸猫""山猫"等。

貉属于狐之类,即所谓貉、猯、狸。貉子很像狸子。

《论语·阳货》:"子曰:'小子何莫学夫诗?诗,可以兴,可以观,可以群,可以怨。迩之事父,远之事君。多识于鸟兽草木之名。'"到此,约可知刘桢教授《诗经》,也主要是以"多识"的功夫"事君",是他作为太子文学勤于职事的一部分。

其 九

《诗经·豳风·七月》:"六月食郁①及薁。"

郁,其树高五六尺,其实大如李,正赤,食之甜。〔一〕(《诗经·豳风·七月》孔颖达《正义》)

校勘

〔一〕"俞本"校记:"原本将《正义》所引《本草》文及孔颖达按语,误作《毛诗义问》佚文采录于此下,今已删去。"从之,入注释中。

注释

① 郁:果名。李子的一种。《诗经·豳风·七月》毛传:"郁,棣属。薁,蘡薁也。"孔颖达《正义》:"《本草》云:'郁,一名雀李,一名车下李,一名棣。生高山川谷或平田中,五月时实。'一名棣,则与棣相类,故云棣属。"又云:"蘡薁者,亦是郁类而小别。"

直译

郁这种树高五六尺,结的果实大如李,正红,很甜。

其 十

《诗经·豳风·东山》:"蟏蛸在户。"

《诗义问》〔一〕曰:"蟏蛸①,长足蜘蛛也。"(《太平御览》卷九百四十八)

校勘

〔一〕《诗义问》:当是《毛诗义问》。

①蟏蛸（xiāoshāo）：小蛛而长脚者，俗称"喜子"。

蟏蛸，就是长足的蜘蛛。

其十一

《诗经·小雅·小弁》："弁彼鸒①斯。"

有鹎乌、雅乌、楚乌也。②（《初学记》卷三十）

①鸒：鸦属，包括鹎乌、雅乌、楚乌。

②鹎（bēi）乌：鸟类的一属，羽毛大部为黑褐色，腹白，腿短而细弱，食果实和昆虫。雅乌：乌鸦。楚乌：又名鸦乌、老雅、鹳、匹居、大嘴乌。

鸒这种鸟犹如鹎乌、雅乌、楚乌。

其十二

《诗经·商颂·烈祖》："亦有和羹。"

铏羹，有菜、盐、豉，其中菜为其形象，可食，因以铏为名。①（《初学记》卷二十六、《太平御览》卷八百六十一）

①铏（xíng）羹：即"羹铏"。和以五味并盛于鼎的羹。铏，《玉篇》：

"羹器也。"《周礼·天官·亨人》："祭祀，共大羹、羹铏羹。"郑玄注引郑众语："大羹，不致五味也。铏羹，加盐、菜矣。"孔颖达疏："调以五味，盛之于铏器，即谓之铏羹。"豉（chǐ）：豆豉，用豆类发酵制成的调味佐料。形象：样貌。

直译

和羹即铏羹，用菜、盐和豆豉做成。其中菜多，显现为菜的样貌，可以吃，所以用铏命名。

新解

这是一种做菜的方法，大约久已失传，或屡经变异而面目全非。可供饮食、厨艺专家参考。

附：《京口记》

按：《京口记》一文，《初学记》《艺文类聚》《文选》《太平御览》《嘉定镇江志》等频引其佚文，均称"刘桢《京口记》"。而《隋书·经籍志》《旧唐书·经籍志》《新唐书·艺文志》作"《京口记》二卷，宋太常卿刘损撰""《京口记》二卷，刘损之撰""刘损之《京口记》二卷"。从佚文内容如"郗鉴故宅""昔魏文帝伐孙权"等，可判断此出刘桢之后人，而且也没有资料表明刘桢生前曾至京口（今江苏镇江）。但是，清刘文淇《嘉定镇江志》卷六《校勘记上》曰："刘桢《京口记》，钞本，刘桢作刘损之。"并案曰：

> 戴氏守梧云："之字衍，'损'字当作'桢'。记忆《太平御览》所引如此。今考《御览》四十六卷'北固山'内引《京口记》正作刘桢。戴氏之说是也。《隋书·经籍志》云：'《京口记》二卷，宋太常卿刘损撰。'《舆地纪胜》亦作'刘损之'。然《太平寰宇记》等书所引皆作'刘桢'，则'损'字必'桢'字之误也。宋、元二志引《京口记》亦多作'刘桢'。此处作'刘损之'者，盖传写之讹耳。"

虽然仍不能因此遽定为刘桢所作，但毕竟诸类书也不会完全没有根据地采录，又几乎异口同声。这个现象值得重视。故虽本书所参考的诸本均未收录，仍辑录附于刘桢文末，备为考证。

〔城北四十余里有小冈，高二丈许，有人鼻形。着冈西头，有口在上，而鼻在下，方圆数尺，状如燋土。古老相传，因名下鼻。今无复鼻，厥口犹在。](《艺文类聚》卷六)［蒜山无峰岭，北悬临江中。](《艺文类聚》卷八。《文选》卷二十二颜延年《车驾幸京口侍游蒜山作一首》："集曰：元嘉二十六年也。蒜山在润州西二里，京口在润州。"《嘉定镇江志》卷六缺"悬"字、"中"字。)［石门，二山头相对，高二十余丈，广六十余步，谓为石门，行道所经。](《艺文类聚》卷八)［县城东南大路，过长堰五里，得屠儿浦者。昔诸屠儿居此小浦，因以为名也。](《艺文类聚》卷九)［糖颓山，山周回二里余，山南隅，隔路得郗鉴故宅，五十余亩。](《艺文类聚》卷六十四、《太平御览》卷一百八十)［南国多林檎。](《艺文类聚》卷八十七、《至顺镇江志》卷四)［京城东州门时堂前柑树十余株］(《初学记》卷二十八)［龙目湖，秦王东观，亲见形势，云此有天子气，使赭衣徒凿湖中长冈使断，因改名丹徒。今水北注江也。](《初学记》卷七)［回岭入江垂水崚壁。](《嘉定镇江志》卷六)［京城东门射堂前，柑树十余株。](《太平御览》卷九百六十六。《初学记》卷二十八"东门"作"东州门"，"射"作"时"。)［嘉子洲西一里，得贵洲，周回四十里许，上多有居民。昔魏文帝伐孙权至此洲，南望曰"彼人有焉"而退。因名曰贵洲。](《太平御览》卷六十九)［有黄鹤山，在县界。晋王恭为刺史，改创西南楼名万岁，西北名芙蓉楼，至今存焉。](《太平御览》卷四十六)［回岭入江，悬水峻壁。](《太平御览》卷四十六)［石岘东连马蹄山，山上石有马蹄迹，因以为名。](《太平御览》卷四十六)［虎社中，村老故相传云：昔有虎于社中产，因以为名。](《太平御览》卷五百三十二)［去城九十里有白在岘。](《太平御览》卷五十六)［劫亭临湖，亭通阿湖陵郡治丹徒县，八县，八县来往经过此，湖中多劫，于边立亭，因以为名。](《太平御览》卷一百九十四)［有小升城。](《太平御览》卷一百九十三作"刘直《京口记》曰"，疑"直"为"桢"之讹。)

附录一　刘桢著作考

《毛诗义问》

《隋书·经籍志》:"《毛诗义问》十卷,魏太子文学刘桢撰。"

按,姚振宗《后汉艺文志》一云:"按建安二十二年文帝始立为太子,桢于是年卒,此称太子文学,或终于是官,或从后追题。"徐幹、应玚二人,《隋志》皆同称其为太子文学,与桢同。

《旧唐书·经籍志》:"《毛诗义问》十卷,刘桢撰。"

《新唐书·艺文志》:"刘桢《义问》十卷。"

《玉海》:"《毛氏义问》十卷,魏太子文学刘桢撰。"
　　按,《毛诗义问》盖亡于宋,马国翰《玉函山房辑佚书》有辑本一卷。

《刘桢集》

《三国志·魏书·王粲传》:"(桢)著文赋数十篇。"

《隋书·经籍志》:"魏太子文学《刘桢集》四卷,录一卷。"

《旧唐书·经籍志》:"《刘桢集》二卷。"

《新唐书·艺文志》:"《刘桢集》二卷。"
按,《刘桢集》盖散于宋。

《太平广记》卷三百二十七《顾总》:"既而王粲、徐幹与总殷勤叙别,乃遗《刘桢集》五卷。"
按,此为小说家言,姑存以备考。

[清]《乾隆东平州志·艺文志·集部》:"魏《刘桢文集》:《隋·经籍志》四卷。"

[清]《光绪东平州志·艺文志·集部》:"《刘公幹集》二卷:魏刘桢撰。《旧唐书》《新唐书》俱作二卷,《宋史·艺文志》始不著录。案:刘桢,实宁阳人。《旧志》据《刘氏家牒》,以为东平人。"

《刘桢集》（辑本）

［明］冯惟讷《古诗纪》卷二十六《魏》第六《刘桢》：

《公宴诗》一首、《赠五官中郎将四首》、《赠徐幹》一首、《赠从弟三首》、《杂诗》一首、《斗鸡》一首、《射鸢》一首、《失题二首》，共八篇十四首。

［明］杨德周辑《汇刻建安七子集·刘公幹集》，二卷。易兰《王粲、刘桢研究》第三章记云：

上海图书馆所藏善本前有《汇刻建安七子集序》……《刘公幹集》正文首卷卷端上题："东平刘桢公幹著"，下题"四明"之后亦分两行，依次竖题："杨德周齐庄辑定""陈朝辅燮五增订"。其文体编排同《王仲宣集》，收刘桢赋五首、诗十四首、碑一首。诗中《感遇》乃为江淹之《杂体诗经·刘文学桢感怀》，故实收桢诗共十三首。

［明］张溥编《汉魏六朝百三名家集·刘公幹集》，一卷。
赋：《鲁都赋》《大暑赋》《遂志赋》《黎阳山赋》《瓜赋》《清虑赋》
书：《谏平原侯植书》《答太子书》
碑：《处士国文甫碑》
诗：《公宴诗》《赠五官中郎将四首》《赠徐幹》《赠从弟三首》《杂诗》《斗鸡》《射鸢》《失题二首》

［清］杨逢辰辑《建安七子集·刘公幹集》，一卷。易兰《王粲、刘桢研究》第三章记云：

  《刘公幹集》正文首卷卷端上题："汉东平刘桢著"，下题"长沙杨逢辰辑"。所收内容与张溥本没有较大差异，亦增加了"句"类，录刘桢残句；又《感遇诗》乃为江淹所作，题为刘桢。……在内容上超出了张溥本，惜其编录夭为精核。

［清］严可均辑《全上古三代秦汉三国六朝文·刘桢》一卷：

  《大暑赋》《黎阳山赋》《鲁都赋》《遂志赋》《清虑赋》《瓜赋》《与曹植书》《谏曹植书》《答魏太子丕借廓落带书》《处士国文甫碑》

丁福保辑《汉魏六朝名家集初刻·刘公幹集》一卷。有清宣统三年（1911）上海文明书局铅印本。易兰《王粲、刘桢研究》记曰：

  实乃汇集严可均的《全后汉文》与张溥的《汉魏六朝百三名家集》而成。

逯钦立编《先秦汉魏晋南北朝诗·魏诗卷三·刘桢》：

  《公燕诗》、《赠五官中郎将诗四首》、《赠徐幹诗》、《赠徐幹诗》、《赠送从弟诗三首》、《杂诗》、《斗鸡诗》、《射鸢诗》、《失题诗》十三首。

俞绍初辑校《建安七子集·刘桢集》：

诗：《公宴诗》《赠五官中郎将四首》《赠徐干诗》《又赠徐干诗》《赠从弟诗三首》《杂诗》《斗鸡诗》《射鸢诗》《失题诗十四则》。

赋：《大暑赋》《黎阳山赋》《鲁都赋》《遂志赋》《清虑赋》《瓜赋并序》。

文：《谏平原侯植书》《与曹植书》《与临淄侯书》《答曹丕借廓落带书》《处士国文甫碑》《失题文四则》

韩格平《建安七子诗文集校注译析·刘桢集》：

《鲁都赋》《遂志赋》《大暑赋》《瓜赋并序》《黎阳山赋》《清虑赋》《赠从弟三首》《公宴诗》《斗鸡诗》《射鸢诗》《赠徐干》《又赠徐干诗》《杂诗》《赠五官中郎将四首》《失题诗十四段》《答曹丕借廓落带书》《谏平原侯植书》《与临淄侯曹植书》《答曹操问石》《谈孔融》《论文章》《处士国文甫碑》。附《毛诗义问》。

吴云主编、张乃鉴校注《建安七子集·刘桢集校注》：

诗：《公宴诗》《赠五官中郎将诗四首》《赠徐干诗》《又赠徐干诗》《赠从弟诗三首》《杂诗》《斗鸡诗》《射鸢诗》《失题诗十四则》。

赋：《大暑赋》《黎阳山赋》《鲁都赋》《遂志赋》《清虑赋》《瓜赋》。

文：《与曹植书》《谏曹植书》《答曹丕借廓落带书》《处士国文甫碑》《失题文》。

林家骊校注《阮瑀应场刘桢合集校注·刘桢集》：

诗：《公宴诗》《赠五官中郎将诗四首》《赠徐幹诗》《又赠徐幹诗》《赠从弟诗三首》《杂诗》《斗鸡诗》《射鸢诗》《失题诗十四则》。

赋：《大暑赋》《黎阳山赋》《鲁都赋》《遂志赋》《清虑赋》《瓜赋并序》。

文：《谏平原侯植书》《与曹植书》《与临淄侯书》《答曹丕借廓落带书》《处士国文甫碑》《失题文四则》

《刘桢集》存目考

《大阅赋》

《古文苑》卷七王粲《羽猎赋》章樵注引挚虞《文章流别论》："建安中，魏文帝从武帝出猎赋，命陈琳、王粲、应玚、刘桢并作。琳为《武猎》，粲为《羽猎》，玚为《西狩》，桢为《大阅》，凡此各有所长，粲其最也。"按，王粲《羽猎赋》、应玚《西狩赋》各存其集，陈琳《武猎赋》、刘桢《大阅赋》今俱亡。

（据"俞本"附录一《建安七子佚文存目考》）

《仲雍哀辞》

《行女哀辞》

《太平御览》卷五九六引挚虞《文章流别论》："建安中，文帝、临淄侯各失稚子，命徐幹、刘桢等为之哀辞。"又《文心雕龙·哀吊篇》："建安哀辞，惟伟长差善，《行女》一篇，时有恻怛。"按，幹之《行女哀辞》当曹氏兄弟各失稚子时奉命而作。考《艺文类聚》卷三四引曹植《行女哀辞序》云："行女生于季秋而终于首夏。"又引其《仲雍哀辞序》云："曹喈字仲雍，魏太子之中子也，三月生而五月亡。"知曹植稚子行女与曹丕稚子仲雍均于同时亡殁，与《文章流别论》所言相合。然则徐幹必另有《仲雍哀辞》无疑。刘桢与徐幹同，亦当有此二哀辞。

（据"俞本"附录一《建安七子佚文存目考》）

附录二　刘桢年表

汉灵帝熹平四年乙卯（175）

曹操二十一岁，于上年举孝廉为郎，任洛阳北部尉。孔融二十三岁。陈琳约十九岁。阮瑀约九岁。徐幹五岁。刘桢生于是年前后。

刘桢生年无确考。诸本有年谱考刘桢生年皆据《后汉书·刘梁传》、谢灵运《拟魏太子邺中集诗八首五言并序·刘桢》及刘桢作品等。"郁本"以为约汉献帝建安三年戊寅（198），"易本"以为约汉灵帝建宁二年己酉（169），"俞本"以为约本年，从"俞本"。"俞本"《年谱》曰：

> 按，谢灵运《拟魏太子邺中集诗八首·刘桢诗》代叙桢之生平事历云："贫居晏里闲，少小长东平。河兖当冲要，沦飘薄许京。"许京，献帝迁都于许，乃有此称。是桢之"飘薄许京"，当在建安元年以后。又本集载《遂志赋》，其云："幸遇明后，因志东倾。披此丰草，乃命小生。生之小矣，何兹云当？牧马于路，役车低昂。怆悢恻切，我独西行……"明后，谓曹操。据赋意可知，曹操于东征之际，尝入兖州东平，有招刘桢来归之事。考《魏志·武帝纪》，惟初平三年，操领兖州牧，曾进击黄巾于寿张东，

寿张属东平国,此赋所云"因志东倾",盖谓此也。时桢年在少小,故又有"生之小矣,何兹云当"云。下文"牧马于路"数句,则自叙西行入许事,当是谢诗"沦飘薄许京"之所指,在建安元年之后,与"乃命小生"事相隔已三年以上。今合参桢赋、谢诗,于刘桢早年事迹,大略推测如下:桢少长于乡里,初平三年曹操尝命其来归,以年少小未就;及之献帝东迁后,乃独自西行至许,入于曹操府中。古人二十以下称"小",今假设初平三年(一九二),刘桢为十八岁,则其生年或在熹平四年(一七五)前后,晚于徐幹,而略早于王粲。

桢祖父(一说父)梁,字曼山,汉宗室子孙,有文才,终野王(今河南沁阳)令。

《后汉书·光武十王·东平宪王苍传》:"光武皇帝十一子……许美人生……东平宪王苍……永元十年,封苍孙梁为矜阳亭侯,敞弟六人为列侯。"

《后汉书·文苑·刘梁传》:"梁字曼山,一名岑,东平宁阳人也。梁宗室子孙,而少孤贫,卖书于市以自资……恒帝时,举孝廉,除北新城长。……后为野王令,未行。光和中,病卒。……孙桢,亦以文才知名。"

《魏志·王粲传》注引《文士传》:"桢父名梁,字曼山,一名恭。少有清才,以文学见贵,终于野王令。"

按"一名恭",《太平御览》卷四百八十五引作"一名岑",但从刘桢《遂志赋》不避"岑"字看,刘梁"一名岑"殆不可信。

今从《后汉书》以梁、桢为祖孙(参见"附录五"《刘梁、刘桢故里及世系、行辈试说》一文)。其父名及其他亲属社会关系不详。

又,清代邑贤黄恩彤主修县志,其中有《刘桢传》赞云:"鲁共王子,侯于宁阳。振振公族，斐然有章。"黄氏又作《宁阳刘氏族谱序》云："宁阳之有刘氏，汉以前无可考。自孝武帝元朔三年用主父偃议，推恩分封诸侯王子弟，于是鲁共王子节侯恬，始胙土于此。传国五世，至元孙方失侯，子孙遂世居宁阳。东汉末曼山、公幹祖孙济美，显名当代，盖其由来远矣。"以为桢为汉宗室鲁共王之后。但该谱始祖仅上溯元代，黄氏其他序及谱文无一涉及"鲁共王子（宁阳）节侯恬"，黄恩肜也没有任何举证，况且仍以梁、桢为祖孙和梁"后为野王令"等也是依据《后汉书》，当然也就没有正面否定梁、桢为"东平宁阳人"之说，从而其说逻辑未能自洽。而《后汉书》东平宪王苍传说"封苍孙梁为矜阳亭侯"事未见于《刘梁传》固然是一个矛盾，但文献记载中"书缺有间"的情况殊不少见，故可忽略，而从《后汉书》刘桢世系为"光武十王"之"东平宪王苍"孙说。

桢字公幹，东平宁阳人。

《世说新语·言语篇》注引《典略》："刘桢字公幹，东平宁阳人。"

［清］《光绪东平州志·艺文志·集部》："《刘公幹集》二卷：魏刘桢撰。……案：刘桢，实宁阳人。《旧志》据《刘氏家牒》，以为东平人。"

其宁阳故里有两说。一曰今宁阳县泗店镇古城村，据光绪三十三年丁未（1907）重镌《刘氏家谱》黄恩肜《序》。一曰今宁阳县堽城镇。该镇有"刘伶墓"村。古墓久圮，尚存旧基。清代宁邑学者程鸣岐疑"刘伶"为"刘梁"音讹。虽无片瓦可证，然刘伶非宁阳人，又人名音讹事多有，故亦可备一说。

光和二年己未（179）

刘桢约五岁，居汉东平郡宁阳县。

光和五年壬戌（182）

刘桢约八岁，居汉东平郡宁阳县。天资聪颖，读书刻苦，能诵《论语》、诗论及篇赋数万言。

《太平御览》卷三百八十五:"《文士传》又曰:刘桢字公幹,少以才学知名。年八九岁能诵《论语》、诗论及篇赋数万言,警悟辩捷,所问应声而答,当其辞气锋烈,莫有折者。"

汉献帝初平二年辛未(191)

刘桢约十七岁,居汉东平郡宁阳县。前后数年中当不时游历宁阳、曲阜等地。刘桢失题诗《翩翩野青雀》中有宁阳古迹"曲池"。

汉献帝初平三年壬申(192)

刘桢约十八岁,居东平郡宁阳县故里,家贫,有"牧马""役车"等事。又当于是年作《鲁都赋》。时徐幹亦作《齐都赋》。

兴平元年甲戌(194)

刘桢约二十岁。曹操之父曹嵩携全家避乱途经兖州,被陶谦部将张闿所杀。曹操兴兵复仇,至下年十二月一直在兖州,包括宁阳及其周边活动,刘桢当在此期间为曹操所知,曹操欲招之手下,刘桢以年尚幼或其他原因未从。

本书载《遂志赋》云:"幸遇明后,因志东倾。披此丰草,乃命小生。生之小矣,何兹云当。"明后,谓曹操。据赋意可知,曹操于本年有事于兖州、东平,闻名有招刘桢来归之事。

兴平二年乙亥(195)

刘桢约二十一岁。曹操结束兖州战事,挥兵西向河南。蝗灾,大旱,歉收。刘桢约于是年西行投曹操干事。

建安元年丙子(196)

刘桢约二十二岁。曹操迎献帝都许,自任司空。刘桢于本年在许都,入曹操幕为司空军谋祭酒,随部南征。

谢灵运《拟魏太子邺中集诗八首五言并序·刘桢》叙桢之少小事历云："贫居晏里闬，少小长东平。河兖当冲要，沦飘薄许京。"许京，献帝迁都于许（今河南许昌），乃有此称。是桢之"飘薄许京"，当在本年献帝迁许以后。又本书载《遂志赋》，其云："幸遇明后，因志东倾。披此丰草，乃命小生。生之小矣，何兹云当。牧马于路，役车低昂。怆悢恻切，我独西行……"

《后汉书·刘梁传》李贤注"孙桢，亦以文才知名"曰："《魏志》：桢字公幹，为司空军谋祭酒。"

虽今本《三国志·魏书》中未见载刘桢"为司空军谋祭酒"，但刘桢既然曾受召于曹操未从，则其至许京当为投奔曹操而来，初仕任此职甚有可能。是年随征刘表。

刘桢《赠五官中郎将诗四首》其一："昔我从元后，整驾至南乡。过彼丰沛郡，与君共翱翔。"诗中的"元后"指曹操无疑。而《文选》李善注谓"（整驾）至南乡，谓征刘表也"。曹操征刘表主要有两次，第一次是建安元年（196）至建安三年，曹操迎献帝至许都以后，"奉天子以令天下"，适"（张）绣领其众，屯宛，与刘表合。太祖南征，军淯水，绣等举众降"，降而复叛并终降，今学者谓之"三征张绣……破张绣、刘表联军"（夏传才《曹操集校注·曹操年谱》）。第二次是建安十三年（208）七月，曹操再次南征刘表并一举击破，刘表病死，其子刘琮率众降。"俞本"以为桢之归曹出仕是在第二次，即建安十三年。但如果是那样，刘桢岂非在许都闲荡了十余年？似为不当，故系于本年。是年"过彼丰沛郡，与君共翱翔"，结识了曹丕等，游历了曹操的家乡谯（今安徽亳州）所在的丰沛（故地即今江苏省徐州市丰县和沛县）。丰沛，亦是汉高祖刘邦的故里。

建安七年壬午（202）

刘桢约二十八岁，从曹操征邺。曹军与袁绍二子谭、尚战于黎阳。刘桢有翻越黎阳山之经历，作《黎阳山赋》。

谢灵运《拟魏太子邺中集诗八首五言并序·刘桢》云："广川无逆流，招纳厕群英。北渡黎阳津，南登纪郢城。"按，《三国志·魏书·武帝纪》：是年，曹操进军官渡，袁绍病死，其子谭、尚屯黎阳，九月操征之，谭、尚败退。"北渡黎阳津"盖谓此也。

建安十三年戊子（208）

刘桢约三十四岁。曹操于本年六月废三公，自任丞相。应玚、刘桢同被辟为丞相掾属，从征刘表，预赤壁之役。

《魏志·王粲传》："玚、桢各被太祖辟为丞相掾属。"

按本书《遂志赋》自叙其经历云："捎吴夷于东隅，掣叛臣乎南荆。""捎吴夷"，谓征孙权，此盖指赤壁之战。"掣叛臣"，谓征刘表。又谢灵运《拟魏太子邺中集诗八首五言并序·刘桢》亦云："北渡黎阳，南登纪郢城。"上句当指建安七年攻邺战于黎阳事，下句则谓是年从征刘表之所经。

建安十六年辛卯（211）

刘桢约三十七岁。任五官将文学，时预邺中"三曹"与诸文人游宴。作《清庐赋》（一作《清虑赋》或《清虚赋》）、《瓜赋》、《公宴诗》、《斗鸡诗》等。

《世说新语·言语篇》注引《典略》曰："建安十六年，世子为五官中郎将，妙选文学，使桢随侍太子。"

桢有作书答曹丕借取廓落带事。

《魏志·王粲传》："桢以不敬被刑，刑竟署吏。"注引《典略》曰:"文帝尝赐桢廓落带,其后师死,欲借取以为像,因书嘲桢云:夫物因人为贵。故在贱者之手,不御至尊之侧。今虽取之,勿嫌其不反也。桢答……桢辞旨巧妙皆如是,由是特为诸公子所亲爱。"

旋因"平视甄氏"失敬被刑。

《魏志·王粲传》:"桢以不敬被刑,刑竟署吏。"注引《典略》曰:"其后太子尝请诸文学,酒酣坐欢,命夫人甄氏出拜。坐中众人咸伏,而桢独平视。太祖闻之,乃收桢,减死输作。"
《世说新语·言语篇》注引《典略》谓,桢平视甄氏事在建安十六年。

刘桢入狱后,曾与徐幹有诗歌赠答。"俞本"云:

桢有《赠徐幹诗》二首,载本集。《义门读书记·文选二》评刘桢诗其一云:"《魏志》云桢以不敬被刑,刑竟署吏。此诗有'仰视白日'之语,疑此时作也。'步出北寺门',或桢方输作于北寺耳。"按,北寺,指邺城御史台。参《文选·魏都赋》刘逵注。此言桢收其于北寺,而非输作时事也。何说稍误。《答刘桢诗》有云:"陶陶朱夏别,草木昌且繁。"知在夏秋之交。

刘桢受刑输作"磨石",曹操视察遇见问以石性,因桢对答称意特赦,"刑竟署吏"。"俞本"云:

《水经注》卷一六《谷水注》:"……(听讼观)西北华林隶簿,昔刘桢磨石处也。《文士传》曰:'文帝之在东宫也,宴诸文学,酒酣,命甄后出拜,坐者咸伏,惟桢平视之。太祖以为不敬,送徒隶簿。后太祖乘步牵车乘城降，阅簿作，诸徒咸敬，而桢拒，坐磨石，不动。太祖曰：'此非刘桢也！石如何性？'桢曰……太祖曰：'名岂虚哉！'复为文学。"

按，据郦氏所言，则桢在洛阳受刑，而非邺城。此说存疑。"俞本"据桢《赠五官中郎将诗四首》其二曰"余婴沈疾，窜身清漳滨"，考"窜身，受刑之谓也。因讳言受刑，故诗'余婴尤痼疾'，为假托之辞也。清漳滨在城北，似即桢受刑之处"。可备一说。此事又见《世说新语·言语篇》注引《文士传》、《书钞》卷一百六十、《艺文类聚》卷八十三、《太平御览》卷四百六十四，与《水经注》引《文士传》相比，文互有异同，当因抄传有变。

作为"建安文学"中心的"邺下风流"于是年达至全盛。但以孔融、杨修、祢衡等先后被杀和刘桢"平视"被刑为标志，"邺下风流"实为围绕"三曹"的一种"宫廷文学"。刘知渐《建安文学编年史》：

> 曹操请汉天子任命儿子曹丕为五官中郎将，"为丞相副"，又封曹植为平原侯。五官中郎将，俸禄二千石，为当时品级仅次于丞相的高级官吏之一。曹操还为他设置"五官将文学"，网罗一些文士来做曹丕的幕僚。也为曹植网罗一些文士，给以"平原侯庶子"的名义。这时，王粲、徐幹、陈琳、阮瑀、应瑒、应璩、刘桢、邯郸淳、路粹、丁仪、丁廙、杨修、荀纬、繁钦、吴质……都陆续聚集在曹氏父子周围。"邺下文章之盛"，有些近似西汉梁孝王聚集文士枚乘、邹阳、司马相如于梁园的时代。但他们大都"奉命作文"。曹操、曹丕或曹植有了题目，大家都来"应教"，很少说真心话，因而邺下文章在艺术上虽有所提高，而现实性大大减弱了。

建安十七年壬辰（212）

刘桢约三十八岁。刘桢"刑竟署吏"，转为平原侯（曹植）庶子。作

《谏平原侯植书》《与曹植书》等。

《后汉书·刘梁传》李贤注引《魏志》:"桢字公幹,为司空军谋祭酒,五官郎将文学,与徐幹、陈琳、阮瑀、应玚俱以文章知名,转为平原侯庶子。"

刘桢任平原侯庶子的具体时间不详,或于本年"刑竟署吏"事。

《三国志·邢颙传》:"是时,太祖诸子高选官属,令曰:'侯家吏,宜得渊深法度如邢颙辈。'遂以为平原侯植家丞。颙防闲以礼,无所屈挠,由是不合。庶子刘桢书谏植曰……"

作《处士国文甫碑》。《处士国文甫碑》载碑主"以建安十七年四月卒"语,知桢作此碑文当在本年。

建安十八年癸巳(213)

刘桢约三十九岁。作《大阅赋》。"俞本"曰:

《古文苑》卷七王粲《羽猎赋》章樵注引挚虞《文章流别论》:"建安中,魏文帝从武帝出猎赋,命陈琳、王粲、应玚、刘桢并作。琳为《武猎》,粲为《羽猎》,玚为《西狩》,桢为《大阅》。凡此各有所长,粲其最也。"

建安十九年甲午(214)

刘桢约四十岁。随曹植改封,桢为临淄侯庶子,作《与临淄侯书》。

建安二十年乙未(215)

刘桢约四十一岁。作《行女哀词》《仲雍哀词》。

《太平御览》卷五百九十六引挚虞《文章流别论》:"建安中,

文帝、临淄各失稚子,命徐幹、刘桢等为之哀辞。"

按"俞本"曰:"考《艺文类聚》卷三四引曹植《行女哀辞》曰:'行女生于季秋,而终于首夏。'同书又引其《仲雍哀辞》曰:'曹喈字仲雍,魏太子之中子也,三月生而五月亡。'"知曹植稚子行女与曹丕稚子仲雍均于同时亡殁,与《文章流别论》所言相合。然则徐幹必另有《仲雍哀辞》无疑。刘桢与徐幹同,亦当有此二哀辞。可从。

建安二十一年丙申(216)

刘桢约四十二岁。六月,作《大暑赋》《赠五官中郎将》。

"俞本"曰:"是年,曹操进封魏王。陈琳约六十岁,与王粲、刘桢等奉命各作《大暑赋》。《艺文类聚》卷五载繁钦《暑赋》,又载曹植、刘桢、王粲等《大暑赋》各一首,《初学记》卷三引有陈琳《大暑赋》,据诸赋文意,盖一时唱和之作。"

"韩本"曰:"《赠五官中郎将》诗中有'壮士远出征'语,似指本年十月曹丕随父对孙权的征伐,故系于本年。"

建安二十二年丁酉(217)

刘桢卒,终年约四十二岁。曹植作书与杨修论"今世作者"及于刘桢。《文选》卷四十二曹植《与杨德祖书》:

仆少小好为文章,迄至于今,二十有五年矣。然今世作者,可略而言也。昔仲宣独步于汉南,孔璋鹰扬于河朔,伟长擅名于青土,公幹振藻于海隅,德琏发迹于此魏,足下高视于上京。

又《文选》卷四十载杨修《答临淄侯笺》：

若仲宣之擅汉表，陈氏之跨冀域，徐、刘之显青、豫，应生之发魏国，斯皆然矣。

十月，曹丕作《典论·论文》评孔融等七人之文，"七子"之称自此始，刘桢列名"七子"之一。《文选》卷五二曹丕《典论·论文》：

今之文人，鲁国孔融文举、广陵陈琳孔璋、山阳王粲仲宣、北海徐幹伟长、陈留阮瑀元瑜、汝南应玚德琏、东平刘桢公幹，斯七子者，于学无所遗，于辞无所假，咸以自骋骥騄于千里，仰齐足而并驰，以此相服，亦良难矣。盖君子审己以度人，故能免于斯累，而作论文。王粲长于辞赋，徐幹时有齐气，然粲之匹也。如粲之《初征》《登楼》《槐赋》《征思》，幹之《玄猿》《漏卮》《圆扇》《橘赋》，虽张、蔡不过也。然于他文，未能称是。琳、瑀之章、表、书、记，今之隽也。应玚和而不壮，刘桢壮而不密。孔融体气高妙，有过人者，然不能持论，理不胜词，以至乎杂以嘲戏，及其所善，扬、班俦也。

冬，刘桢与徐幹、陈琳、应玚先后死于瘟疫，享年约四十二岁。《三国志·魏书·王粲传》：

（徐）幹、（陈）琳、（应）玚、（刘）桢二十二年卒。文帝书与元城令吴质曰："昔年疾疫，亲故多离其灾，徐、陈、应、刘，一时俱逝。"

刘桢墓在邺城，不存。

朝发淇水南，将寻北燕路。……崔嵬长河北，尚见应刘墓。古树藏龙蛇，荒茅伏狐兔。永怀故池馆，数子连章句。逸兴驱山河，雄词变云雾。我行睹遗迹，精爽如可遇。斗酒将酹君，悲风白杨树。(《全唐诗》卷一五七孟云卿《邺城怀古》)

明年，曹丕作《与吴质书》，追念王粲、陈琳、徐幹、阮瑀、应玚、刘桢等六人，后将六人遗作与曹丕、曹植之作结为《邺中集》。《文选》卷四十二曹丕《与吴质书》：

……昔年疾疫，亲故多离其灾。徐、陈、应、刘，一时俱逝，痛可言邪！昔日游处，行则连舆，止则接席，何曾须臾相失？每至觞酌流行，丝竹并奏，酒酣耳热，仰而赋诗。当此之时，忽然不自知乐也。谓百年已分，可长共相保，何图数年之间，零落略尽，言之伤心。顷撰其遗文，都为一集，观其姓名，已为鬼录。追思昔游，犹在心目，而此诸子，化为粪壤，可复道哉！

附录三　刘桢资料汇编

一、家世生平

《后汉书》节录（南朝宋·范晔）

刘梁，字曼山，一名岑，东平宁阳人也。梁宗室子孙，而少孤贫，卖书于市以自资。常疾世多利交，以邪曲相党，乃著《破群论》。时之览者，以为"仲尼作《春秋》，乱臣知惧，今此论之作，俗士岂不愧心"。其文不存。又著《辩和同之论》。其辞曰……桓帝时，举孝廉，除北新城长。告县人曰……乃更大作讲舍，延聚生徒数百人，朝夕自往劝诫，身执经卷，试策殿最，儒化大行。此邑至后犹称其教焉。特召入拜尚书郎，累迁。后为野王令，未行。光和中，病卒。孙桢，亦以文才知名。

（《刘梁传》）

《三国志·魏书》节录(晋·陈寿)

始文帝为五官将,及平原侯植皆好文学。粲与北海徐幹字伟长、广陵陈琳字孔璋、陈留阮瑀字元瑜、汝南应玚字德琏、东平刘桢字公幹,并见友善。

玚、桢各被太祖辟,为丞相掾属。玚转为平原侯庶子,后为五官将文学。桢以不敬被刑,刑竟署吏。咸著文赋数十篇。

瑀以十七年卒。幹、琳、玚、桢二十二年卒。

(《王粲传附》)

太祖辟颙为冀州从事,时人称之曰:"德行堂堂邢子昂。"除广宗长,以故将丧弃官。有司举正,太祖曰:"颙笃于旧君,有一致之节。"勿问也。更辟司空掾,除行唐令,劝民农桑,风化大行。入为丞相门下督,迁左冯翊,病,去官。是时,太祖诸子高选官属,令曰:"侯家吏,宜得渊深法度如邢颙辈。"遂以为平原侯植家丞。颙防闲以礼,无所屈挠,由是不合。庶子刘桢书谏植曰:"家丞邢颙,北土之彦,少秉高节,玄静澹泊,言少理多,真雅士也。桢诚不足同贯斯人,并列左右。而桢礼遇殊特,颙反疏简,私惧观者将谓君侯习近不肖,礼贤不足,采庶子之春华,忘家丞之秋实。为上招谤,其罪不小,以此反侧。"后参丞相军事,转东曹掾。

(《邢颙传》)

后东平刘桢梦蛇生四足,穴居门中,使宣占之,宣曰:"此为国梦,非君家之事也。当杀女子而作贼者。"顷之,女贼郑、姜遂俱夷讨,以蛇女子之祥,足非蛇之所宜故也。

(《周宣传》)

《典略》节录（三国魏·鱼豢）

《典略》曰："文帝尝赐桢廓落带，其后师死，欲借取以为像，因书嘲桢云：'夫物因人为贵。故在贱者之手，不御至尊之侧。今虽取之，勿嫌其不反也。'桢答曰：'桢闻荆山之璞，曜元后之宝；随侯之珠，烛众士之好；南垠之金，登窈窕之首；鼲貂之尾，缀侍臣之帻。此四宝者，伏朽石之下，潜污泥之中，而扬光千载之上，发彩畴昔之外，亦皆未能初自接于至尊也。夫尊者所服，卑者所修也；贵者所御，贱者所先也。故夏屋初成而大匠先立其下，嘉禾始熟而农夫先尝其粒。恨桢所带，无他妙饰，若实殊异，尚可纳也。'桢辞旨巧妙皆如是，由是特为诸公子所亲爱。其后太子尝请诸文学，酒酣坐欢，命夫人甄氏出拜。坐中众人咸伏，而桢独平视。太祖闻之，乃收桢，减死输作。"

（《三国志·魏书·王粲传》注引）

《魏略》曰："（吴）质，字季重，以才学通博，为五官将及诸侯所礼爱；质亦善处其兄弟之间，若前世楼君卿之游五侯矣。及河北平定，大将军为世子，质与刘桢等并在坐席。桢坐谴之际，质出为朝歌长，后迁元城令。"

（《三国志·魏书·王粲传》注引）

《典略》曰："初，徐幹、刘桢、应玚、阮瑀、陈琳、王粲等与质并见友于太子。二十二年，魏大疫，诸人多死，故太子与质书。"

（《文选》卷四十二魏文帝《与吴质书》注引）

《典略》曰："刘桢字公幹，东平宁阳人。建安十六年，世子为五官中郎将，妙选文学，使桢随侍太子。酒酣坐欢，乃使夫人甄氏出拜，坐上客多伏，而桢独平视。他日公闻，乃收桢，减死输作部。"

（余嘉锡《世说新语笺疏》卷上之上《言语第二》注引）

《与杨德祖书》节录(三国魏·曹植)

"伟长擅名于青土,公幹振藻于海隅。"(李善注:)徐伟长居北海郡,《禹贡》之青州也,故云青土。公幹,东平宁阳人也,宁阳边齐,故云海隅。《吕氏春秋》曰:"东方为海隅。"青州,齐也。

(《文选》卷四十二)

《文士传》节录(晋·张骘)

《文士传》曰:"桢父名梁,字曼山,一名恭。少有清才,以文学见贵,终于野王令。"

(《三国志·魏书·王粲传》注引)

《文士传》曰:"魏文帝之在东宫也,宴诸文学,酒酣,命甄后拜坐者,坐者咸伏,惟刘桢平仰观之,太祖以为不敬,送徙隶簿。后太祖乘步辇车乘城,降阅簿作,诸徒咸敬,而桢坐磨石不动。太祖曰:'此非刘桢耶?石如何性?'桢曰:'石出荆山玄岩之下,外炳五色之章,内秉坚贞之志,雕之不增文,磨之不加莹,气质贞正,禀性自然。'太祖曰:'名岂虚哉!'"

(《太平御览》卷五十一)

(《文士传》)又曰:"刘桢字公幹,少以才学知名。年八九岁能诵《论语》、诗论及篇赋数万言,警悟辩捷,所问应声而答,当其辞气锋烈,莫有折者。"

(《太平御览》卷三百八十五)

《文士传》曰:"桢性辩捷,所问应声而答。坐平视甄夫人,配输作部,使磨石。武帝至尚方观作者，见桢匡坐正色磨石。武帝问曰：'石何如？'桢因得喻己自理，跪而对曰：'石出荆山悬岩之巅，外有五色之章，内含卞氏之珍。磨之不加莹，雕之不增文，禀气坚贞，受之自然。顾其理枉屈纡绕而不得申。'帝顾左右大笑，即日赦之。"

（余嘉锡《世说新语笺疏》卷上之上《言语第二》注引）

刘桢传（清·黄恩彤）

刘桢字公幹，梁孙（《后汉书》），或曰梁子（《文士传》）。梁，一名恭。少有清才，以文学见贵，终野王令（《文士传》此皆谓梁，旧志误属之桢）。桢，亦以文才知名。年八九岁能诵《论语》、诗论及篇赋数万言。警悟便捷，所问应声而答，当其辞气锋烈，莫有折者（《文士传》）。家居著《鲁都赋》，述东国风土之美，词极温丽（见《艺文》）。

建安中，魏文帝为五官中郎将，及平原侯植皆好文学。桢与山阳王粲、北海徐幹、广陵陈琳、陈留阮瑀、汝南应场并见友善（《魏志·粲传》）。又与粲等及鲁国孔融，称"七子"（《典论》）。

武帝为丞相，辟为掾属（《魏志》）。文帝尝赐桢廓落带，其后师死，欲借取以为像，因书嘲桢曰："夫物因人为贵，故在贱者之手，不御至尊之侧。今虽取之，勿嫌其不反也。"桢答曰："桢闻荆山之璞，曜元后之宝；隋侯之珠，烛众士之好；南垠之金，登窈窕之首；翟貂之尾，缀侍臣之帻。此四宝者，伏朽石之下，潜污泥之中，而扬光千载之上，发彩畴昔之下，亦皆未能初自接于至尊也。夫尊者所服，卑者所修也；贵者所御，贱者所先也。故夏屋初成，而大匠先立其下；嘉禾始熟，而农夫先尝其粒。恨桢所带无佗妙饰，若实珍异，尚可纳也。"桢辞旨巧妙皆如是。由是，特为诸公子所亲爱（《典略》），选为平原侯庶子。时家丞邢子昂防闲以礼，与植不合，桢书谏曰："邢子昂北土之彦，少秉高节，元静淡泊，言少理多，真雅士也。桢诚不足同贯斯人，并立左右。而桢礼遇殊特，邢反疏简，观者将谓君侯习近不肖，礼贤不足，采庶子之春华，忘家丞之秋实，为上招谤，其罪不小，以此反侧。"(《魏志·邢传》)植得书,不能用。

其后,文帝为太子,尝请诸文学。酒酣,命夫人甄氏出拜坐者,众人咸伏,桢独平视。武帝闻之,乃收桢,减死输作(《典略》)。会武帝至尚方观作者,见桢匡坐正色而磨石,问曰:"石何如?"桢曰:"石出荆山悬崖之巅,外有五色之章,内含卞氏之珍,磨之不加莹,雕之不增文,禀气坚贞,受之自然,顾其理柱屈纡绕而不得申。"武帝即日赦之(《文士传》),仍署吏。

桢著文、赋数十篇(《魏志》),平原侯植盛相称誉,以为"振藻海隅""握灵蛇之珠""抱荆山之玉"(《与杨修书》)。文帝称其"于学无所遗,于辞无所假",犹讥其"壮而不密"(《典论》)。桢于建安二十二年卒,文帝选其遗文为一集,及与吴质书,深悼惜焉。桢所著有《毛诗义问》十卷、《文集》四卷(见通志《艺文略》),今并未见。(按:宁阳自古文人,以桢为称首,《魏志》附入《王粲传》中,寥寥数语,其佚事乃散见于《文士传》《典略》《典论》及魏文帝、陈思王各书中。旧志采《魏志》原文,而更加芟节,乃至不复成语。兹采辑各书,合为一传,复以谏书、答语并入篇中,庶桢之文词妙令,尚可见一斑云。至桢之仕,在汉献帝建安之世,其卒亦在建安二十二年,固始终汉臣也。其与魏文帝及平原侯友善,特以文字见知在宾客之列。及魏武为丞相辟为掾属,乃以吏道进身,东汉诸名士往往如是,义无不可。宋严羽摘其诗中"元后"一语,及王粲诗中"圣君"为訾,比诸荀彧、高光之喻,不知自春秋以来家臣称大夫例曰"主君",至汉则掾属称其长官曰"府君","后"亦"君"也;未闻汉以后臣下有称天子曰"君"曰"后"者。安得以唐虞三代之旧称为例? 即如东汉顺帝时,宁阳主簿诣阙诉其县令之枉,书语狂悖,尚书劾以大逆,虞诩驳之曰"主簿所讼,乃君父之怨"。主簿可称县令为"君父",掾属不可称丞相为"君""后"乎? 羽知以春秋之义责桢、粲,而于东汉尊卑称谓尚未之考,其持论亦无据矣。谢灵运拟桢诗曰"穷居晏里闬,少小长东平",此言桢本寒士,先未委贽于汉也。又曰"河充当冲要,沦飘薄许京",此伤桢遭汉末兵乱流寓许昌也。又曰"广川无逆流,招纳厕群英",此言桢以才为曹氏所罗致也。吁！此则知桢者矣。宋葛立方《韵语阳秋》云："'建安七子'刘公幹独为诸王子所亲，曹操威焰盖世，甄夫人出拜诸人皆伏，而公幹独平视，虽论作而不悔，亦可嘉矣。"梅圣俞诗曰："公幹才俊或欺事，平视美人曾不起。自兹不得为故人，论作左校濒于死。"公幹尝有《赠从弟诗》云："亭亭山上松，瑟瑟谷中风。风声一何盛，松枝一何劲！"其寄意如是，岂肯少屈于操哉？末篇又托兴凤凰，有"何时当来仪，将须圣明君"之句，则不以"圣明"待操矣。）

论曰：宁阳之有"二刘"，犹扶风之有"二班"也。梁彬彬儒雅，化起弦歌，和同一论，绰乎犹具西京稚圭、子政之风，洵先哲之格言，匪直词林之盛藻也。昔魏文帝称桢五言诗"妙绝当时"，钟嵘《诗品》亦谓其"源出古诗，仗气爱奇，动多振绝，真骨凌霜，高风跨俗，自陈思以下，桢称独步，如孔门用诗，则公幹升堂"云。

赞曰：鲁共王子，侯于宁阳。振振公族，斐然有章。曼山著论，择精语详。执经课士，儒道大昌。公幹卓荦，藻耀高翔。五言冠古，金铿玉锵。羞同黄雀，自匹凤凰。遭时不造，沦泊许京。

（《光绪十三年重刊宁阳县志》卷十二《人物》。又见黄恩彤《知止堂集》卷十三《文六》，题《县志刘桢传》并"按：宁阳自古文人，以桢为称首。《魏志》附入《王粲传》中，寥寥数语，其佚事散见各传记中。今采辑诸书，合为一传。"其文自"文帝选其遗文为一集，及《与吴质书》，深悼惜焉"以下略，所存文字亦与上录略有出入。）

二、交游影响

与吴质书(三国魏·曹丕)

二月三日,丕白:岁月易得,别来行复四年。三年不见,东山犹叹其远,况乃过之,思何可支!虽书疏往返,未足解其劳结。昔年疾疫,亲故多离其灾。徐、陈、应、刘,一时俱逝,痛可言邪!昔日游处,行则连舆,止则接席,何曾须臾相失?每至觞酌流行,丝竹并奏,酒酣耳热,仰而赋诗。当此之时,忽然不自知乐也。谓百年已分,可长共相保,何图数年之间,零落略尽,言之伤心。顷撰其遗文,都为一集,观其姓名,已为鬼录。追思昔游,犹在心目,而此诸子,化为粪壤,可复道哉!观古今文人,类不护细行,鲜能以名节自立。而伟长独怀文抱质,恬淡寡欲,有箕山之志,可谓彬彬君子者矣。著《中论》二十余篇,成一家之言,辞义典雅,足传于后,此子为不朽矣。德琏常斐然有述作之意,其才学足以著书,美志不遂,良可痛惜。间者历览诸子之文,对之抆泪,既痛逝者,行自念也。孔璋章表殊健,微为繁富。公幹有逸气,但未遒耳;其五言诗之善者,妙绝时人。元瑜书记翩翩,致足乐也。仲宣续自善于辞赋,惜其体弱,不足起其文,至于所善,古人无以远过。昔伯牙绝弦于钟期,仲尼覆醢于子路,痛知音之难遇,伤门人之莫逮。诸子但为未及古人,自一时之隽也。今之存者,已不逮矣。后生可畏,来者难诬,然恐吾与足下不及见也。

(《文选》卷四十二)

《典论·论文》节录(三国魏·曹丕)

今之文人,鲁国孔融文举、广陵陈琳孔璋、山阳王粲仲宣、北海徐幹伟长、陈留阮瑀元瑜、汝南应玚德琏、东平刘桢公幹，斯七子者，于学无所遗，于辞无所假，咸以自骋骥䮮于千里，仰齐足而并驰，以此相服，亦良难矣。盖君子审己以度人，故能免于斯累，而作论文。王粲长于辞赋，徐幹时有齐气，然粲之匹也。如粲之《初征》《登楼》《槐赋》《征思》，幹之《玄猿》《漏卮》《圆扇》《橘赋》，虽张、蔡不过也。然于他文，未能称是。琳、瑀之章、表、书、记，今之隽也。应玚和而不壮。刘桢壮而不密。孔融体气高妙，有过人者，然不能持论，理不胜词，以至乎杂以嘲戏，及其所善，杨、班俦也。

（《文选》卷五十二）

《王昶传》节录（晋·陈寿）

北海徐伟长，不治名高，不求苟得，澹然自守，惟道是务。其有所是非，则托古人以见其意，当时无所褒贬。吾敬之重之，愿儿子师之。东平刘公幹，博学有高才，诚节有大意，然性行不均，少所拘忌，得失足以相补。吾爱之重之，不愿儿子慕之。（臣松之以为文舒复拟则文渊，显言人之失。魏讽、曹伟，事陷恶逆，著以为诫，差无可尤。至若郭伯益、刘公幹，虽其人皆往，善恶有定；然既交之于昔，不宜复毁之于今，而乃形于翰墨，永传后叶，于旧交则违久要之义，于子孙则扬人前世之恶。于夫鄙怀，深所不取。善乎东方之诫子也，以首阳为拙，柳下为工，寄旨古人，无伤当时。方之马、王，不亦远哉！）

（《三国志·魏书》）

拟魏太子邺中集诗八首五言并序·刘桢（南朝宋·谢灵运）

卓荦偏人，而文最有气，所得颇经奇。

贫居晏里闬，少小长东平。河兖当冲要，沦飘薄许京。广川无逆流，招纳厕群英。北渡黎阳津，南登纪郢城。既览古今事，颇识治乱情。欢友相解达，敷奏究平生。矧荷明哲顾，知深觉命轻。朝游牛羊下，暮坐括揭鸣。终岁非一日，传卮弄新声。辰事既难谐，欢愿如今并。唯羡肃肃翰，缤纷戾高冥。

（《文选》卷三十）

《答临淄侯笺》节录（三国魏·杨修）

修死罪死罪。不侍数日，若弥年载。岂由爱顾之隆，使系仰之情深邪！损辱嘉命，蔚矣其文，诵读反覆，虽讽雅颂，不复过此。若仲宣之擅汉表，陈氏之跨冀域，徐、刘之显青豫，应生之发魏国，斯皆然矣。至于修者，听采风声，仰德不暇，自周章于省览，何遑高视哉？

（《文选》卷四十）

《与杨德祖书》节录（三国魏·曹植）

植白：数日不见，思子为劳，想同之也。仆少小好为文章，迄至于今，二十有五年矣。然今世作者，可略而言也。昔仲宣独步于汉南，孔璋鹰扬于河朔，伟长擅名于青土，公幹振藻于海隅，德琏发迹于此魏，足下高视于上京。当此之时，人人自谓握灵蛇之珠，家家自谓抱荆山之玉。吾王于是设天网以该之，顿八纮以掩之，今悉集兹国矣！

（《文选》卷四十二）

答刘桢诗（三国魏·徐幹）

与子别无几，所经未一旬。我思一何笃，其愁如三春。虽路在咫尺，难涉如九关。陶陶朱夏别，草木昌且繁。

（《艺文类聚》卷三十一《古诗纪》作《答刘公幹诗》）

《晋书》节录（唐·房玄龄）

琅邪悼王焕，字耀祖。母有宠，元帝特所钟爱。初继帝弟长乐亭侯浑，后封显义亭侯。尚书令刁协奏："昔魏临淄侯以邢颙为家丞，刘桢为庶子。今侯幼弱，宜选明德。"帝令曰："临淄万户封，又植少有美才，能同游田苏者。今晚生蒙弱，何论于此！间封此儿，不以宠稚子也。亡弟当应继嗣，不获已耳。家丞、庶子，足以摄祠祭而已，岂宜屈贤才以受无用乎！"及焕疾笃，帝为之彻膳，乃下诏封为琅邪王，嗣恭王后。俄而薨，年二岁。

（《琅邪悼王焕传》）

昔魏文帝之在东宫，徐幹、刘桢为友，文学相接之道并如气类。吴太子登，顾谭为友，诸葛恪为宾，卧同床帐，行则参乘，交如布衣，相呼以字，此则近代之明比也。天子之子不患不富贵，不患人不敬畏，患于骄盈，不闻其过，不知稼穑之艰难耳。至于甚者，乃不知名六畜，可不勉哉！昔周公亲挞伯禽，曹参答窋二百，圣考慈父皆不伤恩。今不忍小相维持，令至阙失顿相罪责，不亦误哉！

（《阎缵传》）

刺史王弘以元熙中临州，甚钦迟之，后自造焉。潜称疾不见，既而语人云："我性不狎世，因疾守闲，幸非洁志慕声，岂敢以王公纡轸为荣邪！夫谬以不贤，此刘公幹所以招谤君子，其罪不细也。"

（《陶潜传》）

《魏文帝集》节录（三国魏·曹丕）

为太子时，北园及东阁讲堂并赋诗，命王粲、刘桢、阮瑀、应场等同作。

（《初学记》卷十《皇太子门》引）

《文章流别论》节录（西晋·挚虞）

哀辞者，诔之流也。崔瑗、苏顺、马融等为之，率以施于童殇夭折不以寿终者。建安中，文帝、临淄侯各失稚子，命徐幹、刘桢等为之哀辞。哀辞之体，以哀痛为主，缘以叹息之辞。

（《太平御览》卷五百九十六）

《殷芸小说》节录（南朝梁·殷芸）

刘桢以失敬罢。文帝曰："卿何以不谨文宪？"答曰："臣诚庸短，亦缘陛下纲目不疏。"

文帝出游，桢见石人，曰："问彼石人，彼服何粗？何时去卫，来游此都？"

（《魏世人》卷五）

《玄怪录·顾总》节录（唐·牛僧孺）

梁天监元年，武昌小吏顾总性昏懿，不任事。数为县令鞭朴，尝郁郁怀愤，因逃墟墓之间，彷徨惆怅，不知所适。忽有二黄衣顾见总曰："刘君，颇忆畴日周旋耶？"总曰："敝（一作"弊"）宗乃顾氏，先未曾面清颜，何有周旋之问？"二人曰："仆王粲、徐幹，足下前生是刘桢，为坤明侍中，以纳赂金，谪为小吏，公当自知矣。然公言辞历历，犹见记事音旨。"因出袖中轴书示之曰："此君集也，当谛视之。"总试省览，乃了然明悟……

其集人多有本，唯卒后数篇记得，诗一章题云《从驾游幽丽宫，却忆平生西园文会，因寄地文府正郎蔡伯喈》，诗曰：

在汉绳纲绪，溟渎多腾湍。
煌煌魏英祖，拯溺静波澜。
天纪已垂定，邦人亦保完。
大开相公府，掇拾尽幽兰。
始从众君子，日侍贤王欢。
文皇在春宫，蒸孝逾问安。
监抚多余暇，园圃恣游观。
末臣戴簪笔，翊圣从和銮。
月出行殿凉，珍木清露团。
天文信辉丽，铿锵振琅玕。
被命仰为和，顾已试所难。
弱质不自持，危脆朽萎残。
岂意十余年，陵寝梧楸寒。
今来坤明国，再顾簪蝉冠。
侍游于离宫，足蹑浮云端。
却想西园时，生死暂悲酸。
君昔汉公卿，未央冠群贤。
倘若念平生，览此同怆然。

其余七篇，传者失本，王粲谓总曰："吾本短小，无何娶乐进女。女似其父，短小尤甚。自别君后，改娶刘荆州女，寻生一子。荆州与字翁奴，今年十八，长七尺三寸，幹所恨未得参丈人也。当渠年十一，与予同览镜。予谓之曰：'汝首魁梧于予。'渠立应予曰：'防风骨节专车，不如白起头小而锐。'予又谓曰：'汝长大当为将。'又应予曰：'仲尼三尺童子，羞言霸道。况承大人严训，敢措意于斫刺乎。'予知其了了过人矣。不知足下生来，有郎娘否？"良久沈思，稍如相识，因曰："二君既是总友人，何计可脱小吏之厄？"徐幹曰："君但执前集，诉于县宰则脱矣。"总又问："坤明是何国？"幹曰："魏武开国邺地也。公昔为其国侍中，遽忘耶？"公在坤明家

累,悉无恙,贤小娇羞娘,有一篇《奉忆》,昨者已诵似丈人矣。诗曰:

> 忆爷爷,抛女不归家。
> 不作侍中为小吏,就他辛苦弃荣华。
> 愿爷相念早相见,与儿买李市甘瓜。

诵讫,总不觉涕泗交下,因为一章《寄娇羞娘》云:

> 忆儿貌,念儿心。望儿不见泪沾襟。
> 时移世异难相见,弃谢此生当重寻。

既而王粲、徐幹与总殷勤叙别,乃遗《刘桢集》五卷。见县令,具陈其事。令见桢集后诗,惊曰:"不可使刘公幹为小吏。"既解遣,以宾礼侍之。后不知总所在,集亦寻失。时人勖子弟皆曰:"死刘桢犹庇得生顾总,可不修进哉。"

(《太平广记》卷三百二十七)

敲门砖(清·陈恒庆)

科场时代,俗谓八股文为"敲门砖",门开则砖抛而不用。然予厕身朝列后,日日与砖为缘:释褐入工部,专司国家修工事;主稿行文,则行取临清州之澄泥砖,盖宫殿所用,皆见方一尺二寸之澄泥砖,坚致光泽,铺之殿上,如大理石然。故每逢召对入殿,必徐徐而行,步武若速,则滑倒失仪。故工部有谚云:"金銮殿上倒栽葱,一生只怕三折肱。"即谓此也。此外,修庭院皇墙城垣,则用宽五寸、长一尺二寸之大砖,每墙一丈,计砖若干,司员一一核之;修河工,则堵口抛砖,共价若干,事后呈工部奏销。予计与砖为缘,十有五年。汉时刘公幹危坐磨砖,其得过由于曹公使甄妃出见诸臣,以夸其美貌,诸臣皆俯首而立,刘公幹则平视,以饱眼福,因此罚为匠作。

予谓同僚曰:"虽与砖有缘,乃渴想汉时甄妃,而不得一见,始知才不足耳。"公幹为建安七子之一,诗句至今流传。再如曹子建才有八斗,故李义山有"宓妃留枕魏王才"之句。予知玉溪生吟此,亦想像甄妃而不置。予在工部十五年后,乃抛砖落地,转升西台。部中俗例,升转后必再入旧部,一拜旧友,谓之回门,亦曰回娘家。旧友见予到部,咸曰:"新人来矣。身披金貂,美不亚于甄妃。"予曰:"来此觅甄妃耳。"

(《谏书稀庵笔记》)

《永乐大典》节录(明·解缙)

刘公幹《赠从弟》二诗,兴寄幽雅,有国风余法。

(《永乐大典》卷八百二十三)

《与刘公幹书》节录(三国魏·应璩)

鹒鹡栖翔凤之条,鼋鼍游升龙之渊,识真者所为愤结也。

(《文选》卷二十六陆机《吴王朗中时从梁陈作诗》注)

《世说新语》节录(南朝宋·刘义庆)

刘公幹以失敬罹罪,文帝问曰:"卿何以不谨于文宪?"桢答曰:"臣诚庸短,亦由陛下纲目不疏。"

【笺疏】杭世骏《道古堂集》二十一论刘桢曰:"桢以平视输作,颜之推著《家训》,而訾以为屈强。"(《家训·文章篇》曰:"刘桢屈强输作。")吾以为此不足以服桢也。恒人之情,有所忮忌,则必迁之他事以泄其不平之气。矧魏武为奸人之雄乎?甄氏之美,其欲之也久矣。"今年破贼正为奴"(语见《惑溺篇》),是于父子之间,特忍情抑怒,默而已焉。而五官乃命之出拜坐客,非所谓"逢彼之怒"耶?桢亦不幸而遭此也。或曰:"子亦有所征乎？"曰："有，一征之于郦氏之注《水经》：'太祖乘步，牵车乘城，降阅簿作。诸徒咸敬，而桢抠坐磨石不动。石如何性之对，则真可谓屈强矣。太祖非惟不罪，而且为复其文学。"（见《水经·谷水》注引《文士传》。）非前刻于桢而后独宽也，所妒于甄氏者既久，则其气平也，于桢何尤焉。一征之于裴氏之注《三国志》："《吴质别传》曰：文帝尝召质及曹休欢会，命郭后出见质等。帝曰：'卿仰谛视之。'"夫桢以平视而输作，则郭后可以不令出见，而帝顾曰"卿仰谛视之"。则桢之平视，固非五官将所不悦也。吾故曰："魏武特借之以泄怒也。"嘉锡案："杭氏谓魏武妒其子之纳甄氏而迁怒于桢，此臆测之词，未必合于当时情事。惟所引吴质事，颇可以见丕之出其妻妾以见群臣，固自数见不鲜，故录之以相证。"

（余嘉锡《世说新语笺疏》卷上之上《言语第二》）

《隐居贞白先生陶君碑》节录（南朝梁·萧纶）

先生名弘景，字通明……六岁便解书，能属文。七岁读《孝经》《毛诗》《论语》数万言。曼倩幼习典坟，公幹少诵诗赋，方之于古，彼有多惭。

（《全梁文》卷二十二）

《感知己赋赠任昉》节录（南朝梁·陆倕）

夜申旦而不寐，独匡坐而怨咨。命仆夫而夙驾，指南馆而为期。学穷书府，文究辞林。既耳闻而存口，又目见而登心。似临淄之借书，类东武之飞翰。轸工迟于长卿，逾巧速于王粲。固乃度平子而越孟坚，何论孔璋而与公幹，或欲涉其涯涘，求其界畔……

（《全梁文》卷五十三）

《右台仙馆笔记》节录（清·俞樾）

古称刘桢、徐幹、王粲，并为天上侍中……

（卷十一）

《竹西花事小录》节录（清·芬利宅行者）

朴庵生赏爱卿之倩爽，十二峰人称明珠之工于语言，刘桢平视，原觉稍异中人，未敢竟升上第尔。

（《香艳丛书》本）

《淞隐漫录·骆蓉初》节录（清·王韬）

客哂曰："君眼孔抑何小也？今日蓬岛韵兰仙子特设冰桃会，邀集群仙作投壶弹棋诸戏。君欲观佳丽，盍偕我往游乎？然与君约：但许如刘桢之平视，勿回顾作态，勿流盼传情也。"

三、历代论说

《庭诰》节录（南朝宋·颜延之）

至于五言流靡则刘桢、张华，四言侧密则张衡、王粲。若夫陈思王，可谓兼之矣。

（《太平御览》卷五百八十六引）

《诗品》节录（南朝齐·钟嵘）

东京二百载中，惟有班固《咏史》，质木无文。降及建安，曹公父子笃好斯文，平原兄弟，郁为文栋，刘桢、王粲，为其羽翼。次有攀龙托凤，自致于属车者，盖将百计。彬彬之盛，大备于时矣。……故知陈思为建安之杰，公幹、仲宣为辅。

（《序》）

次有轻薄之徒，笑曹、刘为古拙，谓鲍照羲皇上人，谢朓今古独步。……徒自弃于高明，无涉于文流矣。

（《序》）

昔曹、刘殆文章之圣，陆、谢为体贰之才，锐精研思，千百年中，而不闻宫商之辨，四声之论。或谓前达偶然不见，岂其然乎？尝试言之：古曰诗颂，皆被之金竹，故非调五音，无以谐会。若'置酒高堂上''明月照高楼'，为韵之首。故三祖之词，文或不工，而韵入歌唱，此重音韵之义也，与世之言宫商异矣。

（《序》）

魏陈思王植诗：其源出于《国风》。骨气奇高，词采华茂，情兼雅怨，体被文质，粲溢今古，卓尔不群。嗟乎！陈思之于文章也，譬人伦之有周孔，鳞羽之有龙凤，音乐之有琴笙，女工之有黼黻。俾尔怀铅吮墨者，抱篇章而景慕，映余晖以自烛。故孔氏之门如用诗，则公幹升堂，思王入室，景阳、潘、陆，自可坐于廊庑之间矣。

（卷上）

魏文学刘桢诗：其源出于《古诗》。仗气爱奇，动多振绝。真骨凌霜，高风跨俗。但气过其文，雕润恨少。然自陈思以下，桢称独步。

（卷上）

魏侍中王粲诗：其源出于李陵。发愀怆之词，文秀而质赢。在曹、刘间，别构一体。方陈思不足，比魏文有余。

（卷上）

晋平原相陆机诗：其源出于陈思。才高辞赡，举体华美。气少于公幹，文劣于仲宣。尚规矩，不贵绮错，有伤直致之奇。然其咀嚼英华，厌饫膏泽，文章之渊泉也。张公叹其大才，信矣！

（卷上）

晋记室左思诗：其源出于公幹。文典以怨，颇为精切，得讽谕之致。虽野于陆机，而深于潘岳。谢康乐尝言："左太冲诗、潘安仁诗，古今难比。"

（卷上）

魏白马王彪、魏文学徐幹诗：白马与陈思答赠，伟长与公幹往复，虽曰

"以筳扣钟"，亦能闲雅矣。

（卷下）

《与沈约书》节录（南朝齐·陆厥）

自魏文属论，深以清浊为言，刘桢奏书，大明体势之致，岨峿妥帖之谈，操末续颠之说，兴玄黄于律吕，比五色之相宣，苟此秘未睹，兹论为何所指邪！

（《全齐文》卷二十四）

《雕虫论》节录（南朝梁·裴子野）

其五言为（《通典》此下有"诗"字）家，则苏李自出，曹、刘伟其风力，潘、陆固其枝叶。

（《全梁文》卷五十三）

《文心雕龙》节录（南朝梁·刘勰）

至于扬、班之伦，曹、刘以下，图状山川，影写云物，莫不纤综比义，以敷其华，惊听回视，资此效绩。

（《比兴》）

暨建安之初，五言腾踊，文帝、陈思，纵辔以骋节；王、徐、应、刘，望路而争驱；并怜风月，狎池苑，述恩荣，叙酣宴；慷慨以任气，磊落以使才，造怀指事，不求纤密之巧；驱辞逐貌，唯取昭晰之能；此其所同也。

（《明诗》）

故魏文称文以气为主，气之清浊有体，不可力强而致；故其论孔融，则云体气高妙；论徐幹，则云时有齐气；论刘桢，则云时有逸气。公幹亦云，孔氏卓卓，信含异气，笔墨之性，殆不可胜，并重气之旨也。

（《风骨》）

桓谭称文家各有所慕，或好浮华而不知实核，或美众多而不见要约。陈思亦云：世之作者，或好烦文博采，深沉其旨者；或好离言辨白，分毫析厘者。所习不同，所务各异，言势殊也。刘桢云："文之体指实强弱，使其辞已尽而势有余，天下一人耳，不可得也。"公幹所谈，颇亦兼气。然文之任势，势有刚柔，不必壮言慷慨，乃称势也。

（《定势》）

自献帝播迁，文学蓬转，建安之末，区宇方辑。魏武以相王之尊，雅爱诗章；文帝以副君之重，妙善辞赋；陈思以公子之豪，下笔琳琅；并体貌英逸，故俊才云蒸。仲宣委质于汉南，孔璋归命于河北，伟长从宦于青土，公幹徇质于海隅，德琏综其斐然之思，元瑜展其翩翩之乐。……观其时文，雅好慷慨，良由世积乱离，风衰俗怨，并志深而笔长，故梗概而多气也。

（《时序》）

仲宣躁锐，故颖出而才果；公幹气褊，故言壮而情骇。

（《体性》）

琳、瑀以符檄擅声；徐幹以赋论标美；刘桢情高以会采；应场学优以得文；路粹杨修，颇怀笔记之工；丁仪邯郸，亦含论述之美：有足算焉。

（《才略》）

又君山、公幹之徒，吉甫、士龙之辈，泛议文意，往往间出，并未能振叶以寻根，观澜而索源。不述先哲之诰，无益后生之虑。

(《序志》)

公幹笺记，丽而规益。子桓弗论，故世所共遗，若略名取实，则有美于为诗矣。

(《书记》)

《在北齐与宗室书》节录（南朝陈·徐陵）

傥二三兄弟，能敦昭穆之诗，求我漳滨，幸问刘桢之疾，阳春改节，并念将宜，扶力为书，多不诠次，陵白。

(《全陈文》卷七)

《颜氏家训》节录（北周·颜之推）

然而自古文人，多陷轻薄：屈原露才扬己……曹植悖慢犯法；杜笃乞假无厌；路粹隘狭已甚；陈琳实号粗疏；繁钦性无检格；刘桢屈强输作；王粲率躁见嫌……

(《文章第九》)

《文镜秘府论》节录（[日]·遍照金刚）

汉魏有曹植、刘桢，皆气高出于天纵。不傍经史，卓然为文。从此之后，递相祖述，经纶百代，识人虚薄，属文于花草，失其古焉。

(《南·论文意》)

建安三祖、七子，五言始盛。风裁爽朗，莫之与京，然终伤用气使才，违于天真,虽忘从容,而露造迹。

(《南·论文意》)

《易》曰:"文明健。"岂非兼文美哉?古人云:"具体唯子建、仲宣,偏善太冲、公幹,平子得其雅,叔夜含其润,茂先凝其清,景阳振其丽,鲜能兼通。"

(《南·论文意》)

夫文有神来、气来、情来,有雅体、鄙体、俗体。编纪者能审鉴诸体,委详所来,方可定其优劣,论其取舍。至如曹、刘诗,多直语,少切对,或五言并侧,或十字俱平,而逸价终存。

(《南·定位》)

子建婉润,张衡清绮,公幹气质,景纯宏丽。

(《南·集论》)

《河岳英灵集》节录(唐·殷璠)

夫文有神来、气来、情来,有雅体、野体、鄙体、俗体,编纪者能审鉴诸体,委详所来,方可定其优劣,论其取舍。至如曹刘诗多直语,少切对,或五字并侧,或十字俱平,而逸驾终存。

(《原序》)

高才无贵士,诚哉是言。曩刘桢死于文学,左思终于记室,鲍昭卒于参军,今常建亦沦于一尉。悲夫!

(卷上《常建》)

元嘉以还,四百年内,曹、刘、陆、谢,风骨顿尽。顷有太原王昌龄、鲁国储光羲，颇从厥迹。

（卷下《王昌龄》）

《与徐给事论文书》节录（唐·柳冕）

自屈、宋以降，为文者本于哀艳，务于恢诞，亡于比兴，失古义矣，虽扬、马形似，曹、刘骨气，潘、陆藻丽，文多用寡，则是一技，君子不为也。

（《全唐文》）

《唐故工部员外郎杜君墓系铭》节录（唐·元稹）

至于子美，盖所谓上薄风骚，下该沈宋，言夺苏李，气夺曹刘，掩颜谢之孤高，杂徐庾之流丽，尽得古今之体势，而兼昔人之所独专矣。

（《全唐文》）

上许左丞启（唐·王勃）

某启：自违隔恩华，婴缠风恙，守愚空谷，敛迹仙台。同卫玠之虚羸，谈非正始；愧刘桢之逸气，卧似漳滨。朝野既殊，风猷遂隔。望芝兰之渐远，觉鄙吝之都生。所以暂下松邱，言游洛邑。永怀前眷，逡巡元礼之门；延首下风，匍匐文章之府。实愿稍捐人事，少奉清言，质儒、释之幽疑，访空玄之极境。愿闻者道，敢披江海之心；祈进者荣，非慕轩裳之重。虽齿绝位殊，空尘左右，而道存目击。岂隔形骸，轻陟阶堂，伏深悚越。谨启。

（《全唐文》）

《南阳公集序》节录（唐·卢照邻）

昔者龙蹲东鲁，陈礼乐而救苍生；虎据西秦，焚诗书以愚黔首。通其变，参天二地谓之神；合其机一阴一阳谓之圣。是以楚、汉方斗，萧、曹、绛、灌负长剑于此时；袁、曹已平，徐、陈、应、刘弄柔翰于当代。圣人方士之行，亦各异时而并宜。

讴歌玉帛之书，何必同条而共贯？文质再而复，殷周之损益足征；骊翰三而改，虞夏之兴亡可及。美哉焕乎！斯文之功大矣。自获麟绝笔，一千三四百年，游夏之门，时有荀卿、孟子。屈、宋之后，直至贾谊、相如。两班叙事，得邱明之风骨；二陆裁诗，含公幹之奇伟。邺中新体，共许音韵文成；江左诸人，咸好瑰姿艳发。

（《文苑英华》卷七百）

《齐黄门侍郎卢思道碑》节录（唐·张说）

昔仲尼之后，世载文学，鲁有游、夏，楚有屈、宋，汉兴有贾、马、王、扬，后汉有班、张、崔、蔡，魏有曹、王、徐、陈、应、刘……皆应世翰林之秀者也。

（《全唐文》）

《奉送刘侍御赴上都序》节录（唐·梁肃）

才全者必几于道，志正者必安于时。初，刘君以文章游翰林，深于文者以公幹、越石为比。中岁有迈世志，脱略缨弁，住江湖间，论者又比之阮始平、陶元亮。未几，诏掌柱下方书，出参蜀汉军事，俄复自适其适，道岷江、浮湘潭，历敷浅原而东。君子谓君涉履所至，拟司马子长。遂留滞吴南，以道自居。其名益振，其致愈远。向非才全志正，又曷由光茂如是乎？

（《文苑英华》卷七百二十六）

《唐朝新定诗格》节录（唐·崔融）

自古文章，起于无作，兴于自然，感激而成，都无饰练，发言以当，应物便是。古诗云："日出而作，日入而息。凿井而饮，耕田而食。"当句皆了也。其次《尚书》歌曰……夫子传于游、夏，游、夏传于荀卿、孟轲，方有四言、五言，效古而作……复有骚人之作，皆有怨刺，失于本宗。乃知司马迁为北宗，贾生为南宗，从此分焉。汉魏有曹植、刘桢，皆气高出于天纵，不傍经史，卓然为文。从此之后，递相祖述，经论百代，识人虚薄，属文于花草，失其古为。中有鲍照、谢康乐，纵逸相继，成败兼行。至晋、宋、齐、梁，皆悉颓毁。

（卷上）

《为裴懿无私祭薛朗中衮文》节录（唐·李商隐）

王、谢标格，曹、刘才调。

（《全唐文》）

《诗式》节录（唐·皎然）

邺中七子，陈王最高。刘桢辞气偏，正得其中。不拘对属，偶或有之，语与兴驱，势逐情起，不由作意，气格自高，与《十九首》其流一也。

（卷一《邺中集》）

迩来年代既遥，作者无限。若论笔语，则东汉有班、张、崔、蔡，若但论诗，则魏有曹、刘、三傅，晋有潘岳、陆机、阮籍、卢谌，宋有谢康乐、陶渊明、鲍明远，齐有谢吏部，梁有柳文畅、吴叔庠，作者纷纭，继在青史，如何五百之数独归于陈君乎？藏用欲为子昂张一尺之罗盖，弥天之宇，上掩曹、刘，下遗康乐，安可得耶？

（卷三论卢藏用《陈子昂集序》）

《又玄集序》节录（唐·韦庄）

左太冲十年三赋，未必无瑕；刘穆之一日百函，焉能尽丽。是知班、张、屈、宋，亦有芜辞；沈、谢、应、刘，犹多累句。虽遗妍可惜，而备载斯难。

（聂安福《韦庄集笺注》）

《白居易传》节录（后晋·刘昫等撰）

迨今千载，不乏辞人，统论六义之源，较其三变之体，如二班者盖寡，类七子者几何？……昔建安才子，始定霸于曹、刘；永明辞宗，先让功于沈、谢。元和主盟，微之、乐天而已。

（《旧唐书》卷一六六）

《答齐州司法张秘校正彦书》节录（宋·司马光）

况近世之诗，大抵华而不实，虽壮丽如曹、刘、鲍、谢，亦无益于用。

（《全宋文》）

《杜工部草堂诗话》节录（宋·蔡梦弼）

淮海秦少游《韩愈论》曰："杜子美之于诗，实积众流之长，适当其时而已。昔苏武、李陵之诗长于高妙,曹植、刘公幹之诗长于豪逸,陶潜、阮籍之诗长于冲澹,谢灵运、鲍照之诗长于峻洁,徐陵、庾信之诗长于藻丽,于是子美者,穷高妙之格,极豪逸之气,包冲澹之趣,兼峻洁之姿,备藻丽之态,而诸家之作所不及焉。然不集诸家之长,子美亦不能独至于斯也,岂非适当其时故耶?《孟子》曰:'伯夷,圣之清者也。伊尹,圣之任者也。柳下惠,圣之和者也。孔子,圣之时者也。孔子之所谓集大成。'呜呼!子美亦集诗之大成者欤?"

(卷一)

《韵语阳秋》节录(宋·葛立方)

方干诗,清润小巧,盖未升曹刘之堂,或者取之太过,余未晓也。

(卷二)

老杜高自称许,有乃祖之风,上书明皇云:"臣之述作,沉郁顿挫,扬雄、枚皋可企及也。"《壮游诗》则自比于崔、魏、班、扬,又云:"气劘屈贾垒,目短曹刘墙。"《赠韦左丞》则曰:"赋料扬雄敌,诗看子建亲。"甫以诗雄于世,自比诸人,诚未为过。

(卷八)

王摩诘自谓:"宿世谬词客,前身应画师。"故窦蒙所著《画拾遗》称之云:"诗合《国风》公幹之能,画关山水子华之圣。加以心融物外,道契玄微,则其用笔清润秀整,岂他人之可并哉?"

(卷十四)

建安七子,惟刘公幹独为诸王子所亲。曹操威焰盖世,甄夫人出拜,诸人皆伏,而公幹独平视,虽输作而不悔,亦可嘉矣。故梅圣俞诗云:

"公幹才俊或欺事，平视美人曾不起。自兹不得为故人，输作左校濒于死。"

（卷二十）

《韩愈论》节录（宋·秦观）

昔苏武、李陵之诗长于高妙，刘公幹之诗长于豪逸。

（《淮海集》卷二二）

《诗话总龟》节录（宋·阮阅）

戴思举进士未第，为江淮郡守所知，因献《丛兰阁环清池诗》曰："兰榭环池景象融，乍疑鳌背路才通。雕龙雅句曹刘比，画鹢舟仙李郭同。歌裛浦渔疑暮雨，管吹湘竹怨秋风。秉钧从此朝天去，难恋小山芳草丛。"

（《前集》卷五《投献门》）

《沧浪诗话》节录（宋·严羽）

以人而论，则有苏、李体（李陵、苏武也），曹、刘体（子建、公幹也），陶体（渊明也），谢体（灵运也），徐、庾体（徐陵、庾信也），沈、宋体（佺期、之问也）……

（卷一）

《诗人玉屑》节录（宋·魏庆之）

曹刘体（子建、公幹也）。

（卷二《诗体上》）

《岁寒堂诗话》节录（宋·张戒）

建安、陶、阮以前诗，专以言志；潘、陆以后诗，专以咏物。兼而有之者，李、杜也。言志乃诗人之本意，咏物特诗人之余事。古诗苏、李、曹、刘、陶、阮本不期于咏物，而咏物之工，卓然天成，不可复及。其情真，其味长，其气胜，视《三百篇》几于无愧，凡以得诗人之本意也。潘、陆以后，专意咏物……然比之陶、阮以前苏、李、《古诗》、曹、刘之作，九牛一毛也。……世徒见子美诗多粗俗，不知粗俗语在诗句中最难。非粗俗，乃高古之极也。自曹、刘死至今一千年，惟子美一人能之。中间鲍照虽有此作，然仅称俊快，未至高古。

（卷上）

国朝诸人诗为一等，唐人诗为一等，六朝诗为一等，陶、阮、建安七子、两汉为一等，《风》《骚》为一等，学者须以次参究，盈科而后进，可也。黄鲁直自言学杜子美，子瞻自言学陶渊明，二人好恶，已自不同。鲁直学子美，但得其格律耳；子瞻则又专称渊明，且曰"曹、刘、鲍、谢、李、杜诸子皆不及也"，夫鲍、谢不及则有之，若子建、李、杜之诗，亦何愧于渊明？

（卷上）

杜子美、李太白、韩退之三人，才力俱不可及，而就其中退之喜崛奇之态，太白多天仙之词，退之犹可学，太白不可及也。至于杜子美，则又不然，气吞曹刘，固无与为敌。

（卷上）

学诗亦然。苏黄习气净尽，始可以论唐人诗。唐人声律习气净尽，始可以论六朝诗。镌刻之习气净尽，始可以论曹、刘、李、杜诗。

（卷上）

《国风》《离骚》固不论，自汉魏以来，诗妙于子建，成于李杜，而坏于苏黄。余之此论，固未易为俗人言也。子瞻以议论作诗，鲁直又专以补缀奇字，学者未得其所长，而先得其所短，诗人之意扫地矣。段师教康昆仑琵琶，且遣不近乐器十余年，忘其故态，学诗亦然。苏黄习气净尽，始可以论唐人诗。唐人声律习气净尽，始可以论六朝诗。镌刻之习气净尽，始可以论曹、刘、李、杜诗。

（卷上）

《诗谱》节录（元·陈绎曾）

王粲 刘桢：真实有余，澄滤不足。思健功圆。

（《历代诗话续编》本）

《唐才子传》节录（元·辛文房）

建，长安人。开元十五年与王昌龄同榜登科。大历中，授盱眙尉。仕颇不如意，遂放浪琴酒，往来太白、紫阁诸峰，有肥遁之志。尝采药仙谷中，遇女子，遍体毛绿，自言是秦时宫人，亡入山来食松叶，遂不饥寒，因授建微旨，所养非常。后寓鄂渚，招王昌龄、张偾同隐，获大名当时。集一卷，今传。古称高才而无贵仕，诚哉是言。曩刘桢死于文学，鲍照卒于参军，今建亦沦于一尉，悲夫！建属思既精，词亦警绝，似初发通庄，却寻野径，百里之外，方归大道。旨远兴僻，能论意表，可谓一唱而三叹矣。

（卷二《常建》）

《诗薮》节录（明·胡应麟）

魏陈思下，仲宣诸章，间有稚语，而典则雅驯，去汉未远；子桓篇什虽众，《雅》《颂》则微；公幹诸人，寥寥绝响；至嵇、阮乃复大演，而四言又一变矣。

（《内编》卷一）

五言古，先熟读《国风》《离骚》，源流洞彻。乃尽取两汉杂诗，陈王全集，及子桓、公幹、仲宣佳者，枕藉讽咏，功深日远，神动机流，一旦吮毫，天真自露。

（《内编》卷二）

魏氏而下，文逐运移，格以人变，若子桓、仲宣、士衡、安仁、景阳、灵运，以词胜者也；公幹、太冲、越石、明远，以气胜者也；兼备二者，惟独陈思。然古诗之妙，不可复睹矣。

（《内编》卷二）

曹、刘、阮、陆之为古诗也，其源远，其流长，其调高，其格正。

（《内编》卷二）

建安首称曹刘。陈王精金粹璧，无施不可。然四言源出《国风》，杂体规模两汉，轨躅具存。第其才藻宏富，骨气雄高，八斗之称，良非溢美。公幹才偏，气过词；仲宣才弱，肉胜骨；应、徐、陈、阮，篇什寥寥，间有存者，不出子建范围之内。

（《内编》卷二）

严（羽）谓建安以前，气象浑沦，难以句摘。此但可论汉古诗。若"高台多悲风""明月照高楼""思君如流水",皆建安语也。子建、子桓工语甚多,如"丹霞夹明月""华星出云间""秋兰被长坂""朱华冒绿池"之类,句法字法,稍稍透露。仲宣、公幹以下寥寥,自是其才不及,非以浑沦难摘故也。

(《内编》卷二)

汉人诗不可句摘者,章法浑成,句意联属,通篇高妙,无一芜蔓,不著浮靡故耳。子桓兄弟,努力前规,章法句法,顿自悬殊,平调颇多,丽句错出。王、刘以降,敷衍成篇,仲宣之淳,公幹之峭,似有可称,然所得汉人气象音节耳,精言妙解,求之邈如。严氏往往汉、魏并称,非笃论也。

(《内编》卷二)

建安自曹氏(按指曹丕)外,殊寡七言。陈琳《饮马长城窟》一章,格调颇古,而文义多乖。昌谷谓"意气铿铿,非风人度"。其以是乎?公幹、仲宣,绝不复睹。

(《内编》卷三)

建安中,三、四、五、六、七言,乐府,文赋俱工者,独陈思耳。子桓具体而微,仲宣四言过五言,孔璋七言胜五言,应、刘、徐、阮五言之外,诸体略不复睹,材具高下瞭然。

(《外编》卷一)

《归田诗话》节录(明·瞿佑)

古诗《三百篇》,孔子取《思无邪》一言以盖之。夫"思无邪"者,诚也。人能以诚诵诗,则善恶皆有益。学诗之要,岂有外于诚乎?余观历代工诗者,在汉魏晋则有曹、刘、陶、谢辈,在唐则有李、杜、柳、岑辈,在宋则有欧、苏、黄、陈辈,在元则有虞、杨、揭、范辈。诸贤诗,刊行久,固足以为后学法矣。

（《序一》）

《艺苑卮言》节录（明·王世贞）

子建"谒帝承明庐""明月照高楼"，子桓"西北有浮云""秋风萧瑟"，非邺下诸子可及。仲宣、公幹远在下风。吾每至"谒帝"一章，便数十过不可了。悲婉宏壮，情事理境，无所不有。

（卷三）

当时孔文举为先达，其于文特高雄，德祖次之。孔璋书檄饶爽，元瑜次之。而诗皆不称也。刘桢、王粲，诗胜于文。兼至者独临淄耳。正平、子建直可称建安才子，其次文举，又其次为公幹、仲宣。

（卷三）

戏为文章九命，一曰贫困，二曰嫌忌，三曰玷缺，四曰偃蹇，五曰流窜，六曰刑辱，七曰夭折，八曰无终，九曰无后。……三玷缺……刘桢屈强输作……六刑辱……刘桢尚方磨石……

（卷八）

《谈艺录》节录（明·徐祯卿）

陈琳意气铿铿，非风人度也。阮生优缓有余，刘桢锥角重阰，割曳缀悬，并可称也。

（清·何文焕辑《历代诗话》本）

《国雅品》节录（明·顾起纶）

高侍郎季迪，始变元季之体，首倡明初之音。发端沈郁，入趣幽远，得风人激刺微旨。故高、杨、张徐，虽并称豪华，惟季迪为最。其古体咀嚼刘桢，近体厌饫李颀。

（《士品一》）

《诗源辩体》节录（明·许学夷）

汉人五言有天成之妙，子建、公幹、仲宣始是作用之迹。此虽理势之自然，亦是其才能作用耳。……非有才不足以济变也。

（卷四第十九）

建安七子虽以曹、刘为首，然公幹实逊子建。子桓《与吴质书》称公幹"五言诗之善者，妙绝时伦"，正以弟兄相忌故耳。钟嵘谓"陈思之于文章（文章，诗赋通称），譬人伦之有周孔，鳞羽之有龙凤"，信矣。《昭明》不能多录，惜哉！

（卷四第二十三）

公幹诗，声咏常劲。仲宣诗，声韵常缓。子建正得其中。钟嵘称公幹"气过其文"，仲宣"文秀而质羸"是也。五言，公幹如"灵鸟宿水裔，仁兽游飞梁。华馆寄流波，豁达来风凉""步出北寺门，遥望西苑园。细柳夹道生，方塘含清源""凉风吹沙砾，霜风何皑皑。明月照缇幕，华灯散炎辉"等句，声韵为劲。仲宣如"常闻诗人语，不醉且无归。今日不极欢，含情欲待谁""军中多饫饶，人马皆溢肥。徒行兼乘还，空出有余资""征夫怀亲戚，谁能无恋情？抚衿倚舟樯，眷眷思邺城"等句，声韵为缓。然要是气质不同，非有意创别也。

（卷四第三十三）

公幹、仲宣，一时未易优劣。钟嵘以公幹为胜，刘勰以仲宣为优。予尝为二家品评，公幹气胜于才，仲宣才优于气。钟嵘谓"陈思已下，桢称独步"。元美谓"二曹龙奋，公幹角立"是也。文帝《典论》称"应玚和而不壮，刘桢壮而不密"。窃谓：以仲宣代应玚，更切。

（卷四第三十四）

《诗镜》节录（明·陆时雍）

子桓、王粲，时激《风》《雅》余波，子桓逸而近《风》，王粲庄而近《雅》。子建任气凭材，一往不制，是以有过中之病。刘桢棱层，挺挺自持，将以兴人则未也。二应卑卑，其无足道。徐幹清而未远，陈琳险而不安。邺下之材，大略如此矣。

（《总论》）

刘桢骨干自饶，风华殊乏。苏子瞻谓：曹刘挺劲，须知诗之所贵，不专挺劲。

（卷六《刘桢》）

《刘公幹集》题辞（明·张溥）

鲁国孔文举、广陵陈孔璋、山阳王仲宣、北海徐伟长、陈留阮元瑜、汝南应德琏、东平刘公幹，魏文所称文人七子也。文帝云："刘桢章表书记，壮而不密。"又称："其五言诗，妙绝当时。"今公幹书记，传者甚少，知其物化以后，遗失多矣。集诗大悉五言，《诗品》亦云："其源出古诗，思王而下，桢称独步。"岂缘本魏文为之申誉乎？近日诗选，痛贬建安，亦度已迹削他人足耳。未若南皮觞酌，公宴赠答，当时得失，相知者深也。刘公幹《赠五官中郎将诗》有云："昔我从元后，整驾至南乡。过彼丰沛都，与君共翱翔。"王仲宣《从军诗》亦云："筹策运帷幄，一由我圣君。"严沧浪黜之，谓元后、圣君并指曹操，心敢无汉，大义批引，二子固当叩头伏罪。然诗颂铺张，词每过实，文人之言，岂必尽由中情哉。公幹平视甄夫人，操收治罪，文帝独不见怒。死后致思，悲伤绝弦，中心好之，弗闻其过也。其知公幹，诚犹钟期、伯牙云。

（《汉魏六朝百三名家集·刘公幹集》）

《不下带编》节录（清·金埴）

古人成句，即古人亦不嫌重复。如李陵"明月照高楼，想见余光辉。"曹植亦云："明月照高楼，流光正徘徊。"宋子侯："花花自相对，叶叶自相当。"曹植亦云："枝枝自相值，叶叶自相当。"曹植："公子敬爱客，终宴不知疲。"应德琏亦云："公子敬爱客，乐饮不知疲。"刘桢："步出北寺门，遥望西苑园。"谢灵运亦云："步出西城门，遥望城西岑。"王粲："合座同所乐，但诉杯行迟。"潘岳亦云："元醴染朱颜，但诉杯行迟。"凡此类，不可更仆。盖古人兴到笔随，不觉暗符成句。刘贡父云："大抵讽咏古人诗多，则往往即为己得也。"埴谓，陆龟蒙咏白莲无情有恨之句，直用李贺昌谷笋句，盖李前陆后，即明知彼作，而恰好著题，便不能避，非有心蹈袭也。今人若故为抄取，则难免偷江东之诮矣。

（卷四《杂缀兼诗话》）

《艺概》节录（清·刘熙载）

公幹气胜，仲宣情胜，皆有陈思之一体。后世诗率不越此两宗。

刘公幹、左太冲诗壮而不悲，王仲宣、潘安仁悲而不壮，兼悲壮者，其惟刘越石乎？

（卷二《诗概》）

《古夫于亭杂录》节录（清·王士禛）

钟嵘《诗品》，余少时深喜之，今始知其舛谬不少。嵘以三品铨叙作者，自譬诸"九品论人，七略裁士"，乃以刘桢与陈思并称，以为文章之圣。夫桢之视植，岂但斥鷃之与鲲鹏邪！又置曹孟德下品，而桢与王粲反居上品。他如上品之陆机、潘岳，宜在中品；中品之刘琨、郭璞、陶潜、鲍照、谢朓、江淹，下品之魏武，宜在上品；下品之徐幹、谢庄、王融、帛道猷、汤惠休，宜在中品。而位置颠错，黑白淆讹，千秋定论，谓之何哉？建安诸子，伟长实胜公幹，而嵘讥其"以莛扣钟"，乖反弥甚。至以陶潜出于应璩，郭璞出于潘岳，鲍照出于二张，尤陋矣，又不足深辩也。

（卷五）

《香祖笔记》节录（清·王士禛）

古人同调齐名，大抵不甚相远，独刘桢与思王并称，予所不解。建安七子，自孔文举不当与诸人同流，此外如陈琳之《饮马长城窟行》，阮瑀之《定情诗》，徐幹之《室思》，皆有汉人风矩，惟桢诗无一语可采，而自古在昔，并称曹、刘，未有驳正其非者。钟嵘又谓其"仗气爱奇，动多振绝，思王而下，桢为独步"，殊似呓语，岂佳处今不传耶？乃秦少游亦云："五字一何工，妙绝冠俦匹。"殆亦耳食之习。

（卷八）

《六朝选诗定论》节录（清·吴淇）

魏武雄盖一世……直欲夺汉家两风之座。文帝诸作，似从李陵来，而刘桢气最劲逸。

（卷五）

公幹诗，质直如其人。譬之乔松，挺然独立。公幹不仿古人，后人亦不能仿公幹。其体盖以骨胜。

（卷六）

《采菽堂古诗选》节录（清·陈祚明）

公幹诗笔气隽逸，善于琢句，古而有韵。比汉多姿，多姿故近；比晋有气，有气故高。如群峰插空，高云曳壁，秀而不近。本无浩荡之势，颇饶顾盼之姿。《诗品》以为"气过其文"，此言未允。

（卷七）

《随园诗话》节录（清·袁枚）

诗虽贵淡雅，亦不可有乡野气。何也？古之应、刘、鲍、谢、李、杜、韩、苏，皆有官职，非村野之人。盖士君子读破万卷，又必须登庙堂，览山川，结交海内名流，然后气局见解，自然阔大；良友琢磨，自然精进。否则，鸟啼虫吟，沾沾自喜，虽有佳处，而边幅固已狭矣。人有乡党自好之士，诗亦有乡党自好之诗。桓宽《盐铁论》曰："鄙儒不如都士。"信矣！

（卷四）

《昭昧詹言》节录（清·方东树）

《冬绪羁怀示萧谘议虞田曹刘江二常侍》 此系为隋王府文学时作。起言出常思归。今远适荆州，仍滞城阙，言志不乐仕，故曰"羁怀"也。"寒镫"以下十二句，实叙一"羁"字……此诗序述委婉，情文斐靡，一往情深，似刘公幹。

（卷七）

《秦嘉留郡赠妇诗》 此诗叙述清婉，开刘公幹、谢惠连。诵之久，自有一种旖旎葱蒨之致。

（卷二）

陈思天质既高，抗怀忠义，又深以学问，遭遇阅历，操心虑患，故发言忠悃，不诡于道。情至之语，千载下犹为感激悲涕。此诗之正声，独有千古，不虚耳。同时惟仲宣，局面阔大，语意清警，差足相敌。伟长、公幹，辅佐之耳。

（卷二）

《学刘公幹体》 前四句叙题，后四句两转，峭促紧健，皆短篇楷式。此皆孟郊所祖法。 梁钟记室评公幹云："仗气爱奇，动多振绝，但气过于辞，雕润恨少。"明远在钟前，而诗体仗气，极似公幹，特雕润过公幹矣。

（卷六）

《登临海峤初发疆中作与从弟惠连见羊何共和之》 此亦效惠连体，绵邈真至，情味无穷，上嗣公幹，下掩惠连。……

（卷五）

王仲宣《从军五首》 紧健处，杜公时效之，《出塞》诸作可见。但其铺陈处，稍嫌繁缛，乃知杜公有伤尽太冗之病，亦自古人出。建安七子，除陈思，其余略同，而仲宣为伟，局面立阔大。公幹气紧，不如仲宣。

（卷二）

观公幹等作，清绮紧健，曹、刘并称，有以哉。直书胸臆，一往清警，缠绵悱恻。此自是一体，故鲍亦尝拟之，又不在讲字法、句法等义。……不用装点比兴者也，而往复情至，令人心醉，所以可贵。……大约此体但用叙事，羌无故实，而所下句字，必朴质沉顿，感慨深至，不雕琢字法，所谓至宝不雕琢，而非老生常谈，陈言习熟，懊懦凡近琐冗之比。山谷全用此体。公幹此体虽佳，然以比陈思、阮公、陶公则卑矣。阮公、陶公托意非常，不止如此浅近而已。杜公、韩公自有大篇，故不嫌兼擅。若公幹则专止于此一体而已。

（卷二）

余尝论曹操凌君逼上，天下不知有帝，其恶塞于天地。而王粲、刘桢辈，当此乱世，饕其豢养，昵比私门，谄媚窃容，苟以志士洁身守道之义如庞公诸人衡之，则羞役贱行也，是岂可以阮公、陶公、陈思、杜、韩并论哉！但取其一能，乃亦流传不朽。文士之不足校人品也，久矣。……

（卷二）

《小清华园诗谈》节录（清·王寿昌）

若夫刘公幹之《赠五官中郎将》也，曰："勉哉修令德，北面自宠珍。"则规之以正。

（卷下）

清光绪《宁阳县志》节录

旧志录此三诗是也。盖桢为邑人，其从弟亦邑人，可知桢既赠诗重相勖勉，必非碌碌者。虽佚其名，尚可借诗存人也。其《赠徐幹》及《五官中郎将》诸诗，均与本邑无涉，故概不登载。至后贤有拟桢诗者，则并宜录。亦犹邑人赠他邑人诗不录，他邑人赠邑人诗则可存也。

（《光绪十三年重刊宁阳县志》卷二十三《艺文八》）

四、历代歌咏

拟魏太子邺中集诗八首五言并序·刘桢（南朝宋·谢灵运）

卓荦偏人，而文最有气，所得颇经奇。

贫居晏里闬，少小长东平。河兖当冲要，沦飘薄许京。广川无逆流，招纳厕群英。北渡黎阳津，南登纪郢城。既览古今事，颇识治乱情。欢友相解达，敷奏究平生。矧荷明哲顾，知深觉命轻。朝游牛羊下，暮坐括揭鸣。终岁非一日，传卮弄新声。辰事既难谐，欢愿如今并。唯羡肃肃翰，缤纷戾高冥。

（《文选》卷三十）

学刘公幹体诗五首（南朝宋·鲍照）

欲宦乏王事，结主远恩私。为身不为名，散书徒满帷。连冰上冬月，披雪拾园葵。圣灵烛区外，小臣良见遗。

曈曈寒野雾，苍苍阴山柏。树回雾萦集，山寒野风急。岁物尽沦伤，孤贞为谁立。赖树自能贞，不计迹幽汕。

胡风吹朔雪，千里度龙山。集君瑶台上，飞舞两楹前。兹晨自为美，当避艳阳天。艳阳桃李节，皎洁不成妍。

荷生渌泉中，碧叶齐如规。回风荡流雾，珠水逐条垂。彪炳此金塘，藻耀君王池。不愁世赏绝，但畏盛明移。

白日正中时，天下共明光。北园有细草，当昼正含霜。乖荣顿如此，何用独芬芳。抽琴为尔歌，弦断不成章。

（逯钦立《先秦魏晋南北朝诗·宋诗》）

《月赋》节录（南朝宋·谢庄）

陈王初丧应、刘，端忧多暇。绿苔生阁，芳尘凝榭。悄焉疚怀，不怡中夜。乃清兰路，肃桂苑，腾吹寒山，弭盖秋阪。临浚壑而怨遥，登崇岫而伤远。于时斜汉左界，北陆南躔，白露暧空，素月流天。沈吟齐章，殷勤陈篇，抽毫进牍，以命仲宣。

（《文选》卷三十）

侍宴同刘公幹应令诗（南朝梁·刘孝绰）

副君西园宴，陈王谒帝归。列位华池侧，文雅纵横飞。小臣轻蝉翼，黾勉谬相追。置酒陪朝日，淹留望夕霏。

（《初学记》卷十四、《古诗纪》卷八十七日题中"同，疑作拟"。）

刘文学（感遇）桢（南朝梁·江淹）

苍苍中山桂，团圆霜露色。霜露一何紧？桂枝生自直。橘柚在南国，因君为羽翼。谬蒙圣主私，托身文墨职。丹采既已过，敢不自雕饰。华月照方池，列坐金殿侧。微臣固受赐，鸿恩良未测。

（《文选》卷三十一江淹《杂体诗三十首》之六）

《唐故左补阙安定皇甫公集序》节录（唐·独孤及）

五言诗之源，生于《国风》，广于《离骚》，著于李、苏，盛于曹、刘，其所自远矣。

(《全唐文》)

邺城怀古（唐·孟云卿）

朝发淇水南，将寻北燕路。魏家旧城阙，寥落无人住。伊昔天地屯，曹公独中据。群臣将北面，白日忽西暮。三台竟寂寞，万事良难固。雄图安在哉，衰草沾霜露。崔嵬长河北，尚见应刘墓。古树藏龙蛇，荒茅伏狐兔。永怀故池馆，数子连章句。逸兴驱山河，雄词变云雾。我行睹遗迹，精爽如可遇。斗酒将酹君，悲风白杨树。

(《全唐诗》卷一百五十七)

《送高司直寻封阆州》节录（唐·杜甫）

与子姻娅间，既亲亦有故。万里长江边，邂逅一相遇。长卿消渴再，公幹沉绵屡。清谈慰老夫，开卷得佳句。时见文章士，欣然澹情素。

(《全唐诗》卷二百二十二)

壮　游（唐·杜甫）

气劘屈贾垒，目短曹刘墙。忤下考功第，独辞京尹堂。

(《全唐诗》卷二百二十二)

奉寄高常侍（唐·杜甫）

汶上相逢年颇多，飞腾无那故人何。总戎楚蜀应全未，方驾曹刘不啻过。今日朝廷须汲黯，中原将帅忆廉颇。天涯春色催迟暮，别泪遥添锦水波。

(《全唐诗》卷二百二十八)

《寄杜拾遗》节录（唐·任华）

杜拾遗，名甫第二才甚奇。任生与君别，别来已多时，何尝一日不相思。杜拾遗，知不知？昨日有人诵得数篇黄绢词，吾怪异奇特借问，果然称是杜二之所为。势攫虎豹，气腾蛟螭，沧海无风似鼓荡，华岳平地欲奔驰。曹刘俯仰惭大敌，沈谢逡巡称小儿。

(《全唐诗》卷二百六十一)

招文士饮（唐·孟郊）

曹刘不免死，谁敢负年华。文士莫辞酒，诗人命属花。退之如放逐，李白自矜夸。万古忽将似，一朝同叹嗟。何言天道正，独使地形斜。南士愁多病，北人悲去家。梅芳已流管，柳色未藏鸦。相劝罢吟雪，相从愁饮霞。醒时不可过，愁海浩无涯。

(《全唐诗》卷三百七十五)

赠苏州韦郎中使君（唐·孟郊）

谢客吟一声，霜落群听清。文含元气柔，鼓动万物轻。嘉木依性植，曲枝亦不生。尘埃徐庾词，金玉曹刘名。章句作雅正，江山益鲜明。浪蘋一浪草，菰蒲片池荣。曾是康乐咏，如今寡其英。顾惟菲薄质，亦愿将此并。

(《全唐诗》卷三百七十七)

解闷十二首·之四（唐·杜甫）

沈范早知何水部，曹刘不待薛郎中。独当省署开文苑，兼泛沧浪学钓翁。

（《全唐诗》卷二百三十）

长安道（唐·薛能）

汲汲复营营，东西连两京。关繻古若在，山岳累应成。各自有身事，不相知姓名。交驰喧众类，分散入重城。此路去无尽，万方人始生。空余片言苦，来往觅刘桢。

（《全唐诗》卷十八）

酬严维秋夜见寄（唐·武元衡）

遥夜思悠悠，闻钟远梦休。乱林萤烛暗，零露竹风秋。启户云归栋，褰帘月上钩。昭明逢圣代，羁旅别沧洲。骑省潘郎思，衡闱宋玉愁。神仙惭李郭，词赋谢曹刘。松柏应无变，琼瑶不可酬。谁堪此时景，寂寞下高楼。

（《全唐诗》卷三百一十七）

酬张祜处士见寄长句四韵（唐·杜牧）

七子论诗谁似公，曹刘须在指挥中。荐衡昔日知文举，乞火无人作蒯通。北极楼台长挂梦，西江波浪远吞空。可怜故国三千里，虚唱歌词满六宫。

（《全唐诗》卷五百二十三）

怀周朴、张为（唐·贯休）

二子无消息，多应各自耕。巴江思杜甫，漳水忆刘桢。白发应全白，生涯作么生。寄书多不达，空念重行行。

（《全唐诗》卷八百二十九）

卧病寄苗员外（唐·李端）

故人初未贵，相见得淹留。一自朝天去，因成计日游。月明应独醉，叶下肯同愁。因恨刘桢病，空园卧见秋。

（《全唐诗》卷二百八十五）

送李端（唐·耿湋）

世上许刘桢，洋洋风雅声。客来空改岁，归去未成名。远近天初暮，关河雪半晴。空怀谏书在，回首恋承明。

（《全唐诗》卷二百六十八）

卧病寓居龙兴观，枉冯十七著作书，知罢摄洛阳赴缑氏，因题十四韵寄冯生并赠乔尊师（唐·卢纶）

乞假依山宅，蹉跎属岁周。弱荑轻采拾，钝质称归休。潘岳衰将至，刘桢病未瘳。步迟乘羽客，起晏滞书邮。幸以编方验，终贻骨肉忧。灼龟炉气冷，曝药树阴稠。语命心堪醉，伤离梦亦愁。荤膻居已绝，鸾鹤见无由。世累如尘积，年光剧水流。蹑云知有路，济海岂无舟。倚玉翻成难，投砖敢望酬。卑栖君就禄，赢惫我逢秋。腐叶填荒辙，阴萤出古沟。依然在遐想，愿子励风猷。

（《全唐诗》卷二百七十八）

行营送马侍御（唐·戴叔伦）

万里羽书来未绝，五关烽火昼仍传。故人多病尽归去，唯有刘桢不得眠。

（《全唐诗》卷二百七十四）

酬崔光禄冬日述怀赠答（唐·韦嗣立）

亭伯负高名，羽仪称上京。魏珠能烛乘，秦璧许连城。六月飞将远，三冬学已精。洛阳推贾谊，江夏贵黄琼。推演中都术，旋参河尹声。累迁登御府，移拜践名卿。庭聚歌钟丽，门罗棨戟荣。鹦杯飞广席，兽火列前楹。散诞林园意，殷勤敬爱情。无容抱衰疾，良宴每招迎。契得心逾重，言忘道益真。相勖忠义节，共谈词赋英。雕虫曾靡弃，白凤已先鸣。光接神愈骇，音来味不成。短歌甘自思，鸿藻弥难清。东里方希润，西河敢窃明。厚诬空见迫，丧德岂无诚。端守宫闱地，寒烟朝暮平。顾才无术浅，怀器识忧盈。月下对云阙，风前闻夜更。昌年虽共偶，欢会此难并。为怜漳浦曲，沉痼有刘桢。

（《全唐诗》卷九十一）

江南秋怀寄华阳山人（唐·陆龟蒙）

枝压离披瓠，檐垂礧磊橙。忘情及宗炳，抱疾过刘桢。

（《全唐诗》卷六百二十三）

旅中感遇寄呈李秘书昆仲（唐·韦庄）

南望愁云锁翠微，谢家楼阁雨霏霏。刘桢病后新诗少，阮籍贫来好客稀。犹喜故人天外至，许将孤剑日边归。怀乡不怕严陵笑，只待秋风别钓矶。

（《全唐诗》卷六百九十七）

冬日长安感志寄献虢州崔郎中二十韵（唐·韦庄）

帝里无成久滞淹，别家三度见新蟾。郄诜丹桂无人指，阮籍青襟有泪沾。溪上却思云满屋，镜中惟怕雪生髯。病如原宪谁能疗，蹇似刘桢岂用占。

（《全唐诗》卷六百九十五）

秋晚留题鲁望郊居二首（唐·皮日休）

竹树冷濩落，入门神已清。寒蛩傍枕响，秋菜上墙生。黄犬病仍吠，白驴饥不鸣。唯将一杯酒，尽日慰刘桢。

（《全唐诗》卷六百一十二）

李处士郊居（唐·皮日休）

石衣如发小溪清，溪上柴门架树成。园里水流浇竹响，窗中人静下棋声。几多狎鸟皆谙性，无限幽花未得名。满引红螺诗一首，刘桢失却病心情。

（《全唐诗》卷六百一十三）

和徐鼎臣见寄（唐·包颖）

平生中表最情亲，浮世那堪聚散频。谢朓却吟归省阁，刘桢犹自卧漳滨。旧游半似前生事，要路多逢后进人。且喜新吟报强健，明年相望杏园春。

（《全唐诗》卷七百五十七）

眉州康司马挽歌词（唐·张九龄）

家受专门学，人称入室贤。刘桢徒有气，管辂独无年。谪去长沙国，魂归京兆阡。从兹匣中剑，埋没罢冲天。

（《全唐诗》卷四十八）

《江州赴忠州，至江陵已来，舟中示舍弟五十韵》节录（唐·白居易）

敛手辞双阙，回眸望两京。长沙抛贾谊，漳浦卧刘桢。

（《全唐诗》卷四百四十）

病中辱崔宣城长句见寄，兼有觥绮之赠，因以四韵总而酬之（唐·白居易）

刘桢病发经春卧，谢朓诗来尽日吟。三道旧夸收片玉，一章新喜获双金。信题霞绮缄情重，酒试银觥表分深。科第门生满霄汉，岁寒少得似君心。

（《全唐诗》卷四百五十八）

酬牛相公宫城早秋寓言见示兼呈梦得（唐·白居易）

七月中气后，金与火交争。一闻白雪唱，暑退清风生。碧树未摇落，寒蝉始悲鸣。夜凉枕簟滑，秋燥衣巾轻。疏受老慵出，刘桢疾未平。何人伴公醉，新月上宫城。

（《全唐诗》卷四百五十三）

病中和大夫玩江月（唐·许浑）

江上悬光海上生，仙舟迢递绕军营。高歌一曲同筵醉，却是刘桢坐到明。

（《全唐诗》卷五百三十八）

楚 泽（唐·李商隐）

夕阳归路后，霜野物声干。集鸟翻渔艇，残虹拂马鞍。刘桢元抱病，虞寄数辞官。白袷经年卷，西来及早寒。

（《全唐诗》卷五百三十九）

《纪梦游甘露寺》节录（唐·陆龟蒙）
谁题雪月句，乃是曹刘格。阊阖一枝琼，边楼数声笛。

（《全唐诗》卷六百一十九）

送浙东王大夫（唐·薛能）

天爵擅忠贞，皇恩复宠荣。远源过晋史，甲族本缑笙。亚相兼尤美，周行历尽清。制除天近晓，衙谢草初生。宾客招闲地，戎装拥上京。九街鸣玉勒，一宅照红旌。细雨当离席，遥花显去程。佩刀畿甸色，歌吹馆桥声。骠裹从秦赐,馀艎到汴迎。步沙逢霁月,宿岸致严更。渤澥流东鄙,天台压属城。众谈称重镇,公意念疲氓。井邑曾多难,疮痍此未平。察应均赋敛,逃必复桑耕。隼重权兼帅,鼍雄设有兵。越台随厚俸,剡硾得尤名。夜蜡州中宴,春风部外行。香奁扃凤诏,朱篆动龙坑。报后功何患,投虚论素精。徵还真指掌,感激自关情。旧业怀昏作,微班负旦评。空余骚雅事,千古傲刘桢。

(《全唐诗》卷五百五十九)

奉酬睢阳路太守见赠之作(唐·高适)

盛才膺命代,高价动良时。帝简登藩翰,人和发咏思。神仙去华省,鹓鹭忆丹墀。清净能无事,优游即赋诗。江山纷想像,云物共萎蕤。逸气刘公幹,玄言向子期。多惭汲引速,翻愧激昂迟。相马知何限,登龙反自疑。风尘吏道迫,行迈旅心悲。拙疾徒为尔,穷愁欲问谁。秋庭一片叶,朝镜数茎丝。州县甘无取,丘园悔莫追。琼瑶生箧笥,光景借茅茨。他日青霄里,犹应访所知。

(《全唐诗》卷二百一十四)

送李少府之任临邛(唐·无可)

邛南方作尉,调补一何卑。发论唯公幹,承家乃帝枝。山长风袅栈,江荫石和澌。旧井王孙宅,还寻独有期。

(《全唐诗》卷八百一十三)

次韵刘景文西湖席上(宋·苏轼)

二老长身屹两峰,常撞大吕应黄钟。将辞邺下刘公幹,却见云间陆士龙。白发怜君略相似，青山许我定相从。吾今官已六百石，惭愧当年邴曼容。

（《苏轼集》卷十九）

以梅馈晁深道戏赠二首·其二（宋·黄庭坚）

渴梦吞江起解颜，诗成有味齿牙间。前身邺下刘公幹，今日江南庾子山。

（《全宋诗》卷九八九）

刘公幹（宋·秦观）

邺中多贤豪，公幹气飘逸。弱岁颇徊徨，飘零低金室。君王事邀宴，下马列琴瑟。豪吹挟哀弹，娱欢非一日。当年侍赓酬，珠玉任挥笔。五字一何工，妙绝冠俦匹。所得虽经奇，未得偏人失。

（《全宋诗》卷一〇六四）

寄季申（宋·陈与义）

雨歇城南泥未干，遥知独立整衣冠。旧时邺下刘公幹，今日辽东管幼安。绿阴展尽身犹远，黄鸟飞来节已阑。安得一尊生耳热，暂时相对说悲欢。

（《宋诗钞·简斋诗钞》）

和表弟包颖见寄（宋·徐铉）

平生中表最情亲，浮世那堪聚散频。谢朓却令归省阁，刘桢犹自卧漳滨。旧游半似前生事，要路多逢后进人。且喜新吟报强健，明年相望杏园春。

（《宋诗钞·骑省集钞》）

初秋属疾（宋·刘筠）

秋阴凄淡隔重城，一亩居仍近禁营。汉苑楼台沉暮影，谢家鼓吹发新声。烟昏露井残桃坠，叶下凉波独鸟惊。节物变衰吟更苦，可堪漳浦卧刘桢。

（《西昆酬唱集》卷上）

喜迁莺·别陈新恩（宋·程珌）

少年意气，脑燕兵胡革鞣，虏王区脱。眼底朦胧，腹中空洞，不著曹刘元白。闻道殊科八中，也要彩卢连掷。收拾尽，到如今但有，寸心如铁。天付，真奇特。口静神充，双眼胡僧碧。楚国离骚，唐朝词学，未信芳尘□歇。结取佳人香佩，截断儿曹绮舌。归去也，且斓斑戏彩，好春长日。

（《全宋词·程珌》）

沁园春·为友人寿（宋·程正同）

富敌陶猗，才卑贾马，气吞曹刘。更妓娱安石，东山名胜，樽盈文举，北海风流。事冷千年，身兼八子，豪举伊谁与匹俦。应还笑，为天将降任，未欲东周。　优游，宁久淹留？管蓬矢桑弧志早酬。有棠棣联芳，庭萱不老，砌兰擢秀，蟾桂传秋。要颂椿龄，若将柏叶，婢膝奴颜应合羞。直须是，功名期会，同跨鳌头。

（《全宋词·程正同》）

念奴娇·是谁调护（宋·辛弃疾）

是谁调护，岁寒枝、都把苍苔封了。茅舍疏篱江上路，清夜月高山小。摸索应知，曹刘沈谢，何况霜天晓。芬芳一世，料君长被花恼。

惆怅立马行人,一枝最爱,竹外横斜好。我向东邻曾醉里,唤起诗家二老。拄杖而今,婆娑雪里,又识商山皓。请君置酒,看渠与我倾倒。

(《全宋词·辛弃疾》)

沁园春·答杨世长（宋·辛弃疾）

我醉狂吟,君作新声,倚歌和之。算芬芳定向,梅间得意,轻清多是,雪里寻思。朱雀桥边,何人曾道,野草斜阳春燕飞。都休问,甚元无霁雨,却有晴霓。

诗坛千丈崔嵬。更有笔如山墨作溪。看君才未数,曹刘敌手,风骚合受,屈宋降旗。谁识相如,平生自许,慷慨须乘驷马归。长安路,问垂虹千柱,何处曾题。

(《全宋词·辛弃疾》)

水调歌头·园林夸富贵（宋·郑元秀）

园林夸富贵,红绿簇枝头。阳和毓秀,气劚屈贾压曹刘。翰墨场中独步,洒落胸中万卷,横截百川流。邈视青云侣,俯首看瀛洲。

到如今,萦扃务,尚淹留。庙堂应得好语,早晚觐宸旒。从此立登要路,便可羽仪台阁,指日凤池游。岁岁蟠桃会,椿算八千秋。

(《全宋词辑补·郑元秀》)

论诗三十首·其二（元·元好问）

曹刘坐啸虎生风,四海无人角两雄。可惜并州刘越石,不教横槊建安中。

(《元好问全集》卷十一)

自题中州集后五首·其一（元·元好问）

邺下曹刘气尽豪，江东诸谢韵尤高。若从华实评诗品，未便吴侬得锦袍。

（《元好问全集》卷十三）

鹧鸪天·总道狙公不易量（元·元好问）

总道狙公不易量，朝三暮四尽无妨。旧时邺下刘公幹，今日家中白侍郎。歌浩荡，酒淋浪，浮云身世两相忘。孤峰顶上青天阔，独对春风舞一场。

（《元好问全集》卷四十四）

密国公璹得友人书诗（元·元好问）

闻有书来喜欲狂，紫芝眉宇久难忘。别离惟叹我头白，诗句屡成君马黄。公幹羁栖犹洛下，孔明高卧尚南阳。冷官领取闲中趣，远胜区区梦蚁忙。

（《元好问全集》卷五十五）

次韵端父和鲜于伯几所寄诗（元·赵孟頫）

画舸西湖到处游，别来飞梦到杭州。百年底用忧千岁，一日相思似几秋？苦忆东南多胜事，空吟西北有高楼。只今赖有刘公幹，时写新诗解客愁。

（《元诗选初集·丙集》）

《松雪老人临王晋卿烟江叠嶂图歌》节录（元·柳贯）

君不见帝婿王家宝绘堂，山川发墨开洪荒。重江叠嶂诗作画，东坡留题云锦光。……故能援毫发天藻，不与俗工争丑好。楚山云归楚水流，万里秋光如电扫。拈来关董散花禅，别出曹刘斫轮巧。披图我作如是观，毛颖陶泓共闻道。呜呼相马亦相人，驽骀岂得同翔麟。舍夫毛骨论形似，如此鉴赏焉能真。后来有问延祐脚，意索举似吾方歅。

（《元诗选初集·丁集》）

奉旨降香天妃谢翰林诸公赠诗（元·宋本）

皇帝甘泉受计时，宝奁亲授走冰夷。今朝朝著张骞出，后夜天文李邰知。云绕勾吴分贝阙，春生英荡下龙墀。深惭礼乐光华外，剩得曹刘祖道诗。

（《元诗选二集》）

吊王内翰从之（元·曹之谦）

往年高步到瀛洲，岂料东陵是故侯。庾信竟归周室老，刘桢真有岱宗游。山瞻斗仰名空在，桂折兰摧恨未休。郁郁佳城漷水上，野烟寒草未经秋。

（《元诗选三集》）

代刘公幹《公宴诗》（明·李攀龙）

（李攀龙，字于鳞，明历城人。嘉靖甲辰进士，累官河南按察使。工诗，著有《沧溟集》。）

月出西掖垣，双阙郁苍苍。白日烂素波，蘋藻概金塘。方舟转清流，飞盖纷翱翔。轻风洒前庭，明镫皦中堂。渌酒溢尊罍，嘉肴充圆方。公子多妙制，藻思何纵横！高谈自宠珍，濡翰安能详？婴疾日沉痼，簿领非所长。愿言贻令德，俛仰不可忘。

（《光绪十三年重刊宁阳县志》卷二十三《艺文八》）

拟刘文学（感遇）（明·靳学颜）

（靳学颜，字子愚，济宁人。官至侍郎。《明史》有传。）

兰若施中谷，旖旎光自奇。晨霜飘其茎，常恐随春蕤。移置嘉林里，衔君恩爱私。家世东鲁客，曳据薄许畿。愧非楚和氏，先容劳主知。抗缨步华阙，结交枉金枝。华月厂彤阁，神飙自远驰。高张广罗列，冠缕相招携。欢至各抽翰，我主固雄辞。飞尘集太岳，众星丽朝曦。虽怀吉甫情，喟然伤中疲。

（《光绪十三年重刊宁阳县志》卷二十三《艺文八》）

刘文学桢（感遇）（明·陈于廷）

峄山孤生桐，端直自性秉。旸晖东西移，挺立无曲影。副为清庙材，徽音激水井。小儒弄染翰，承恩点华省。固陋不自文，丹藻时一炳。曳踵玉墀近，昂首银汉耿。何以答知遇？中夜发深省。

（《天启崇祯两朝遗诗》卷四）

刘文学（感遇）（明·夏完淳）

离离山下草，浥浥叶中露。丰草嘉露滋，油油曜行路。小臣顽鲁质，元后谬一顾。厕身西掖垣，勖哉慎无过。明灯流炎辉，园景入绨幕。载笔广殿阴，华榱荫列座。昭昭云汉章，爝火何以助？

（《天启崇祯两朝遗诗》卷七）

《落花生赋》节录（清·黄师阊）

（黄师阊，邑人，见《科目表》。）

惟异果之根生，乃胚胎于花落（落花作果，附根而生）……乃别号曰长生（土名长生果）。口食是资，野厨饶趣。或入釜而然萁（宜炒食），或登盘而伴芋（田家饷客，每与芋魁并登于案）。屑豆粥以流匙（和豆作粥，香滑可口），佐茗饮而含哺（用以下茶，除湿气）。用省春粮，贸同抱布（入市易售）。捣素液之醇酾，吸元膏以倾注。助朗焰于兰缸，拨昏眸之花雾（油最良）。惟利益之孔繁，讵田家之末务。宜续谱于《禾经》，聊继声于《瓜赋》（刘桢有《瓜赋》）。

（《光绪十三年重刊宁阳县志》卷二十二《艺文七》）

附录四 刘梁资料汇编

一、刘梁集辑佚

辩和同之论

夫事有违而得道，有顺而失义，有爱而为害，有恶而为美。其故何乎？盖明智之所得。暗伪之所失也。是以君子之于事也。无适无莫，必考之以义焉。(《论语》曰："君子之于天下也，无适也，无莫也，义之与比。")

得由和兴，失由同起，故以可济否谓之和，好恶不殊谓之同。《春秋传》曰："和如羹焉，酸苦以剂其味(《左传》'剂'作'齐'。《尔雅》曰：'剂，剪齐也。'音子随反。今人相传剂音在计反。)，君子食之以平其心。同如水焉，若以水济水，谁能食之？琴瑟之专一，谁能听之？"(《左传》晏子对齐景公辞也。) 是以君子之行，周而不比，和而不同，(忠信为周，阿党为比。) 以救过为正，以匡恶为忠。经曰："将顺其美，匡救其恶，则上下和睦能相亲也。"

昔楚恭王有疾，召其大夫曰："不穀不德，少主社稷。(楚恭王名审。

《左传》楚王曰：'生十年而丧先君。'故云少主社稷。）失先君之绪，覆楚国之师，（绪，业也。谓鄢陵之战，为晋所败。）不榖之罪也。若以宗庙之灵，得保首领以殁，请为灵若厉。"大夫许诸。（《谥法》："乱而不损曰灵，杀戮不辜曰厉。"《左传》曰："'大夫择焉。'莫对，及五命，乃许之。"诸，之也。）及其卒也，子囊曰："不然。（子囊，楚令尹，名也。）夫事君者，从其善，不从其过。赫赫楚国，而君临之，抚正南海，训及诸夏，其宠大矣。（宠，荣也。）有是宠也，而知其过，可不谓恭乎！"大夫从之。（《谥法》："既过能改曰恭。"案：此《楚语》之文。）此违而得道者也。及灵王骄淫，暴虐无度，芋尹申亥从王之欲，以殡于乾溪，殉之二女。此顺而失义者也。（《国语》楚灵王子围为章华之台，伍举对曰："君为此台，国人罢焉，财用尽焉，年谷败焉，数年乃成。"《左传》芋尹申亥，申无宇之子也。乾溪之役，申亥曰："吾父再干王命，王不诛，惠孰大焉。"乃求王，遇诸棘闱，以王归。王缢，申亥以其二女殉而葬之也。）鄢陵之役，晋楚对战，阳谷献酒，子反以毙。此爱而害之者也。（《淮南子》云，楚恭王与晋人战于鄢陵，战酣，恭王伤。司马子反渴而求饮，竖阳谷奉酒而进之。子反之为人也，嗜酒，而甘之，不能绝于口，遂醉而卧。恭王欲复战，使人召子反，子反辞以疾。王驾而往之，入幄中而闻酒臭，恭王大怒，斩子反以为戮。）臧武仲曰："孟孙之恶我，药石也；季孙之爱我，美疢也。疢毒滋厚，石犹生我。"此恶而为美者也。（武仲，臧孙纥也，《左传》孟孙死，臧孙入哭甚哀，多涕。出，其御曰："孟孙之恶子也而哀如是，季孙若死，其若之何？"臧孙曰："季孙之爱我，疾疢也，孟孙之恶我，药石也。美疢不如恶石。夫石犹生我，疢之美，其毒滋多。"言石能除己疾也。）孔子曰："智之难也！有臧武仲之智，而不容于鲁国，抑有由也。作不顺而施不恕也。"（季武子无适子，公弥长，悼子少，武子爱悼子，欲立之。访于申丰，曰："不可。"访于臧纥，曰："饮我酒，吾为子立之。"季氏饮大夫酒，臧纥为客，既献，臧孙命北面重席，新樽洁之，召悼子降逆之，大夫皆起，悼子乃立。季氏以公弥为马正。其后公弥立，孟孙羯与共构臧纥于季氏，臧纥奔齐，齐侯将与臧纥田，臧孙闻之，见齐侯，与之言伐晋。对曰："多则多矣，抑君似鼠。鼠昼伏夜动，不穴于寝庙，畏人故也。今君闻晋之乱而后作焉，宁将事之，非鼠如何？"乃不与田。注曰："纥知齐侯将败，不欲受其邑，故以比鼠，欲使怒而止"也。见《左传》。）盖善其知义，讥其违道也。

夫知而违之，伪也；不知而失之，暗也。暗与伪焉，其患一也。患之所在，非徒在智之不及，又在及而违之者矣。故曰"智及之仁不能守之，虽得之，必失之"也。（《论语》之文。）《夏书》曰："念兹在兹，庶事恕施。"忠智之谓矣。（兹，此也。念此事也，在此身也。言行事当常念如在己身也。庶，众也。言众事恕己而施行，斯可谓忠而有智矣。）

故君子之行，动则思义，不为利回，不为义疚，（《左传》曰："君子动则思礼。行则思义，不为利回，不为义疚。"杜预注云："回，邪也。疚，病也。"）进退周旋，唯道是务，苟失其道，则史弟不阿；苟得其义，虽仇雠不废。故解狐蒙祁奚之荐，二叔被周公之害，（《左传》曰，晋祁奚请老，晋侯问嗣焉，称解狐，其雠也。）勃鞮以逆文为成，（勃鞮，晋寺人，名披。《左传》晋献公使寺人披伐公子重耳于蒲，披斩其袪。及文公归国，吕甥、郤芮将焚公宫而杀文公，寺人披以吕、郤之难告之。言初虽逆文公，后竟成之也。）傅瑕以顺厉为败，（《左传》言郑厉公为祭仲所逐，后侵郑及大陵，获郑大夫傅瑕。傅瑕曰："苟舍我，吾请纳子。"厉公与之盟而赦之。傅瑕杀郑子而纳厉公，遂杀傅瑕也。）管苏以憎忤取进，申侯以爱从见退，考之以义也。（《新序》曰："楚恭王有疾，告诸大夫曰：'管苏犯我以义，违我以礼，与处不安，不见不思，然而有得焉。吾死之后，爵之于朝。申侯伯顺吾所欲，行吾所乐，与处则安，不见则思，然未尝有得焉。必速遣之。'"）故曰："不在逆顺，以义为断；不在憎爱，以道为贵。"《礼记》曰："爱而知其恶，憎而知其善。"考义之谓也。

（《后汉书·刘梁传》李贤注）

七 举

丹楹缥壁，紫柱虹梁。（《文选》注"楹"作"墀"，"虹"作"红"。）

楹榱朱绿，藻梲玄黄。镂以金碧，杂以夜光。鸿台百层，千云参差。仰观八极，游目无涯。玉树青葱，鸾鹤并栖。随珠明月，照曜其陂。(《艺文类聚》五十七、《文选·景福殿赋》注、《赭白马赋》注、《七启》注)绿柱朱榱，青琐璧珰。(《太平御览》一百八十七)

　　华组之缨，从风纷纭。(《太平御览》六百八十六，又八百十九。)

　　佩则结绿悬黎。宝之微妙。荷彩昭烂，流景扬辉。(《太平御览》六百九十二)

　　黼黻之服，纱縠之裳，繁饰参差，微鲜若霜。(《太平御览》六百九十六)

　　双辕覆井，芰荷垂英。(《文选·景福殿赋》注)

　　九旒之冕，散耀垂文。(《文选·七启》注)

　　先生昭然神悟，霍尔体轻。(《文选·何敬叔杂诗》注、《七启》注)

　　酤以醯醢，和以蜜饴。(《文选·七命》注)

　　刍豢既陈，异馔并羞。勺药之调，煎炙蒸臑。酤以醯醢，和以蜜饴。(《北堂书钞》一百四十二)

　　菰粱之饭，入口丛流，送以熊蹯，咽以豹胎。(《北堂书钞》一百四十四)

　　鲤鮨之胉，分豪析厘。(《北堂书钞》一百四十五)

除北新城长告县人

　　昔文翁在蜀，道著巴汉，(《前书》文翁为蜀郡太守，兴起学校，比于鲁、卫也。)庚桑琐隶，风移碨磊。(琐，碎也。《庄子》曰："老聃之后有庚桑楚者，偏得老聃之道，以北居碨磊之山，居三年，碨垒大穰。碨垒之人相与言曰：'庚桑子之始来，吾洒然异之；今吾日计之不足，岁计之有余，庶几其圣人乎！'"碨音猥。磊音卢罪反。)吾虽小宰，犹有社稷，(《论语》曰："子路将使子羔为费宰，曰：'有民人焉，有社稷焉。'")苟赴期会，理文墨，岂本志乎！

(唐李贤注《后汉书·刘梁传》)

刘梁碑

君迁桂阳太守,班序以正以仁为首,以义为先。(《北堂书钞》。)

季南碑

栖景曜于衡门。

(《文选》卷五十七谢希逸《宋孝武宣贵妃诔》注引)

二、刘梁载记

《后汉书·东平宪王苍传》节录（南朝宋·范晔）

东平宪王苍，建武十五年封东平公，十七年进爵为王。……永元十年，封苍孙梁为矜阳亭侯，敞弟六人为列侯。敞丧母至孝，国相陈珍上其行状。永宁元年，邓太后增邑五千户，又封苍孙二人为亭侯。

《后汉书·刘梁传》节录（南朝宋·范晔）

刘梁字曼山，一名岑，东平宁阳人也。梁宗室子孙，而少孤贫，卖书于市以自资。

常疾世多利交，以邪曲相党，乃著《破群论》。时之览者，以为"仲尼作《春秋》，乱臣知惧，（《孟子》曰'孔子成《春秋》，乱臣贼子惧'也。）今此论之作，俗士岂不愧心"。其文不存。

……

桓帝时，举孝廉，除北新城长。告县人曰……乃更大作讲舍，延聚生徒数百人，朝夕自往劝诫，身执经卷，试策殿最，儒化大行。此邑至后犹称其教焉。

特召入拜尚书郎，累迁。后为野王令，未行。光和中，病卒。

孙桢，亦以文才知名。(《魏志》桢字公幹，为司空军谋祭酒，五官郎将文学，与徐幹、陈琳、阮禹、应场俱以文章知名，转为平原侯庶子。)

（唐李贤注《后汉书·刘梁传》）

《册府元龟》节录（宋·王钦若等）

刘梁，字曼山。一名岑。东平人，少孤贫。尝疾世多利交，以邪曲相党，乃著《破群论》。时之览者以为仲尼作《春秋》。乱世知志，今此论之，作，俗士岂不愧心？又作《辨和同之论》，为尚书郎。累迁野王令，未行病卒。

（卷八百三十七《总录部·文章》）

陈敬王羡，明帝子，博涉经书，有威严，与诸儒讲论于白虎殿。刘梁，宗室子孙，尝疾世多利交，以邪曲相党，乃著《破群论》。时之览者以为仲尼作《春秋》，乱臣知惧。今此论之作，俗士岂不愧心？其文不存。又著《辨和同之论》。孙祯，亦以文才知名。

（卷二百七十《宗室部·文学》）

刘梁以侠气闻。

（卷八百四十八《总录部·任侠》）

刘梁，宗室子孙，而少孤贫，卖书于市以自资。卒为野王令。

（卷九百二《总录部·贫》）

刘梁为北新城长，告县人曰："昔文翁在蜀，道著巴汉，庚桑琐隶，风移碨磥。吾虽小宰，犹有社稷，苟赴期会、理文墨，岂本志乎？"乃更大作讲舍，延聚生徒数百人，朝夕自往劝戒，躬执经卷，试策殿最，儒化大行。此邑至后犹称其教焉。

（卷七百三《令长部·教化》）

《长短经》节录（唐·赵蕤）

夫事有顺之而为失，义有爱之而为害，有恶于己而为美，有利于身而损于国者。何以言之？刘梁曰："昔楚灵王骄淫，暴虐无度。芊尹申亥从王之欲，以殡于乾溪，殉之以二女。此顺之而失义者也。鄢陵之役，晋楚对战，榖阳献酒，子反以毙。以爱之而害者也。"

（卷八《杂说·诡俗第三十五》）

《太平御览》节录（北宋·李昉等）

刘梁，字曼山，一名岑，汉宗室子孙。少有清才，以文学见贵。梁贫，恒卖书以供衣食。

（卷四百八十五《人事部》一百二十六《贫下》引《文士传》）

《隋书》节录（唐·魏徵等）

后汉野王令《刘梁集》三卷（梁二卷，录一卷。又有《郑玄集》二卷，录一卷，亡）。

（《经籍志四》）

《旧唐书》节录（后晋·刘昫等）

《刘梁集》二卷。

（《经籍志》）

《新唐书》节录（北宋·宋祁等）

《刘梁集》二卷。

（《艺文志四》）

《永乐大典》节录（明·解缙等）

刘梁，字曼山。桓帝时举孝廉，除北新城长。告县人曰：昔文翁在蜀，道著巴汉；庚桑琐隶，风移碨磥。吾虽小宰，犹有社稷。苟赴期会，理文墨，岂本志乎？

（卷之二万四百二十五）

后汉刘梁，字曼山，常疾世多利交，以邪曲相党，仍著《利交论》。

（卷之一万二千十八）

《兖州府志》节录

刘梁字曼山，东平宁阳人。梁宗室子孙，而少孤贫，卖书于市以自资。常疾世多利交，以邪曲相党，乃著《破群论》。又著《辩和同论》数百言。桓帝时，举孝廉，除北新城长。大作讲舍，延聚生徒数百人，朝夕劝诫，儒化大行。特召入拜尚书郎。孙桢，亦以文才著名。

（清乾隆三十五年（1770）《兖州府志》卷二十三《人物志》）

附录五　旧考三篇

一、刘梁、刘桢故里及世系、行辈试说

　　刘梁、刘桢为汉末三国有直系亲属关系的重要作家，《后汉书》卷八十下《文苑列传·刘梁》载："刘梁字曼山，一名岑，东平宁阳人也……孙桢，亦以文才知名。"所以，虽然《三国志·魏书》屡称"东平刘桢"，但刘桢的籍贯仍当从其祖父梁为"东平宁阳"，即今山东省泰安市宁阳县人。这个问题曾有徐传武先生《刘桢应是宁阳人》一文（载徐传武、孙云峻著《文史漫笔》，山东大学出版社 1993 年版）辨正，学界已无异议，一般也就无话可说。

　　但是，学贵彻底，在这个问题上，若能进一步说明梁、桢故里为宁阳何地，仍是一件有意义的事。对此，徐传武先生又有《刘桢为宁阳何处人》一文（载徐传武、王文清著《文史论集》，大连海事大学出版社 1995 年版），据新编《宁阳县志》考得今山东"宁阳县城东北 20 公里处的堽城镇有个刘伶墓村"，"刘伶墓"实为"刘梁墓"之讹。换言之，"刘伶墓"实为"刘梁墓"，从而似乎梁、桢故里应该就是"堽城镇刘伶墓村"了。其实不然。

刘梁墓址今存，在一小山丘上，是依古俗择"高垅之地"（晋郭璞《葬书》）而葬，所以"刘梁墓村"因"刘梁墓"得名，却不见得刘梁故里就是该村，而更多可能是其附近某地，因此刘梁故里适当的范围似以徐先生所说该村所在的堽城镇为宜。换言之，山东宁阳堽城镇才是刘梁、刘桢故里。

从梁、桢为东平宁阳人，可进一步考其家门世系。按《后汉书·刘梁传》载"梁宗室子孙"，而《史记·建元已来王子侯者年表第九》载元朔三年（前126）三月，鲁共王子刘恢（《汉书·王子诸侯年表第三上》作"恬"）封宁阳节侯，嗣封五世，其后人应当世居宁阳。所以，刘梁为"宗室子孙"，一般来说应当就是鲁共王子宁阳节侯刘恢（恬）的后裔。

作为宁阳节侯刘恢（恬）的后裔，《后汉书》称梁、桢为祖孙，而《三国志·魏书》本传引《文士传》却说："桢父名梁，字曼山，一名恭。少有清才，以文学见贵，终于野王令。"以梁、桢为父子，二者实有矛盾。虽然学者多从《后汉书》，似已经以《文士传》为野史记载不足采信，但是《文士传》的记载为什么是错误的，却未见有人作具体的说明，从而这一矛盾并未得到解释。原因当然是文献无征，但是也还未至于完全无可置喙。

在没有直接资料可据的情况下，对梁、桢行辈为祖孙抑或父子的判断，可从祖孙三代比较父子出生隔年的自然规律加以考量。古代风俗为早婚早育，一般二三十年为两代人出生正常的间隔。倘以二十岁生子计算，如果梁、桢生年悬隔在四十年以上，其为祖孙关系的可能性就较大，否则，可能是父子。然而梁、桢生年均不详，也还有待推考。

按《后汉书》梁本传称"桓帝时，举孝廉，除北新城长。……特召入拜尚书郎，累迁。后为野王令，未行。光和中病卒"。光和（178—183）为汉灵帝年号，吴文治《中国文学史大事年表》系梁举孝廉在桓帝永寿三年（157），卒于光和四年（181），则梁从举孝廉至去世有二十四年；以梁二十五六岁举孝廉计算，则梁得寿约五十岁，其出生当在汉顺帝永建六年（131）。而《三国志·魏书》引曹丕《典论》叙列"七子"，其中据吴文治《中国文学史大事年表》等确知生卒年者，有打头的鲁国孔融（153—208），享年五十五岁；居第三的山阳王粲（177—217），享年四十岁；居第四的北海徐幹（171—218），享年四十七岁。刘桢居"七子"之末而与王、徐年龄相仿佛，其生年大概不会比王粲更晚，而可以认为是在徐、王之间的灵帝熹平三年（174），比较刘梁生年约晚四十三年。换言之，如果梁、桢为父子，则梁在四十三岁得桢，这于古人婚育一般较早的情况就成了特例；而以梁、桢为祖孙，则梁四十三岁，正古人得孙之年，从而《后汉书》梁、桢为祖孙说更为合理，而《文士传》梁、桢为父子说不足采信，不仅因其为野史，更因其于事理有所不合。

总之，刘梁、刘桢为汉鲁共王之子宁阳节侯刘恢（恬）之后，二人为祖孙关系，其故里为山东省宁阳县堽城镇。这些结论虽然还未能做到铁证如山，但在目前情况下已较为可信。

（原载《岱宗学刊》2002年第3期）

二、"堽城"之谜

堽城因堽城里而得名。堽城里北依汶水，南临洸河；向西一里有村堽城西，又七里有堽城坝——坝为元代著名水利工程，本在堽城里村西，明代移筑下游，仍沿旧称；向南一里为堽城南村，又偏东南一里是堽城屯，地当蒙馆公路东西折向西南的拐弯处，现在是宁阳县堽城镇政府所在。

堽城既不是水陆要冲，人文物产都好像没有什么大的稀奇，唯独得了一个"堽"字，与众不同。"堽"读gāng，同"岗"。从古至今，普天下地名用"堽"字，就只有吾乡这五处地方。以至于向来辞书"堽"字的释义，一般只举"堽城坝"，证明着"堽"字只属于这块地方；同时也就证明着"堽"字有些"养在深闺人未识"的孤寂。外地的人，即使有文凭又有文化，也未必识得它；而当地人只要不是绝对的文盲，也可为此"一字师"。

但是，说到"堽城"的来历，却不仅外地人很少了解，古今当地人也不甚清楚。新修《宁阳县志》第三十二编《文物》载《堽城故城址》云："该故城址始建无考。战国时齐之刚邑，公元前269年（周·赧王四十六年）秦使客卿灶伐齐取刚。刚之名始见于此。汉置刚县，晋称刚平，南朝宋省，北魏复置。刚后改堽城。"又《宁阳县地名志·堽城里》条下云："村落位于故'刚城'内，'刚城'今作'堽城'，故名堽城里。'刚'何时作'堽'，无记载，待考。"这些内容基本承旧史志而来，尽力而为地反映了古今乡人对堽城历史的认识。其中，明显有两事待考：一是"该故城址始建"的时间，二是"'刚'何时作'堽'"，连带着其他也有要做新说明的方面。

这算得上小小的历史之谜……笔者留心此事多年，偶检《史记·赵世家》："（赵）敬侯……四年，魏败我兔台。筑刚平以侵卫；五年，齐、魏为卫攻赵，取我刚平。"窃以为敬侯四年赵国所筑并最先据有的这个"刚平"，即堽城始建之故城；第二年"齐取我（赵）刚平"，遂成"齐之刚邑"。赵敬侯四年当周安王十九年（前383），百余年后才有"秦使客卿灶伐齐取刚"。《史记·秦世家》载其事在秦昭襄王三十六年当周赧王四十四年（前271），《通鉴》系于周赧王四十五年（前270），并谓为范雎所阻，未果实行。两书所载异辞，姑不论，而堽城"故城始建无考"的问题可由此得到解决，即建于战国前期的周安王十九年（前383）。它本是列国纷争的产物，至少百余年中为赵、卫、齐、魏、秦国等兵家相争；它最初的名字就是"刚平"，汉改"刚县"；"晋称刚平"是恢复旧称……"北魏复置"是复汉之"刚县"，治"刚城"，见《魏书·地形志中·东平郡》。"刚城"之"刚"改"堽"，自当在隋唐以后，而且说不定关系着它一段繁荣的时期，却最为可惜地成了谜中之谜。

堽城故老传闻，唐末五代的梁王朱温曾在这里做过皇帝，后来兵败迁徙，一夜之间趁西流汶水船运，"拆了堽城，修了运（郓）城"。这固然于史无证，而且这"郓城"不是那"运"城。但传说是历史的影子，以今天还依稀可见当日城池的遗存，不难相信南北朝或隋唐之后，这里历史上有过一段旋兴旋灭的辉煌。上引《宁阳县志·文物·堽城故城址》是这样记述的：

> 故城址……东西约1000米，南北约800米，东、南、西三面城垣清晰可见，不少地段仍耸立于地面，城东南角最高处有十多米。……东城墙有两个高十多米突出墙外的城台，俗称"炮台"。

城中部有一高十多米，径约40米的夯土台基，传为钓台或梳妆楼。……该城址内遗迹、遗物丰富，除颓垣断壁外，还暴露有基石、石柱础和丰富的砖瓦等建筑材料及春秋陶鼎汉代半两石范等。

地下的发掘根本没有进行。地面能见还可补充的是，垩城古城墙遗址偶尔可见古代的箭头；而其东南所谓"垩城屯"者，相传即垩城屯兵之所。

传说不免有失实的成分，但是这里历史的遗存，却印证着传说绝非空穴来风，从而这里世世代代的人都渴望了解垩城可能有过一段辉煌的历史之谜。早在明朝嘉靖年间，邑人进士王正容作《垩城怀古诗》云：

荒城寂寞枕长河，匹马西风此一过。
故日秋深杀气重，高台日暮野烟多。
争传殿宇夸梁宋，忍见邱墟蔓薜萝。
怅望不堪嗟往事，空余山色映碧波。

四百多年前，王正容所闻垩城梁宋时殿宇嵯峨的传说，和他所见"高台""邱墟"等故城的遗迹，自当比后人闻见更多和更能引人怀想，所以他才有如此感慨。

同样地，曾做过广东巡抚的邑人清道光进士黄恩彤也曾大为之困惑，和有《古刚城》诗云："草没谁家垒？烟迷何代楼？无情清汶水，呜咽背城流。"当地群众对这里传说中历史上有过的辉煌也情有独钟。清道光十二年（1832），垩城里群众立《禁止毁坏古迹碑》，碑记有"多年古迹，实系官物。虽云靠己之地，并非承受祖业……非去旧迹五尺，不许使土"云云，这应当是我国历史上群众自发保护文物的很好的事例，不多见的。

现在，垩城里故城址如同我国遍布城乡的许多古迹，已被确定为文物保护单位（县级）。古迹是历史的化石，负载了古代人文的信息，留待后人破解。对于垩城里故城址，笔者有幸破解它始建之谜和大致读懂它前段的历史，却仍有一个"争传殿宇夸梁宋"的更大的历史之谜有待解开。而对这一历史之谜的破解,也许关系到山东和我国历史上一页失落的文明,盼读者专家有以教我。

(原载《大众日报》2000年6月15日)

(按,整理此书,得《艺文类聚》卷九引刘桢《京口记》佚文一则曰:"县城东南大路,过长堘五里,得屠儿浦者。昔诸屠儿居此小浦,因以为名也。"似今见最早用"堘"字,但此字产生当不晚于唐初。附此备考。)

三、周公"居东""东征"与宁阳古国考证
——从李学勤先生释小臣单觯铭"在成师"说起

"周公居东"和"周公东征"(或曰"成王东征"),是"武王伐纣"之后西周之初,也是周朝以至整个中国历史上的一件大事。其对最终完成商周易代的作用,实不在其前"武王伐纣"之下。而对自"武王伐纣"急剧推进的华夏文化的东扩和华、夷东西族群的融合,进而形成西周"大一统"局面来说,更是关键环节。其重要性甚至可以这样认为,没有"周公居东"和"周公东征",特别是后者的成功,就不会有齐、鲁在泰山南北的开基立国,不会有齐鲁文化,尤其是孔孟为代表的儒学的形成与传播。因此,"周公居东"和"周公东征"兹事体大,向来为先秦史学者所高度关注,有关论著颇多。但是,纵观诸家论著,除宏观考量和对若干重大史实如平定武庚、"三监"之乱及"践奄"[①]等大略的辨正之外,殊少具体过程和细节的考论,或有之而浅尝辄止,语焉不详。这一方面限于文献有阙,另一方面也似乎有探讨中窥深研几、综观会通未达的原因,还需要进一步努力。

因此,虽然对这一问题的研究不是本人专业重点所关,但因有幸得宁阳县实业家、学者于正明先生赠书荐读李学勤《读〈系年〉第三章及相关铭文札记》(以下或简称"李文")一文,至其据小臣单觯铭文释周公东征"在

---

① 《尚书正义》,十三经注疏本,中华书局1979年版,第200—201页。

成师"以"成"在宁阳东北的考证①,便对这一问题产生了浓厚兴趣。进而搜集资料,悉心考索,愈研愈深,乃觉上述李先生之考证,事体似小而实大。其上关乎今宁阳之地在西周之初"周公东征",乃至"周公居东"的地位,而下及于今宁阳之地在西周"大一统",尤其是其对齐、鲁立国和在齐鲁文化形成过程中曾起过关键作用,以及合乎逻辑地极大影响了后世中国历史发展的大势。同时,这也是当今西周史学所缺之"细节"考证的有意义的一个实践。因拟为此文,以推本李说并试辨正,主要涉及以下问题:今宁阳为周公"居东""东征"之商奄、周鲁故地;小臣单觯铭"在成师"谓周公驻师今宁阳之故地;宁阳"周公台"可证觯铭之"成"在宁阳;"周公东征"之"兵所""系易""归禾"在今宁阳之古成(郕)国;周公"居东"和"东征"文学与宁阳,以及宁阳古为"鲁甸",多圣贤后裔封国或来寓等。

(一)今宁阳为周公"居东""东征"之商奄、周鲁故地

宁阳县今属山东泰安市,地处汶水之南,周遭接邻曲阜、兖州、汶上、东平、肥城、泰安、新泰、泗水诸县市,而与曲阜接壤地尤多。故县志云"全境皆鲁甸也。但春秋以前邑名未著,故以鲁邑统之"②。

鲁为西周初周公封国。其先在河南鲁山,周公东征灭商奄之后,以成王命移封周公子伯禽据商奄之旧地为鲁侯,封域必不狭于商奄之旧,故周初山东之鲁,实当商代之奄境,或有过之。故今宁阳地在殷商属奄国,在西周为鲁邑,即县志所谓"全境皆鲁甸也"。这也就是说,宁阳在殷商全境皆奄甸也。这一方面可从商奄为大国,《诗·鲁颂·閟宫》云:"奄有龟、蒙,遂荒

---

① 李学勤:《读〈系年〉第三章及相关铭文札记》,载《夏商周文明研究》,商务印书馆 2015 年版,第 261—263 页。

② 丁昭编注:《明清宁阳县志汇释》,山东省地图出版社 2003 年版,第 37 页。

大东，至于海邦。"是说其地向东至大海，则其向西岂能不包括近在三十余华里的宁阳？另一方面宁阳有崦上之地，或即因"商奄"而得名。《乾隆八年续修宁阳县志·方域》载：

> 崦上，在县北十里，亦传为梁王点军台。今为玄帝庙台。又龙鱼泉北亦有崦上。①

晚清邑人官至广东巡抚，致仕后居乡主修咸丰《宁阳县志》的黄恩彤（1801—1883）作《汶阳说》一文，说龙鱼泉北之"崦上"曰：

> 余家旧居宁阳东北，汶水之南，闲尝周览里落，凭吊丘墟，寻池亭之故址，访陵城之遗堞，而年代遐阻，岸谷变迁，已蕴没于荒榛丛棘中。惟家园迤北二里许，有崦上村焉。背负汶流，沙堤环匝，龙鱼诸泉东来注之，溶潏洄洑，势若素带。东西二阜鹄立相望。西阜高丈余，阔径十余丈，初之高阔盖不止此，久犁为田，仅余残基耳。东阜高数丈，阔径百余丈，居民数十百家聚居巅顶，因地势独高，故以崦上名村。余不禁喟然叹曰："此水也，殆即鲁之曲池欤！此阜也，殆即汉之阚陵欤！舍此，而欲于宁阳东北数十里内别求汶阳故城，安所得如此水若阜者以证之？"②

此"崦上"今名黄庵村，又称"黄家奄"。今属宁阳县蒋集镇，其地在曲阜之北。"崦"即"奄"。《汉书·艺文志》曰："《礼古经》者，出于鲁淹中。"苏林注曰："里名也。""淹中"即"奄中"，与宁阳"崦上"应该都是因商奄得名，并因此加强了宁阳在西周前为商奄之地的推断。若果然如此，则今宁阳之黄家奄就不仅旧为周鲁之汶阳、汉之阚陵，还可以追溯至

---

① 宁阳县档案局整理：《乾隆八年续修宁阳县志》，北京燕山出版社2014年版，第44页。
② 丁昭编注：《明清宁阳县志汇释》，山东省地图出版社2003年版，第1066—1067页。

商代,为一有三千余年历史的古老村庄了。

今宁阳全境在曲阜之西北、北的方位,也就是说在商末周初"周公居东"和"周公东征"自西徂东的大方向上,与今兖州(济宁市辖区)并为最接近商奄中心的曲阜之地。

而有关"周公居东"和"周公东征"之"东",虽自汉以下议论纷纷,但近世学者意见已渐趋大同。黄怀信等《逸周书汇校集注》(修订本)卷五《作雒解第四十八》引清陈逢衡(1778—1855)解《作雒》"建管叔于东,建蔡叔、霍叔于殷"之"东"云:

> 后又云"俾康叔宇于殷,俾中旄父宇于东",又云"三叔及殷东",两两殷、东对举,则东之为地,显然另成一国,不得阑入殷内也。……东则……盖即卫也。其不曰卫而曰东者,是时方命百夆以虎贲誓命伐卫,告以馘俘,势尚不能合全卫而有之,但得卫之东偏,即以管叔居其地而监殷,此东之所由名也。《康诰》曰:"肆汝小子封在兹东土。"《定四年·传》"取于相土之东都,以供王之东蒐",非其明证欤?……卫即东,东即周公居东之东。或谓东既为管叔所据,周公焉得出居于此?不知管叔既助武庚,势当入殷者合谋,所谓管叔以殷畔也,故周公得以乘虚而坐镇其地。吴庆恩曰:"按东者鲁、卫之间地名,在大河之东,秦汉之东郡也。《诗》云'我徂东山',《书》云'周公居东'、《周书·作雒》云'建管叔于东',又曰'三叔及殷、东、徐、奄及熊、盈以略',又曰'俾中旄父宇于东,俾康叔宇于殷',《竹书纪年》'武庚以殷叛,文公出居于东':殷、东对举,则非朝歌可知。是时雒邑未建,则非东都可知。史称卫迁于帝邱,在东都濮阳县。秦始皇拔卫东地置东郡,卫元君乃徙野王,则东为东郡无疑矣,其地在今东昌、大名、曹州三府界内。"①

---

① 黄怀信等撰:《逸周书汇校集注》(修订本),上海古籍出版社2007年版,第512—513页。

其论虽主说"周公居东",但以引吴庆恩举《诗》"我徂东山"等例,可见其心目中以"周公东征"之"东"亦即"周公居东"之"东",皆即"东郡无疑矣,其地在今东昌、大名、曹州三府界内",却未免拘泥后世秦、汉"东郡"的辖域,也与东征平定"三叔及殷、东、徐、奄及熊、盈以略"涉及今河南、山东与江苏北部广大地域的历史情形严重不合。

后至现代著名史地学家顾颉刚(1893—1980)《"三监"人物及其疆地》一文第三部分《管蔡(霍)傅相武庚的传说》中又辨《逸周书·作雒》"建管叔于东"之"东"认为:

> 又按这文(本文作者按指《尚书·作雒》)说"建管叔于东",以别于"建霍叔于殷",殷是商人的故都,即卫,而孔《注》说"'东',谓卫",分明是错误的。下文又云"三(应作'二')叔及殷、东、徐、奄及熊、盈以略(畔)",又云"俾中旄父宇于东,俾康叔宇于殷",可知这"东"字不是虚指的方向,而是一个有实际疆域可稽的地名。李赓芸《炳烛编》(一)云:"'东'为四方之一,举一'东'字不可以为地名。然《尚书·金縢》'周公居东',……《豳风·东山》'我来自东''我东曰归',《小雅·车攻》'驾言徂东',凡此诸'东'字则直以为地名矣。盖当是俗语称殷之东为'东',而简策文字因之。"称殷的东方为"东",正如我国建都北京,因称在北京东北的辽、吉、黑三省为"东北",在北京西北的甘、青、宁、新等省区为"西北",是一个广大的地域名词。《诗·小雅·大东》"小东、大东,杼柚其空",毛《传》:"空,尽也。"郑《笺》:"小也,大也,谓赋敛之多少也。小亦于东,大亦于东,言其政偏,失砥矢之道也。谭无他货,维丝麻尔;今尽,杼柚不作也。"按郑说对于周王压榨属国的惨重,使得虽有织机而没有原料,直到停止生产的程度,其说自合诗意;但对于"小东、大东"的解释,未免望文生义。《诗·鲁颂·閟宫》"乃命鲁公,俾侯于东",是说鲁国封疆是东的一部分。同篇又说"奄有龟、蒙,

遂荒大东，至于海邦"，是说鲁国向东方拓地，直到海边，为大东之地。郑《笺》："大东，极东；'海邦'，近海之国也。"这就比上面所引的《大东·笺》为适当。故知"小东"为近东地，"大东"为远东地。通常所说的"东"，都指小东而言。这小东在今何地？吴庆恩说："按'东'者，鲁、卫之间地名，在大河之东，秦、汉之东郡也。"（陈逢衡《逸周书补注》十二引）这就一语破的。按秦、汉的东郡，北抵聊城，南至郓城，东至长清，西至范县，均在今山东省境内，正居于安阳的卫和曲阜的鲁的中间，这就是所谓"小东"；或者周初的小东扩大到鲁，所以成王说"俾侯于东"。从小东再往东去，直到黄海，就是所谓"大东"。按《史记·秦始皇本纪》："三十五年，……立石东海上朐界中，以为秦东门。"朐即今江苏连云港市，是秦明以海边为东界，为什么要把离海还远的山东西南部地方称作东郡呢？这无非因为这块地方在殷都之东，向来被殷人称作"东"，周时又因袭了下来，始皇统一之后分天下为三十六郡时就沿用这个历史上的旧名词了。①

按顾先生论陈、吴之说并引郑笺，虽也是进一步确认此"东"是秦、汉的东郡，但范围更扩大到"正居于安阳的卫和曲阜的鲁的中间，这就是所谓'小东'；或者周初的小东扩大到鲁，所以成王说'俾侯于东'。从小东再往东去，直到黄海，就是所谓'大东'"了。因为若拘于"东"仅指"秦、汉的东郡，北抵聊城，南至郓城，东至长清，西至范县"的范围，虽然也是"正居于安阳的卫和曲阜的鲁的中间"，但周公平定"三叔及殷、东、徐、奄及熊、盈以略"中征"徐、奄及熊、盈"的部分，岂非就不属"东征"之役了？所以顾说引入"小东""大东"即"近东""远东"之说极有见地，正确说明了"周公居东"与"周公东征"之"东"虽指后世秦、汉东郡（主

---

① 顾颉刚：《"三监"人物及其疆地》，载《文史》第二十二辑，中华书局1984年版，第6—7页。

要为武庚与三叔王国）的范围，但也包括了后世鲁国至海的广大地域，尤其鲁为"小东"的推断允为卓见，极有利于推考周公"居东"和"东征"驻地的思考。而今山东之汶上、宁阳，尤其是后者，东为商奄之都曲阜，而西接三监，正当周公自宗周"居东"或自成周"东征"必经之地，岂非周公"居东"和"东征"最方便和最有可能的驻地？换言之，今宁阳地当三监之东，为商奄之西甸，对于从商都朝歌至商奄的地理方位，尤其对于西周二次克商的东征来说，是"小东"中首当其冲的要地，从而必然是"周公居东"，尤其是"周公东征"驻军之"兵所"。

（二）单觯铭"在成师"之"成（郕）"在宁阳之区位

李文引《殷周金文集成》（6512）小臣单觯铭文作："王後坂克商，在成师，周公锡小臣单贝十朋，用作宝。"

小臣单觯及铭文

其所称"成"为地名。按王献唐《炎黄氏族文化考》认为，"成"之本义是农田的计量单位，《左传·哀公元年》："有田一成。"杜注："方十里为成。"因"成"为城，或旁阜作"郕"，以居其民，故《说文》："城以盛民也。"《释名》:"城,盛也。"从而成、城、郕、盛通。其影响就是商周至秦前多以成、郕、盛命名之地①。孟世凯《甲骨学辞典》释"成"有二义:一是商汤的称谓,二是地名,举"甲骨卜辞有'惟成田,湄日无灾,王惟成麓,焚无灾。弜焚成麓"等。实际商汤称"成汤",以及后世"成周"也应该是以地名"成"而称之。这就是说,成在商周由土地的计量单位转化为地名,却有时是一类名,如"成汤""成周";有时为某个地方所专用,如《甲骨学辞典》释"成"又说:"古文献又作郕,周初武王封其弟叔武于此。《左传·隐公五年》:'郕人侵卫,故卫师入郕。'杜预注:'郕,国也。'在今山东宁阳县东北部。"②

这就是说,"成"作为地名,早在商朝就多被使用。周鲁作为商奄故地是否早有成邑已不可考,但今见文献可知至晚周武王封其弟叔武,"成"已为一诸侯国名。虽从 1975 年在陕西岐山县董家村发现成伯孙父鬲,以及同年陕西岐山县发现了早周甲骨(37 号卜甲)刻有"宬叔用"三字等考古成果看,叔武始封在成(或作"宬")或在文、武之世,宗周畿内③,至成王之世,随"周公东征"齐、鲁等大国移封山东,才随之把封国改制到了宁阳。因此,宁阳之有郕国至晚也是周公东征的产物。今见文献记载宁阳有"成"或"郕"虽晚至《春秋左传》中才出现,但今宁阳境内有"成"或"郕"却早在周公东征期间或稍后,甚至早在商代已经有了也未可知。因此,周公

---

① 王献唐:《炎黄氏族文化考》,齐鲁书社 1985 年版,第 304—308 页。
② 孟世凯:《甲骨学辞典》,上海人民出版社 2009 年版,第 239 页。
③ 今陕西省境内多次发现西周时期成国器物,如"成伯孙父鬲""许男鼎""成周邦父壶"及甲骨文等,足证成国初封在王畿境内。相关资料见:岐山县文化馆等《陕西省岐山县董家村西周铜器窖穴发掘简报》,《文物》1976 年第 5 期;珠葆《长安沣西马王村出土"鄅男"铜鼎》,《考古与文物》1984 年第 1 期;王桂枝《"成周邦父"壶盖浅谈》,《人文杂志》1983 年第 4 期;徐锡台《周原出土的甲骨文所见人名、官名、方国、地名浅释》,载《古文字研究》第一辑,中华书局 1979 年版,第 184—202 页。但诸家多因此考古资料以为成国至平王东迁以后才迁至山东恐误。因为随着周公东征节节成功,包括齐、鲁等最大诸侯国都移封山东了,叔武之成国当然也有很大可能是同时移封到了今山东宁阳。也就是说,故地在今宁阳的叔武之封国成(郕),是成王之世周公东征期间或稍后,自周王畿移封而来,非叔武始封之国。

东征之前，周人尚未据有今宁阳旧地时形成的各类文献中所称的"成"或"郕"，这些都非今之宁阳旧地，但周公东征据有今宁阳旧地过程中及后来形成的各类文献中所称的"成"或"郕"便是在今宁阳境的了。因此可以认为，上引西周初期的青铜器小臣单觯铭文之"成"，应该就是指今宁阳之古"郕国"。

这个问题历来争议甚大，迄今主要有两种观点：一是郭沫若、杨向奎等先生共同认为此铭文"克商"是指武王以文王纪元九祀（武王二年）观兵孟津后伐纣，郭以"成"指"成皋"（一名"虎牢关"），杨以"成"指"成周"即雒邑①；至今学者虽多承认"克商"是指周公东征之二次灭商，但多数学者仍然认为"成"指"成周"。"李文"对小臣单觯铭文的释读如下：

> 觯铭云"王（成王）後坂克商"，与（清华）简文"成王屎伐商邑"涵义相同。……其主词'王'肯定是成王，而不是一些学者主张的是称王的周公。当然，所谓成王伐商，成王本人不一定必得亲临前线，实地指挥作战的应该是周公……伐商的实际主事者是周公，这由小臣单铭文也能够看出来。觯铭讲的"在成师"颁赏给单的，乃是周公。②

又说：

> 这个地名成，在传世古书中或作郕、盛，位置在今山东宁阳东北，也便是商邑以东，足见当时商邑已被攻克，周公正在率军东进，成王本人在成是不可能的。③

---

① 杨向奎：《宗周社会与礼乐文明》，人民出版社1992年版，第72—73页。
② 李学勤：《读〈系年〉第三章及相关铭文札记》，载《夏商周文明研究》，商务印书馆2015年版，第261—263页。
③ 李学勤：《读〈系年〉第三章及相关铭文札记》，载《夏商周文明研究》，商务印书馆2015年版，第261—263页。

虽然上引李文意在考证小臣单觯铭文"王後坂克商"之意，说的是周成王东征打的是"王"即成王的旗号，但实际亲临前线主导战事的却是周公，故"锡小臣单贝十朋，用作宝"之事由周公颁行。换言之，李文认为小臣单觯铭所称"克商"非武王伐纣，而是成王即周公东征。虽然此说在西周史研究中仍会有异见，但无论为成王是否亲率周公东征，如果"在成师"是说其大本营设在后来的"成周"即雒（今河南洛阳），那么以当时的通讯联络条件，其运筹帷幄不仅距离"徐、奄及熊、盈"，而且距离"三监"之地，岂不是都嫌路程太远，而鞭长莫及了吗？所以，上引李文说"这个地名成，在传世古书中或作郕、盛，位置在今山东宁阳东北，也便是商邑以东"云云，虽然也还缺乏坚强的证据，却是更合情理一些。

按宁阳旧地在春秋及以前虽为鲁甸，但其距商奄或鲁都曲阜稍远的地区侯国或城邑颇多，今见诸史册的就有阐、成、讙、铸、遂、刚等。其中"成"或作"郕"者，王献唐《炎黄氏族文化考》揭示有二：

一是"又为鲁邑，在今山东宁阳县东北。《左传·昭公七年》：'齐人来治杞田，季孙将以成与之。……晋人为齐取成。'而《春秋·桓公六年》：'公会齐侯于郕。'亦即此地。殆以地名加邑也"。① 又即《史记·田敬仲完世家》曰："'宣公四十八年，取鲁之郕。'……《括地志》云：'故郕城在兖州泗水县西北五十里。'《说文》云'郕，鲁孟邑'是也。"鲁孟邑即鲁国孟孙氏采邑，李文所说"位置在今山东宁阳东北"，今山东省文物局在宁阳东北之东庄乡立有"郕国遗址"文物碑。

二是"他曰成之作郕，为周、姬姓伯爵之国，武王封弟武叔于此。在今山东宁阳县北，后汉为成县，《春秋·隐公五年》'卫师入郕'是也"②。

虽然王先生说今山东宁阳县北之"郕"为武王所封非是，而当系周公东征时以成王命所封，有关此封国的具体位置亦说法颇多，但是相比之下，

---

① 王献唐：《炎黄氏族文化考》，齐鲁书社1985年版，第306页。
② 王献唐：《炎黄氏族文化考》，齐鲁书社1985年版，第307页。

此郕在宁阳之北，确实是周师"践奄"总部驻扎最近便的地方。至于其他或在河南、山东西部境内称"成"或"郕"的所在，都距离"践庵"前线百里以上，以西周初周人的作战能力，不可能在百里之遥的地方指挥战事，则可认为与周公东征无关，而亦不必置论。

（三）"周公台"证䇂铭之"成"在宁阳之区位

据谭其骧标注，此宁阳县北之"郕"，在今山东省宁阳县城东北或北不远数里或一二十里某地，也就是上文所考今宁阳县洸水之东北，刚之西南、宁（阳城）之西北之"郕"，应当就是小臣单䇂铭所载"王後坂克商，在成师"云云的发生地。而不大可能是李文所称"位置在今山东宁阳东北，也便是商邑以东"的"成"。理由如下：

一是地理位置适当。此"郕"在商奄之西略偏北方向，是周军自今豫东、鲁西平定"三监"后进伐商奄及淮徐夷必经之途；又距商奄之都城（曲阜城东）仅六十余里，远近适为当时战争条件下周公"践奄"与商奄相持驻军指挥之所。

二是据乾隆八年（1743）续修《宁阳县志·方域》载：

> 故盛乡城即古郕国城。《春秋》"郕"，《公羊》俱作"盛"。《水经注》："洸水西南流，经盛乡城西。"京相璠曰："冈（刚）县西南有盛乡城。"案：故郕城在今汶上县西北。正在刚之西南、宁之西北。但今洸水出刚县东南流西，距古郕国近八十里，东距古成邑近百里，而云经盛乡城西，此不可解也。古人纪地，类援其接壤附近者以证之。其后愈援愈远，愈失其真，类如斯矣。①

这个记载案以修志者个人或时人之见，即"故郕城在今汶上县西北。正

---

① 宁阳县档案局整理：《乾隆八年续修宁阳县志》，燕山出版社2013年版，第42—43页。

在刚之西南、宁之西北。但今洸水出刚县东南流西,距古郕国近八十里,东距古成邑近百里",而以《水经注》云"经盛乡城西,此不可解也",乃"愈援愈远"而"失其真",而未能理解《水经注》云"洸水西南流,经盛乡城西",实与京相璠曰"冈县西南有盛乡城"互证,表明其所谓盛乡城即古郕国位置,是在洸水之东北,冈(刚)县之西南的宁阳境内,而与汶上无涉。"汶上县西北"之"故郕城"或为郕之又址,距商庵远在百余里之遥,不可能成为"周公东征"坐镇指挥之"兵所"。这也就是说,《水经注》之"郕"在洸水之东北,冈县之西南,和宁(阳城)之西北某地,即今宁阳城关镇之北、伏山镇之南一带。

三是与上述推断相应,又据乾隆八年(1743)《宁阳县志·古迹》载:

> 东台,在县南里许。相传周公居东,系易于此,故又名周公台。案:周公居东,先儒皆谓避居东都,惟《子贡诗传》《申培诗说》言居鲁,似居鲁为近似矣。又案《通志》:东台即梁王台。误。①

这一记载虽非言之凿凿,但其据故老(或文献)相传,并与申氏诗说"周公居东"相参稽,自然比无根据之否定的意见更具说服力和学术价值。所以清咸丰二年宁邑先贤黄恩彤总纂重修《宁阳县志》因之:

> 东台,在县南里许。旧志云,相传周公居东,系易于此,故又名周公台。案:周公居东,先儒皆谓避居东都,惟《申培诗说》以为居鲁,以东台证之,似居鲁近似。②

而时任宁阳知县陈纪勋为《序》中亦因此曰:"宁山百里间,在昔沐周

---

① 宁阳县档案局整理:《乾隆八年续修宁阳县志》,燕山出版社 2013 年版,第 44 页。
② 转引自丁昭:《周公台》,《传统文化》2017 年第 3 期。

公之化,近孔子之居,彬彬郁郁,儒风茂美。"① 可惜此条记载后至光绪年间续修并陈序均遭删除,故宁阳"沐周公之化"的历史背景被长期遮蔽,不为世知。虽《子贡诗传》《申培诗说》学者多以为伪书,但其论"周公居东"即居鲁堪称一家之言,不当因其为伪书而并宁阳之周公台记载轻忽之。幸而乾隆志犹存,新修县志据以恢复此记载,是慎重和适当的做法。

以上宁阳县城关南里许之"周公台"今存遗址,与洸水之东北,刚之西南、宁之西北之"郕"故地相去不远。虽然周公台之筑必在此成(郕)国受封之前或同时,"在成师"也是铸鬲之前或同时就以其地为"成(郕)",但如今可统而论之即今宁阳城关之"周公台"与"成(郕)"二者临近和同距商奄故地中心即今曲阜城东不过五六十里的事实可共同表明,周公东征"在成师"又可能是在今宁阳县洸水之东北,刚之西南、宁(阳城)之西北之"郕",而城南里许之周公台则是周公居住"系易"之所居。

当然,这里仍很有必要考虑乾隆《宁阳县志》载"周公台"的历史真实性。按据笔者有限查考,今存文献中除《宁阳县志》外,另载周公台有二:

一是曲阜周公台。顾祖禹《读史方舆纪要》(三)卷三十二《山东三·兖州府·曲阜县》:"又季武子台,在今城东北二里。……《水经注》云:在季武子台西北二里。"②《水经注》卷二十五《泗水》"西南过鲁县北"下注亦云:

> 《春秋》定公十二年,公山不狃帅费人攻鲁,公入季氏之宫,登武子之台也。台之西北二里有周公台,高五丈,周五十步,台南四里许则孔庙,即夫子之故宅也。③

---

① 转引自山东省宁阳县地方史志编纂委员会编:《宁阳县志》,中国书籍出版社1994年版,第897页。
② [清]顾祖禹撰:《读史方舆纪要》,中华书局2005年版,第1516页。
③ [北魏]郦道元:《水经注全译》,陈桥驿等译,贵州人民出版社1996年版,第884页。

二是洛阳周公台。顾祖禹《读史方舆纪要》(五)卷四十八《河南三·河南府》:"周公台,在故洛阳县治东,相传周公所作。李密据金墉,筑寝室于台后。"①

以上两地周公台,洛阳当因周公作洛城而有,曲阜周公台当因曲阜系周公封地而建。可知周公台与周公庙为祭祀不同,是拟周公在一地久居应用而筑。史载武王克商,纣王自焚于鹿台即是王者居台的证明。由此可以推测,周公既"居东"即"居鲁",即"在成师"也就是宁阳,则今宁阳于周公时曾筑台而居,又见诸记载,今仍有遗迹,则必为无可疑之实事。而且此周公台与在曲阜者或有不同,乃其初必为周公使人所筑,遗留后世,遂成纪念,至近世存留时仍堪称"周公居东"最具标志性建筑。

至于"李文"所称之今东庄之"成"与谭其骧所标之"郕",一在"奄"之西,一在"奄"之北偏东,二地相距约百里,从而周公"在成师"如果不是两地先后都曾驻扎,则必居其一,则今殊难论定,或当两存其说,但统之曰周公东征"在成师"即在宁阳,宁阳是周公东征必经与驻军之地,即以下引《史记》所称"兵所",是基本可信的。

(四)"周公东征"在宁阳之"兵所""系易"与"归禾"

上引乾隆八年(1743)《宁阳县志·古迹》载:"东台,在县南里许。相传周公居东,系易于此,故又名周公台。"又因周公东征"在成师"即本部驻于宁阳可推定的另一历史细节是成王馈周公嘉禾于"兵所"故事亦发生在宁阳。《尚书·微子之命》载:

唐叔得禾,异亩同颖,献诸天子。王命唐叔,归周公于东,作

---

① 顾祖禹:《读史方舆纪要》,中华书局2005年版,第2239页。

《归禾》。周公既得命禾,旅天子之命,作《嘉禾》。①

《史记·周本纪》载:

成王少,周初定天下,周公恐诸侯畔周,公乃摄行政当国。奉成王命,伐诛武庚、管叔,放蔡叔,以微子开代殷后,国于宋。颇收殷余民,以封武王少弟封为卫康叔。晋唐叔得嘉谷,献之成王,成王以归周公于兵所。周公受禾东土,鲁天子之命。②

《史记·鲁周公世家》载:

管、蔡、武庚等果率淮夷而反。周公乃奉成王命,兴师东伐,作《大诰》。遂诛管叔,杀武庚,放蔡叔。收殷余民,以封康叔于卫,封微子于宋,以奉殷祀。宁淮夷东土,二年而毕定。诸侯咸服宗周。天降祉福,唐叔得禾,异母同颖,献之成王,成王命唐叔以馈周公于兵所,作馈禾。周公既受命禾,嘉天子命,作嘉禾。东土以集,周公归报成王,乃为诗贻王,命之曰鸱鸮。王亦未敢训周公。③

今本《尚书·周书》虽仅存《归禾》《嘉禾》之目及《序》而缺正文,但已足证上引各书所载周公东征在途,曾发生成王命唐叔馈周公嘉禾于东土"兵所",叔侄二人还分别为此作诗之事非虚。而故事的发生地在本文的逻辑上说就自然与小臣单觯铭文所载"王後坂克商,在成师"联系起来思考,在没有别证他说之前,当下可能的结论就只有成王使唐叔馈禾与周公受禾的"兵所"即"成",均在今山东省宁阳县洸水之东北,刚之西南、宁(阳城)

---

① 《尚书正义》,十三经注疏本,中华书局1979年版,第200—201页。
② [西汉] 司马迁:《史记》,中华书局1998年版,第66—67页。
③ [西汉] 司马迁:《史记》,中华书局1998年版,第520页。

之西北之"郙"。

  当然,以本文上述不乏揣摩情势之历史还原性思考而论,也不能不注意到周公东征三年,虽然随着战事进展变化,其指挥部即其本人的居处也会随之迁移,但是平定淮夷是他的儿子伯禽征进,周公完全可能以相当兵力留守盯住商奄,待伯禽从东夷得胜回师围而践之。加以合理的考量周公在"成"有如上行赏小臣、命受嘉禾、筑台系易等事当非一时发生,故其"在成师"必非经停之一朝一夕,而不排除累月经年的可能。这也就是说周公东征于"践奄"之或前或后,甚至整个"居鲁"期间一直驻师于成运筹帷幄,决胜东征之役,也不是不可能的。

(五)周公"居东"和"东征"文学与宁阳

  《尚书·金縢》中周公自以"多材多艺,能事鬼神"①,出将入相、制礼作乐之外,能文能诗,是上古独立创作留下文学作品最多,对后氏影响最大的第一位大文学家。而周公"居东"和"东征"期间是他个人的创作和产生与其相关之文学作品的重要时期,当都与其驻师宁阳相关,故专述之。

  (一)周公之作,有上引《尚书》载及《嘉禾》《鸱鸮》二诗。《毛诗正义·豳风·鸱鸮》:"鸱鸮,周公救乱也。成王未知周公之志,公乃为诗以遗王,名之曰鸱鸮焉。"②又,《毛诗正义·豳风·七月》:"七月,陈王业也。周公遭变故,陈后稷先公风化之所由,致王业之艰难也。"③《毛诗正义·豳风·东山》:"东山,周公东征也。周公东征,三年而归。劳归士大夫美之,故作是诗也。一章言其完也。二章言其思也。三章言其室家之望女也。四章乐男女之得及时也。君子之于人,序其情而闵其劳,所以说也。说以使民,民忘其死,其唯东山乎。"④

---

  ①《尚书正义》,十三经注疏本,中华书局1979年版,第196页。
  ②《毛诗正义》,十三经注疏本,中华书局1979年版,第394页。
  ③《毛诗正义》,十三经注疏本,中华书局1979年版,第388页。
  ④《毛诗正义》,十三经注疏本,中华书局1979年版,第395页。

除上述诸诗之外,《尚书·周书》中《大诰》为周公决计东征号召诸侯之作;《康诰》是周公于东征途中徙康叔姬封于卫之作,又为之作《酒诰》《梓材》①,均为因东征产生的政论文。

宁阳县东庄乡之东山

(二)颂美周公之作,有《豳风·破斧》,《毛诗序》曰:"破斧,美周公也。周大夫以恶四国焉。"其诗曰:

既破我斧,又缺我斨。周公东征,四国是皇。哀我人斯,亦孔之将。
既破我斧,又缺我锜。周公东征,四国是吪。哀我人斯,亦孔之嘉。
既破我斧,又缺我銶。周公东征,四国是遒。哀我人斯,亦孔之休。②

又,《豳风·伐柯》,《毛诗序》云:"伐柯,美周公也。周大夫刺朝廷

---

① [西汉]司马迁:《史记》,中华书局1998年版,第545页。
②《毛诗正义》,十三经注疏本,中华书局1979年版,第398页。

之不知也。"①《豳风·九罭》，《毛诗序》云："九罭，美周公也。周大夫刺朝廷之不知也。"②《豳风·狼跋》，《毛诗序》云："狼跋，美周公也。周公摄政，远则四国流言，近则王不知周。大夫美其不失其圣也。"③诸篇或因东征，或与东征有关，皆颂美周公之作。

由此可见，周公东征不仅是武功上的大成，而且于文学有激发助长之功。其中如上所论证，《嘉禾》《鸱鸮》二篇必"在成师"时所作；而《东山》一篇为华夏千古征戍诗之祖，其所称"东山"为何地，注家纷纷，但一经确定周公东征"在成师"之地属宁阳，则很容易确认"东山"即使不是专指，也应首先是指宁阳东部诸山，那正是自宁阳西部望中泰沂山脉之西麓，周军"践奄"后东下取薄姑等的必经之地。

过此以往诸山非不可以称"东山"，但概括言之，唯"在成师"之自宁阳望中之泰沂诸山才是全称的"东山"，吾故以《诗经·东山》为东征将士"在成师"之作。

（六）宁阳多圣贤后裔封国或来寓

今宁阳旧属商奄、周鲁之地，北滨汶水，东临淄水、泗水，汶泗之间是上古农耕社会聚族繁衍、立国安邦的吉地，故可以考见的商周二代，这一地域颇多古封国。也许还由于周公东征后二次分封，宁阳为东征主要驻师之地的原因，这一次所封诸侯国中，包括移封如鲁、成国等在内，地属或部分属于今宁阳者尤多。史卫东、仲俊涛《泰安市域先秦古邦国历史地理考察》④有该地古国列表如下：

---

① 《毛诗正义》，十三经注疏本，中华书局1979年版，第398页。
② 《毛诗正义》，十三经注疏本，中华书局1979年版，第399页。
③ 《毛诗正义》，十三经注疏本，中华书局1979年版，第400页。
④ 史卫东、仲俊涛：《泰安市域先秦古邦国历史地理考察》，《泰山学院学报》2011年第5期。

表1　泰安市域主要古邦国概况

国名	今地址	建国时间、始封君	灭于何国	爵位	依附势力
宿国	东平东南二里无盐城	周武王时期	春秋时灭于宋	男爵	鲁国
须句国	东平县东南之须句城	周代	公元前620年灭于鲁	子爵	鲁国
鄣国	东平县接山乡障城	前11世纪周封太公之支子于鄣	前664年灭于齐	（缺）	齐国
肥国	肥城县境	（缺）	晋	子爵	周室
铸国	肥城县东南	周武王时期封黄帝之后	春秋后期灭于齐国	侯爵	鲁国
遂国	宁阳县西北的遂乡	周武王封爵的后裔于遂	春秋时期灭于齐	子爵	鲁国
遇国	曲阜与宁阳之间	（待考证）	齐国	（缺）	鲁国
舒龚	宁阳县	（待考证）	楚	（缺）	（缺）
蒐裘国	泰安市东南	鲁隐公	（缺）	公爵	鲁国
护国	宁阳县北	五帝时	（缺）	（缺）	（缺）
蜀国	泰安西	殷武丁时代	（缺）	（缺）	（缺）
盛国	东平县境	（缺）	齐国	伯爵	周室
谢国	宁阳县境	炎帝之裔申伯以周宣王舅而受封于谢	（缺）	（缺）	周室
郕国	宁阳华丰镇	周文王之子叔武	前408年，灭于齐国	伯爵	鲁国
杞国	新泰市	前772年周武王封东楼公	（缺）	（缺）	（缺）
艾国	新泰市西北五十里	齐大夫艾孔之后	（缺）	（缺）	（缺）

以上表列泰安市域主要古国十六。虽然其所涉及"今地址"有与本文不合者，但其中故地在宁阳或与宁阳有关者即有遂国、遇国、舒龚、谨国、谢国、郕（成）国等六个诸侯国则总体可备一说。其实六国之外，表列铸国在"肥城县东南"，但乾隆八年续修《宁阳县志·古迹》仍载有"故铸国城"，又可备其为宁阳古国之一说。

又据上表和乾隆八年续修《宁阳县志·古迹》可知，铸国为周武王封黄帝（一说尧）之后于铸；遂国为周武王封舜之后于遂，而近有关遂公盨铭文的讨论中，有学者认为以表彰大禹治水为主要内容的遂公盨铭文中"永御于宁"之"宁"即宁阳，因此使有关宁阳西北鹤山乡为大禹出生地传说更受人重视；后又有谢国因以炎帝之裔申伯为周宣王舅而受封于谢，以及武王之弟叔武受封或受封后移封于宁阳县北之成，则西周初宁阳一县之境内居然有四封国，与黄帝（或尧）、舜、禹诸圣相关，而且铸、遂、成三国毗邻同在宁阳之北和西北之境，也是一个颇有意味的历史现象。这是否表示周武王或成王、周公认为，其地历史上与黄帝（或尧）、舜、禹诸圣贤的活动密切相关？甚至不无令人诧异的是，据清代邑人张述礼《谒泰伯祠读〈阎氏家乘〉跋》认为：宁阳阎氏为吴泰伯之后，"阎氏迁宁亦数十传，恪守罔替，正其信而可征也"。① 又据"民国"三十年重修《颜氏族谱》载："颜氏五十二代孙颜仙、颜俊、颜和徙居宁阳泗皋村，五十四代孙泰安州太平镇巡检颜伟于至元十二年奉敕监修泗皋祖庙，又奉敕于庙左监修长川书院。"等等，共同表明宁阳地在汶、泗二水和泰安、曲阜两大名区之间，历来与圣贤关系密切，是拱卫传承儒学圣贤文化的历史名区。

（七）余论

综合以上由李学勤先生释觯铭"王後坂克商，在成师"云云所引发的讨论，可以得出以下认识：

其一，周公东征之"兵所"在宁阳。周公东征虽为流动作战，但大军压境，开疆拓土，周公实为身至东土坐镇指挥，并不必终日奔走于途。所以，故地在今山东宁阳境内的成（郕）是周公东征运筹帷幄经略东西统一相对固定的"兵所"，在此曾发生诸如颁赐小臣单、受命嘉禾、系易等事是完全可能的。这就是说，周公东征时今宁阳境内成（郕）曾是或至少一

---

① 丁昭编注：《明清宁阳县志汇释》，山东省地图出版社2003年版，第1143—1144页。

度是西周初年靖乱和最后灭商实现东西统一的前敌指挥中心。从后来历史的发展看，这一中心地带的作用是两周维系大约八百年实际上与名义上统一的开端，又是齐鲁文化尤其后世孔子儒学形成的历史先机。在这个意义上，一向因东有曲阜，北有泰山，西有水泊梁山等地域文化，而自认为是传统文化"洼地"的宁阳可以进一步考量其传统文化特色的定位了。

其二，"周公居东"即"周公东征"，亦即"周公居鲁"，实即"周公居成（郕）"，也就是居宁阳。李学勤先生曾经考论《尚书·金縢》"周公居东"实乃清华简本《金縢》的"周公石东"，"'石'，当即楚文字常见的'【辶+石】'，即'适'字"，从而"周公居东"即"周公适东"⋯⋯由此周公东征"在成师"的考论则可进一步认为，"周公居东"实即上引乾隆《宁阳县志》所论"周公居鲁"，具体指周公居在宁阳的"兵所"——宁阳东庄或城关之"成（郕）"。周公在"成（郕）"之"兵所"经营有时，最后完成以成王名义的"东伐淮夷，遂践奄"①等扫平东夷，贯通东西的"大一统"之业。在这样一个伟大的历史过程中，"成（郕）"虽小国，其后数百年备受强邻挤压欺凌，苟延残喘，无所建树，终被吞没，但于今被发现其曾扮演周公东征大业的"兵所"角色，则堪称顿然增色。当然更重要的是，因其进入研究的视野，而辅助推动了成王、周公"嘉禾""周公居东""周公东征"诗文等一系列大疑难问题的解决或提供了解决的线索，形成新说或至少是对后来研究有所启发。

其三，宁阳为曲阜周孔文化之一区。本论题首先和主要是有关周公东征进而中国古史的一个学术问题，但任何学术不能脱离一定的时空发生与存在，从而本题又不能不是一个地域文化问题。据光绪《宁阳县志·沿革》载论：宁阳上古为"少昊之墟"，唐虞属"徐州之域"，西周为鲁阐邑："宁阳在汶水之南，地邻曲阜，全境皆鲁甸也。但春秋以前，邑名未著，故以鲁邑统之。"②以此而论，宁阳在春秋之前，殷商时为奄之西鄙，西周时乃鲁之

---

① 《尚书正义》，十三经注疏本，中华书局1979年版，第227页。
② 光绪版《宁阳县志·历代沿革考》，载《中国地方志集成·山东地方志集成69》，凤凰出版社2004年版，第25—26页。

西、北之畿辅,周公自西而来东征必经、宜居之地,所以觯铭"在成师",旧志记宁阳有周公台,进而本文推论成王、周公"嘉禾"等事均发生于此间,虽未必一定如此,但在"周公东征"如此大事,当下仅知其唯一居停之"在成师"的情况下,以之为"周公东征"文化的象征,总还是可以的。既是宁阳为"周公东征"之吉地的证明,也是宁阳文化后为"鲁甸",与曲阜周孔文化密迩为一体的先声。

最后,由"在成师"之细节可见"周公东征"的本质。周公东征三年,去除平定三监、武庚的时段,其到达并"在成师"很可能只是不断迁移中的一个时段。所以本文考论并不执意于"周公东征"平定三监、武庚后仅"在成师"。应当说周公既至"东土",无论征战或治理的需要,都可能甚至一定到过"东土"更多地方,例如周公"践奄"之后当亲至其地等。但以其"在成师"唯一见诸铭文记载的事实,确实不排除其"在成师"的时段要长一些,一年半载应是有可能的。虽即使如此,其"在成师"及以上可能诸事,也都不过是"周公东征"伟业的若干细节,不足为重大,但这些细节的发现能够为"周公东征"的历史提供鲜活的印象,更便于后人回望与品味历史与文明在血与火中行进的本质,吾故不避自美家乡和烦琐考证之嫌,而勉为此文焉。

(原载《济宁学院学报》2020年第1期)

参考文献

一、著作

[1][清]阮元校刻：《十三经注疏》，叶绍钧索引，中华书局1980年版。

[2][西汉]司马迁著：《史记》，[南朝宋]裴骃集解，[唐]司马贞索隐，[唐]张守节正义，中华书局1982年版。

[3][南朝宋]范晔撰：《后汉书》，[唐]李贤等注，中华书局1965年版。

[4][晋]陈寿撰：《三国志》，中华书局1959年版。

[5]卢弼撰：《三国志集解》，中华书局1982年版。

[6][唐]房玄龄等撰：《晋书》，中华书局1974年版。

[7][北魏]郦道元著，陈桥驿校证：《水经注校证》，中华书局2013年版。

[8][南朝梁]沈约撰：《宋书》，中华书局1974年版。

[9][南朝梁]萧子显著：《南齐书》，中华书局1972年版。

[10][唐]姚思廉撰：《梁书》，中华书局1973年版。

［11］［唐］姚思廉撰：《陈书》，中华书局1972年版。

［12］［日］遍照金刚撰：《文镜秘府论校笺》，卢盛江校笺，中华书局2019年版。

［13］［后晋］刘昫撰：《旧唐书》，中华书局1975年版。

［14］［宋］宋祁等撰：《新唐书》，中华书局1975年版。

［15］［唐］虞世南辑录：《北堂书钞》，学苑出版社2015年版。

［16］［南朝梁］萧统编：《文选》，［唐］李善注，中华书局1977年版。

［17］［南朝宋］刘义庆著：《世说新语笺疏》，余嘉锡笺疏，中华书局1983年版。

［18］［唐］欧阳询撰：《艺文类聚》，中华书局1965年版。

［19］［唐］王勃著：《王子安集注》，［清］蒋清翊注，上海古籍出版社1995年版。

［20］［唐］徐坚撰：《初学记》，中华书局1962年版。

［21］许逸民编：《〈初学记〉索引》，中华书局1980年版。

［22］［宋］李昉等撰：《太平御览》，中华书局1960年版。

［23］［宋］李昉等编：《太平广记》，中华书局1961年版。

［24］［宋］李昉等编：《文苑英华》，中华书局1966年版。

［25］［宋］吴淑撰：《事类赋》，冀勤等点校，中华书局2021年版。

［26］［明］冯惟讷辑：《古诗纪》，文渊阁四库全书本。

［27］［清］沈德潜选：《古诗源》，中华书局1963年版。

［28］［南朝齐］钟嵘著：《诗品》，载［清］何文焕辑：《历代诗话》，中华书局1981年版。

［29］［南朝梁］刘勰著：《文心雕龙义证》，詹锳义证，上海古籍出版社1989年版。

［30］［南朝梁］殷芸编编纂：《殷芸小说》，周楞伽辑注，上海古籍出版社1984年版。

［31］［南朝陈］徐陵编：《玉台新咏笺注》，穆克宏点校，吴兆宜注，程琰删补，中华书局2018年版。

[32][宋]杨亿编:《西昆酬唱集》,[清]周桢等注,上海古籍出版社1985年版。

[33][宋]阮阅编:《诗话总龟》,周本淳校点,人民文学出版社1987年版。

[34][宋]蔡梦弼集录:《杜工部草堂诗话》,载丁福保辑:《历代诗话续编》,中华书局1983年版。

[35][宋]葛立方撰:《韵语阳秋》,上海古籍出版社1984年版。

[36][宋]魏庆之编:《诗人玉屑》,上海古籍出版社1959年版。

[37][宋]张戒撰:《寒堂诗话》,载丁福保辑:《历代诗话续编》,中华书局1983年版。

[38][元]辛文房著,傅璇琮主编:《唐才子传校笺》,中华书局1987年版。

[39][金]元好问著,姚奠中主编:《元好问全集》,三晋出版社2015年版。

[40][清]顾嗣立编:《元诗选》,中华书局2021年版。

[41][明]许学夷著:《诗源辩体》,人民文学出版社1987年版。

[42][明]瞿佑等著:《归田诗话》,载丁福保辑:《历代诗话续编》,中华书局1983年版。

[43][明]解缙编:《永乐大典》,中华书局2015年版。

[44][明]刘履编:《风雅翼》,文渊阁四库全书本。

[45][明]张溥辑:《刘公幹集》,《汉魏六朝百三名家集》本。

[46][清]何焯著:《义门读书记》,中华书局1987年版。

[47][清]王士禛著:《带经堂诗话》,人民文学出版1963年版。

[48][清]方东树著:《昭昧詹言》,汪绍楹校点,人民文学出版社1961年版。

[49][明末清初]王夫之评选:《古诗评选》,河北大学出版社2008年版。

[50][清]王士禛撰:《古夫于亭杂录》,赵伯陶点校,中华书局1988

年版。

［51］［清］王士禛撰：《香祖笔记》，上海古籍出版社1982年版。

［52］［清］刘熙载撰：《艺概》，上海古籍出版社1978年版。

［53］［清］金埴撰：《不下带编》，王湜华校，中华书局1982年版。

［54］［清］吴淇撰：《六朝选诗定论》，清康熙九年刻本。

［55］［清］陈祚明辑：《采菽堂古诗选》，清康熙间刻乾隆间印本。

［56］［清］张玉穀著：《古诗赏析》，归安路氏依乾隆初刻本板片刷印之1915年重印本。

［57］［清］陈恒庆著：《归里清谭》，孙建松笺注，团结出版社2014年版。

［58］［清］彭定求等编校：《全唐诗》，上海古籍出版社1986年版。

［59］［清］董诰等编：《全唐文》，中华书局1983年版。

［60］［清］严可均辑：《全上古三代秦汉三国六朝文》，中华书局1958年版。

［61］逯钦立辑校：《先秦汉魏晋南北朝诗》，中华书局2017年版。

［62］曾枣庄、刘琳主编：《全宋文》上海辞书出版社2006年版。

［63］北京大学古文献研究所编：《全宋诗》，北京大学出版社1998年版。

［64］唐圭璋编：《全宋词》，中华书局1986年版。

［65］费振刚等辑校：《全汉赋》，北京大学出版社1993年版。

［66］［清］黄恩彤撰：《黄恩彤文集》，魏伯河点校，齐鲁书社2021年版。

［67］郭云策搜集整理：《〈东平州志〉集校》，中国文史出版社2008年版。

［68］光绪丁未重刻《刘氏家谱》，水源木本。

［69］丁昭编注：《明清宁阳县志汇释》，山东省地图出版社2003年版。

［70］宁阳县档案局整理：《乾隆八年续修宁阳县志》，北京燕山出版社2014年版。

［71］吴海林、李延沛编：《中国历史人物生卒年表》，黑龙江人民出版社 1981 年版。

［72］陆侃如著：《中古文学系年》，人民文学出版社 1985 年版。

［73］刘知渐著：《建安文学编年史》，重庆出版社 1985 年版。

［74］郁贤皓、张采民笺注：《建安七子诗笺注》，巴蜀书社 1990 年版。

［75］韩格平著：《建安七子诗文集校注译析》，吉林文史出版社 1991 年版。

［76］王巍著：《建安文学研究史论》，吉林大学出版社 1994 年版。

［77］刘跃进著：《中古文献学》，江苏古籍出版社 1997 年版。

［78］徐公持编著：《魏晋文学史》，人民文学出版社 1999 年版。

［79］顾农著：《建安文学史》，湖南教育出版社 2000 年版。

［80］李文禄著：《建安七子评传》，沈阳出版社 2001 年版。

［81］王鹏廷著：《建安七子研究》，北京大学出版社 2004 年版。

［82］王玫著：《建安文学接受史论》，上海古籍出版社 2005 年版。

［83］吴云主编：《建安七子集校注》（修订版），天津古籍出版社 2005 年版。

［84］袁行霈主编：《中国文学史》（第二版），高等教育出版社 2005 年版。

［85］袁世硕、张可礼主编：《中国文学史》，中国人民大学出版社 2006 年版。

［86］章培恒、骆玉明主编：《中国文学史新著》，复旦大学出版社 2007 年版。

［87］曹旭、叶当前编著：《建安七子》，中华书局 2010 年版。

［88］夏传才主编，林家骊校注：《阮瑀应玚刘桢合集校注》，河北教育出版社 2013 年版。

［89］夏传才主编：《建安文学全书》（全八册），河北教育出版社 2013 年版。

［90］俞绍初辑校：《建安七子集》，中华书局 2017 年版。

[91]易兰著：《王粲、刘桢研究》，华东师范大学出版社 2021 年版。

二、学位论文

[1]吴洁：《刘桢研究》，陕西师范大学 2007 年硕士论文。
[2]向光金：《刘桢诗歌研究》，广西师范大学 2013 年硕士论文。
[3]林丹霞：《刘桢诗歌研究》，深圳大学 2017 年硕士论文。
[4]王倩韵：《刘桢诗文研究》，山东大学 2018 年硕士论文。

三、期刊／会议论文

[1]徐公持：《建安七子诗文系年考证》，《文学遗产》1982 年第 A14 期。
[2]卢佑诚：《由刘桢诗漫话文气》，《许昌学院学报》（社会科学版）1986 年第 1 期。
[3]俞绍初：《建安七子诗文钩沉》，《郑州大学学报》（哲学社会科学版）1987 年第 2 期。
[4]舟子：《刘桢籍贯考辨》，《文学遗产》1988 年第 2 期。
[5]张亚新：《"曹王""曹刘"辨》，《贵州大学学报》（社会科学版）1988 年第 3 期。
[6]宁昶英：《"公幹气胜"——谈刘桢的〈赠从弟三首〉》，《语文学刊》1988 年第 4 期。
[7]李慰祖：《刘桢简论》，《韶关学院学报》（社会科学版）1990 年第 4 期。
[8]王发国、何斌：《徐幹、陈琳、应场、刘桢籍里歧说考略》，《西南民族大学学报》（人文社科版）1991 年第 2 期。
[9]顾农：《刘桢论》，《齐鲁学刊》1992 年第 2 期。
[10]宋景昌：《论刘桢》，《殷都学刊》1992 年第 4 期。
[11]魏宏灿：《刘桢新论》，《阜阳师范学院学报》（社会科学版）

1993 年第 1 期。

［12］熊宪光，肖晓阳：《刘桢及其作品的悲剧精神》，《大庆高等专科学校学报》1995 年第 3 期。

［13］徐传武：《刘桢为宁阳何处人》，《文献》1996 年第 2 期。

［14］易健贤：《慷慨以任气　磊落以使才：刘桢和他的诗歌创作》，《贵州教育学院学报》（社会科学版）2000 年第 3 期。

［15］［韩］池世桦：《刘桢诗"气过其文，雕润恨少"之歧见》，《齐鲁学刊》2001 年第 4 期。

［16］周薇：《钟嵘、刘勰的王粲、刘桢论辨异》，《太原理工大学学报》（社会科学版）2003 年第 3 期。

［17］李静：《试论"曹刘"并称》，《中国韵文学刊》2005 年第 3 期。

［18］满颖慧：《"壮而不密"刘桢诗》，《玉溪师范学院学报》2005 年第 10 期。

［19］林斌：《刘桢诗歌的艺术特征——兼论刘桢王粲的历史地位》，《盐城工学院学报》（社会科学版）2006 年第 1 期。

［20］林斌：《刘桢诗歌的艺术特征——兼论刘桢璨的历史地位》，《盐城工学院学报》（社会科学版）2006 年第 1 期。

［21］王辉斌：《建安七子生平事迹志疑》，《太原大学学报》2008 年第 1 期。

［22］梁姗姗：《胜于气　长于情——建安文人刘桢、王粲之对比》：《萍乡高等专科学校学报》2008 年第 4 期。

［23］孔德明：《再释刘勰〈文心雕龙·体性〉中的"公幹气褊"》，《长江师范学院学报》2008 年第 4 期。

［24］田璐：《刘桢被刑对其后期诗歌创作的影响研究》，《宜春学院学报》2008 年第 5 期。

［25］孔德明：《论刘桢五言诗的"爱奇"》，《江苏广播电视大学学报》2008 年第 6 期。

［26］王燕：《刘桢诗歌"逸气"研究》，《文学教育（中）》2011 年第

1 期。

［27］王燕：《刘桢诗歌的六朝拟作分析》，《咸宁学院学报》2011 年第 7 期。

［28］谢建忠、张华林：《论〈毛诗〉与刘桢诗歌》，《兰州学刊》2011 年第 11 期。

［29］都佳佳：《试论刘桢诗中"气"的驰骋与消解》，《大众文艺》2011 年第 11 期。

［30］王令：《突出之个性　清刚之诗文——"建安七子"刘桢人格心态与文学审美探析》，《青海社会科学》2012 年第 4 期。

［31］宫伟伟：《论刘桢诗歌的艺术特色》，《重庆三峡学院学报》2012 年第 5 期。

［32］谢建忠：《论刘桢的文气说及文学实践》，《西南农业大学学报》（社会科学版）2012 年第 12 期。

［33］孔德明：《〈文心雕龙·体性篇〉中"公幹气褊"考释》，《文心雕龙研究》（第十一辑），2013 年第 6 期。

［34］李玲燕：《20 世纪 80 年代以来建安七子诗歌研究综述》，《语文学刊》2015 年第 2 期。

［35］袁亚铮：《经学素养对刘桢生平及诗歌创作的影响》，《新疆大学学报》（哲学·人文社会科学版）2015 年第 6 期。

［36］张静杰：《刘桢诗风"壮"与"未遒"解析》，《名作欣赏》2015 年第 11 期。

［37］王燕：《浅谈刘桢的辞赋创作》，《青年作家》2015 年第 12 期。

［38］仲威：《〈刘梁碑残石〉金石僧六舟跋本——嘉道时期"传拓"技艺的巅峰之作》，《艺术品》2016 年第 4 期。

［39］王明敬：《刘桢在"建安七子"中的文学成就分析》，《名作欣赏》2017 年第 5 期。

［40］魏伯河：《得由和兴，失由同起——论刘梁及其〈辩和同论〉文化思想》，《知与行》2017 年第 7 期。

［41］易兰:《明代王粲、刘桢优劣论的转向及其诗学原因》,《中国诗歌研究》2021年第2期。

［42］易兰:《诗史地位与时风变迁——王粲、刘桢在历代汉魏诗歌选集中的接受》,《汉语言文学研究》2021年第2期。

［43］徐菁:《"建安七子"刘桢与其诗文创作探究》,《汉字文化》2022年第24期。

杜贵晨著作简目

杜贵晨，山东省宁阳县人。1982年毕业于中国人民大学语文系。短暂在全国人大常委会法制工作委员会工作。先后执教于曲阜师范大学中文系、河北大学人文学院、山东师范大学文学院，任教授、古代文学和文艺学博士生导师，以及博士后合作导师。兼任中国《三国演义》学会副会长，山东省古典文学学会第四、五届副会长兼秘书长，山东省水浒研究会创始会长、第二届会长。出版各类著作二十五种，在《中国社会科学》《文学评论》《北京大学学报》《人民日报》《光明日报》等发表文章三百余篇。

四十年教读，三易其地，学海拾贝，若妄言所得之次序，则文学"数理批评"理论第一，小说研究被倡为"罗（贯中）学"第二，古代（汉、宋、明）诗文研究第三，李绿园与《歧路灯》研究第四，略涉史学提出的"一切历史都是形象史"和黄帝——泰山文化研究第五。虽均卑之无甚高论，但仍略记于此，敝帚自珍，未能免俗而已。

一、已出版书目

［1］《小豆棚》（校注），中州古籍出版社 1989 年版。

［2］《爱情文学丛书》（第一主编，五种），山东文艺出版社 1990 年版。

［3］《中国古代短篇小说史》，中州古籍出版社 1991 年版。

［4］《李绿园与〈歧路灯〉》，辽宁教育出版社 1992 年版。

［5］《中国古代小说散论》，山东文艺出版社 1994 年版。

［6］《"三"与〈三国演义〉》，中国文联出版社 1999 年版。

［7］《剪灯三话》，春风文艺出版社 1999 年版。

［8］《中国古代文学作品选（下）》（主编），山东大学出版社 2000 年版。

［9］《传统文化与古典小说》，河北大学出版社 2001 年版。

［10］《明诗选》，人民文学出版社 2003 年版。

［11］《唐宋诗选》（与他人合著），太白文艺出版社 2004 年版。

［12］《罗贯中与〈三国演义〉》，山东文艺出版社 2004 年版。

［13］《儒林外史》（校点本），河北大学出版社 2004 年版。

［14］《数理批评与小说考论》，齐鲁书社 2006 年版。

［15］《红楼梦人物百家言丛书》（主编），中华书局 2006 年版。

［16］《齐鲁文化与明清小说》，齐鲁书社 2008 年版。

［17］《〈水浒传〉与山东资料汇编》（与他人合编），（中国台湾）花木兰文化事业有限公司 2016 年版。

［18］《〈水浒传〉中的山东镜像研究》（主编）（中国台湾）花木兰文化事业有限公司 2016 年版。

［19］《杜贵晨文集》（12 卷 14 册），（中国台湾）花木兰文化事业有限公司 2019 年版。

［20］《李绿园与〈歧路灯〉》（增改本），中州古籍出版社 2019 年版。

［21］《古典小说论集》，中国社会科学出版社 2021 年版。

[22]《高启诗选》，商务印书馆2022年版。

[23]《明诗选》(修订本)，人民文学出版社2023年版。

二、论文代表作

[1]《"天道"与"人文"》，《曲靖师范学院学报》2001年第1期。

[2]《中国古代文学的重数传统与数理美——兼及中国古代文学的数理批评》，《中国社会科学》2002年第4期。

[3]《关于〈易传〉美学——文学思想的若干问题：兼论〈易传〉是我国最早作专书批评的文章——文学理论著作》，《孔子研究》2004年第6期。

[4]《"文学数理批评"论纲——以"中国古代文学数理批评"为中心的思考》，《山东师范大学学报》2004年第1期。

[5]《试说〈儒林外史〉为"儒林""写实"小说——兼及鲁迅"讽刺之书"说的思考》，《求是学刊》2012年第3期。

[6]《"罗学"新论——提出、因由、内容与展望》，《内江师范学院学报》2013年第1期。

[7]《中国古代小说婚恋叙事"六一"模式述略——从〈李生六一天缘〉〈金瓶梅〉等到〈红楼梦〉》，《学术研究》2018年第9期。

[8]《〈歧路灯〉简论》，《文学遗产》1983年第1期。

[9]《古代数字"三"的观念与小说的"三复"情节》，《文学遗产》1997年第1期。

[10]《人类困境的永久象征——〈婴宁〉的文化解读》，《文学评论》1999年第5期。

[11]《论〈三国演义〉的文学性及其创作性质》，《复旦学报》(社会科学版)2002年第3期。

[12]《关于"伟大的色情小说〈金瓶梅〉"——从高罗佩如是说谈起》，《明清小说研究》2009年第1期。

[13]《试论〈红楼梦〉所受〈肉蒲团〉"直接的影响"》，《南京师大

学报》（社会科学版）2013年第2期。

［14］《〈水浒传〉中的"血腥描写"及其文化阐释》，《河北学刊》2016年第1期。

［15］《永恒之女性，引领水浒上升——〈水浒传〉对女性与婚姻的真实态度》，《河北学刊》2020年第1期。

［16］《明诗论略》，《中国文学研究》2001年第2期。

［17］《钱钟书"以史证诗"简说》，《光明日报》2002年8月21日B2版《文学遗产》。

［18］《"为天强派作诗人"——袁枚散馆外放的"前因"及其婉拒乾隆临幸随园考论》，《华中师范大学学报》（人文社会科学版）2005年第3期。

［19］《杜甫〈茅屋为秋风所破歌〉献疑》，《学术研究》2012年第6期。

［20］《读乐府诗札记》，《南都学坛》2014年第1期。

［21］《全唐牡丹诗概观——基于电子文献检索计量分析的全唐牡丹诗史略》，《铜仁学院学报》2015年第2期。

［22］《读乐府诗札记之二》，《南都学坛》2016年第1期。

［23］《一代诗宗　名齐李杜——高启及其诗歌新论》，《河北学刊》2021年第4期。

［24］《孙悟空"籍贯""故里"考论——兼说泰山为〈西游记〉写"三界"的地理背景》，《东岳论丛》2006年第2期。

［25］《〈西游记〉与泰山关系考论》，《山东社会科学》2006年第3期。

［26］《试说泰山别称"太行山"——兼及若干小说戏曲之读误》，《文学遗产》2010年第6期。

［27］《论"梁山泊遗存"——从〈读史方舆纪要〉看"梁山泊"并未完全消失》，《菏泽学院学报》2013年第3期。

［28］《"三而一成"与鲁迅小说的叙事艺术——兼及中国现代文学的数理批评》，《清华大学学报》（哲学社会科学版）2003年第2期。

［29］《鲁迅文学与古典传统——以〈狂人日记〉为例》，《山东师范大学学报》（人文社会科学版）2004年第6期。

[30]《"流浪汉小说鼻祖"〈小癫子〉叙事的"七"律结构——试对杨绛先生"深入求解"的响应》,《福州大学学报》(哲学社会科学版)2015年第5期。

[31]《世界小说"倚数"编撰的杰作——米兰·昆德拉〈不能承受的生命之轻〉数理批评》,《南都学坛》2022年第5期。

[32]《黄帝形象对中国"大一统"历史的贡献》,《文史哲》2019年第3期。

[33]《周公"居东""东征"与宁阳古国考证——从李学勤先生释小臣单觯铭"在成师"说起》,《济宁学院学报》2020年第1期。

[34]《近百年〈三国演义〉研究学术失范的一个显例——论〈录鬼簿续编〉"罗贯中"条资料当先悬置或存疑》,《北京大学学报》(哲学社会科学版)2002年第2期。

[35]《古代小说考证同名交错之误及其对策——以〈三国演义〉〈西游记〉考证为例》,《学术研究》2011年第10期。

[36]《试论中国古代小说"雅"观"通俗"的读法——以〈水浒传〉"黑旋风沂岭杀四虎"细节为据》,《东岳论丛》2012年第3期。